걸어서 하늘 끝까지

쑨원과 쑹칭링의 혁명과 사랑

行道天涯
作者 : 平路

일러두기

* 내용을 쉽게 이해할 수 있도록 필요한 사항에 한하여 페이지 아래에 역주를 덧붙였다.
* 외국의 인명과 지명은 외국어의 원음에 가깝게 표기하였으며, 중국의 인명은 신해혁명 때의 생존 여부를 기준으로 현대인과 과거인으로 구분하여 현대인은 중국어음으로, 과거인은 한자음으로 표기하였다.
* 이 소설에 등장하는 역사 인물에 대한 간략한 생명을 해설한 인명색인을 책의 뒷부분에 따로 두었다.
* 이 책에 삽입된 사진들은 대부분 저작권 보호기간이 만료된 저작물로서 혹 아직 보호기간이 유효한 사진들 중 이용에 협의가 안 된 사진의 원작자께서는 출판사 측으로 연락을 주시기 바랍니다.
* 2012년도 전북대학교 저술장려 연구비 지원에 의하여 연구되었음.

行 道 天 涯

걸어서 하늘 끝까지

쑨원과 쑹칭링의 혁명과 사랑

어문학사

역자의 말

　신해혁명 100주년이었던 2011년, 중국 대륙과 타이완에서는 신해혁명을 기리는 각종 기념행사와 학술대회가 열렸다. 그리고 당연하게도 신해혁명을 이끌었던 쑨원(孫文), 그리고 그의 아내인 쑹칭링(宋慶齡)에 대한 각종 서적과 논문이 쏟아져 나왔다. 이뿐만이 아니었다. 대륙의 중국인민은행은 금은의 기념주화를 발매하고, 대만의 중앙은행은 기념지폐를 발매하였다. 주화와 지폐에는 똑같이 쑨원의 얼굴이 새겨져 있었다. 대륙과 대만 모두 공화정의 정통 적자임을 과시하려는 듯 경쟁을 벌였던 것이다.

　그동안 쑨원과 쑹칭링에 대한 평가는 국부(國父)와 국모(國母)라는 호칭에서 엿볼 수 있듯이 숭고와 신성으로 채워져 왔다. 쑨원이 불요불굴의 혁명의지, 삼민주의(三民主義)로 대표되는 건국방략을 지닌 혁명의 선구자이자 아버지였다면, 쑹칭링은 고귀한 품성과 꿋꿋한 혁명정신을 견지한 혁명의 반려자이자 어머니였다. 이리하여 쑨원과 쑹칭링은 영웅이라는 휘황한 아우라를 두른 채 신화의 공간 속에 놓이게 되었다. 범인(凡人)이라면 도무지 눈이 부셔서 그들을 바라볼 수조차 없다.

그러나 이 책은 신화의 공간에 갇힌 채 박제화된 두 사람을 인간 세계로 불러오며, 판에 박은 듯 진부한 영웅의 각피를 벗겨내고 피와 살을 지닌 범인의 숨결을 입혀준다. 그리하여 그들의 절대고독과 은밀한 욕망을 들추어내고, 그들의 분노와 몽상을 들려준다. 그렇다고 해서 이러한 인간적인 면모가 그들의 혁명 업적을 부정하거나 혁명가로서의 삶을 깎아내리는 것은 결코 아니다. 오히려 가혹한 현실 속에서 혁명의 대의와 이상을 위해, 혹은 자신의 자유로운 영혼을 위해 비틀거리는 모순덩어리 범인의 모습이 더욱 아름다울 것이다.

이 작품은 모두 61개의 장으로 이루어져 있다. 홀수의 장은 쑨원과 관련된 이야기이고, 짝수의 장은 쑹칭링과 관련된 이야기이다. 두 사람의 이야기가 나란히 교차되어 서술되고 있는 셈이다. 전체적인 이야기의 틀은 두 사람이 시공을 초월하여 죽음으로 향해가는 과정을 그리고 있으며, 두 사람이 죽음으로써 이야기는 끝난다. 쑨원이 죽음을 눈앞에 둔 상황에서 주로 국민당 내부의 불화와 갈등, 군벌들의 기만과 횡포, 자신의 신중국의 미래에 대한 희망과 꿈 등을 술회한다면, 쑹칭링은 자신의 가족, 쑨원과의 결혼생활과 혁명활동, 쑨원 사후의 생활 등을 술회한다.

두 사람의 술회 가운데 대부분은 역사적 사실에 기초하여 재구성한 것이다. 반면 두 사람의 사생활이나 개인적 감정, 이를테면 쑨원의 심약한 일면이나 다양한 여성편력, 쑨원이라는 역사기호의 부장품 노릇을 거부하려는 쑹칭링의 고뇌, 경호원과 관련된 인간적 욕망 등은 작가의 문학적 상상력이 발휘되었다고 할 수 있다. 아마 이러한 부분이 이 작품에 대해 '금기의 위반과 숭고의 모독'이라는 평가를 낳게 하였겠지만, 이 작품이 지니는 미덕 또한 여기에서 비롯되었을 것이다.

이 작품은 1924년 11월 30일 이른바 북상(北上)의 여정 중에 들린 고베(神戶)의 부두를 떠나는 장면에서 시작한다. 작품의 이해를 돕기 위해 당시 군벌의 혼전 상황, 그리고 쑨원의 북상과 관련된 정치 상황을 간단히 살펴보고자 한다.

1916년 6월 웬스카이(袁世凱)가 죽은 후 북양(北洋)군벌은 내부의 파벌과 투쟁으로 혼미를 거듭하였다. 1920년을 전후하여 북양군벌은 세 파벌, 즉 베이징(北京)을 거점으로 한 우페이푸(吳佩孚)의 직예파(直隸派, 직계直系), 텐진(天津)을 거점으로 한 돤치루이(段祺瑞)의 안휘파(安徽派, 환계皖系), 그리고 펑텐(奉天)을 거점으로 한 장쭤린(張作霖)의 봉천파(奉天派, 봉계奉系)로 나뉘어 패권을 위해 이합집산을 거듭하였다. 1920년 7월 직예파와 안휘파가 벌인 직환전쟁에서는 봉천파와 제휴한 직예파의 우페이푸가 당시 베이징을 장악하고 있던 돤치루이를 몰아내고 정권을 장악했다. 이어 1922년 5월 직예파와 봉천파가 전쟁(제1차 직봉전쟁)을 벌여 우페이푸가 장쥐린에게 승리함으로써 정권을 독차지하였다.

직예파의 패권을 저지하기 위해 1924년 9월 제2차 직봉전쟁이 벌어졌는데, 우페이푸의 지휘를 받던 좌익작전군 제3군사령인 펑위샹(馮玉祥)이 회군하여 베이징을 점령하는 쿠데타가 일어났다. 펑위샹은 당시 총통 차오쿤(曹錕)을 감금하고 새로운 섭정내각을 구성하는 한편, 10월 25일 쑨원에게 평화통일문제를 논의하기 위해 북상해줄 것을 요청하였다. 당시 북벌을 진행 중이던 쑨원은 급히 광저우(廣州)로 돌아왔으며, 국민당 내부의 반발을 무릅쓰고서 11월 10일 〈북상선언(北上宣言)〉을 발표하였다. 쑨원은 이 선언에서 삼민주의가 국가 문제 해결의 기초임을 강조하면서, 중국의 통일과 건설을 도모하기 위해 공농상학(工農商學)의 대표로 이루어진 국민회의(國民會議)의 소집을 요구하였다.

그러나 〈북상선언〉 발표 당일 장쥐린, 펑위샹과 돤치루이는 톈진에 모여 새로운 정부의 수립을 결정하고, 우페이푸의 동의를 얻어 돤치루이를 임시정부 집정으로 추대하였다. 또한 돤치루이는 쑨원의 국민회의 소집 요구에 맞서 군벌과 정객으로 이루어진 선후회의(善後會議)의 개최를 주장하였다. 정국의 혼미 속에서 북상의 의미가 불투명해졌지만, 쑨원은 11월 13일 광저우를 출발하여 17일 상하이(上海)에 도착하였으며, 21일 상하이를 떠나 23일 일본의 나가사키(長崎)를 거쳐 24일 고베에 도착하였다. 고베에서 엿새를 머문 후 30일에 고베를 떠나 12월 4일 텐진에 도착하였으며, 마침내 12월 31일 병든 몸으로 베이징에 도착하였다.

당시의 정치 상황과 아울러 쑹칭링의 인간적인 욕망이 이 작품의 주요한 실마리로 기능하고 있다는 점을 감안하여, 그녀의 사생활과 관련된 유언비어를 살펴보기로 한다. 쑹칭링에게 가장 큰 상처를 주었던 것은 1927년 천여우런(陳友仁)과 결혼했다는 소문이었다. 천여우런은 국민당 좌파로서 1927년 4·12 정변 이후 쑹칭링과 정치적 입장을 함께 하여 매우 밀접한 관계를 유지하였다. 이 해 8월 쑹칭링은 집안 식구들의 반대를 무릅쓰고 천여우런 등과 함께 소련의 화물선 편으로 몰래 블라디보스토크를 거쳐 모스크바로 향하였는데, 얼마 후 상하이에는 그녀가 모스크바에서 천여우런과 결혼했다는 소문이 크게 퍼졌다.

쑹칭링과 관련된 소문은 중화인민공화국 수립 이후에도 있었다. 그녀가 비서와 동거한다는 소문이었는데, 그녀가 비서와 공개적으로 결혼하기를 요청하였지만 당중앙에서 그녀의 신분을 고려하여 동의하지 않은 바람에 비서와 동거만 하고 있다는 것이었다. 이들에 비해 훨씬 그럴듯한 소문은 그녀의 경호원 쑤이쉐팡(隋學芳)과의 관계였다. 이는 그가 중풍을 맞은 후 쑹칭링이 그의 두 딸 융칭(永淸)과 융제(永潔)를 자신의 곁에 두어 함께 지냈기 때문이었다. 이들 세 사람은 이 작품에 등장하는 S와 그의 두 딸, 위위(郁郁)와 전전(珍珍)의 모델이라 할 수 있으며, 전전은 8장까지의 짝수 장의 화자로 등장하고 있다.

이 작품의 저자인 핑루(平路)는 우리나라 독자에게 낯선 작가이지만, 타이완에서는 넓은 독자층을 지니고 있는 유명 여작가이다. 핑루의 본명은 루핑(路平)이며, 1953년 6월에 타이완의 가오슝(高雄)에서 태어났다. 타이완대학 심리학과를 졸업한 후 미국 아이오와대학에서 석사학위를 취득했으며, 미국우정공사(USPS)에서 통계분석사로 일하는 틈틈이 소설을 창작하여 타이완의 신문에 투고하였다. 1983년에 〈옥수수밭의 죽음(玉米田之死)〉으로《연합보(聯合報)》의 단편소설 1등상을 수상한 이래 소설창작에 힘쓰는 한편, 시사비평 및 문화비평에서도 활발하게 활동하고 있다. 대표작으로 1995년에 장편소설 〈걸어서 하늘 끝까지(行道天涯)〉를 출판하였으며, 2002년에는 타이완의 국민가수 덩리쥔(鄧麗君)의 삶을 그린 장편소설 〈언제 그대 다시 오려나(何日君再來)〉를 출판하였다.

타이완은 일제에 의한 피식민지 경험과 이데올로기 대립에 의한 분단은 물론, 고도경제성장과 그에 따른 인간소외문제, 남성중심사회에서의 성차별 등 많은 점에서 우리나라와 공통분모를 지니고 있다. 1992년의 한중수교로 인해 정식 외교관계가 끊긴 이래, 대륙의 작가와 작품은 소개될 기회가 많아진 반면, 타이완의 작가와 작품은 우리나라의 독자를 만날 기회가 줄어들고 말았다. 이 작품의 출판을 계기로 핑루를 비롯한 타이완 작가 및 작품이 우리나라 독자들에게 더 많은 사랑을 받기를 기대한다. 이 작품의 번역과 출간에 많은 분들의 도움을 받았다. 그중에서도 이 책의 번역·출간을 허락해준 작가 핑루 여사에게 감사의 인사를 전한다. 아울러 꼼꼼한 교열을 위해 수고하신 편집부 여러분에게도 감사의 인사를 드린다.

2013년 1월

역자 일동

1883년 18세의 쑨원

1912년 새해 첫날 쑨원이 난징에서 대총통 취임 선서를 했을 당시의 모습

미국 유학 중인 세 자매. 왼쪽이 쑹칭링, 중앙이 쑹아이링, 오른쪽이 쑹메이링

결혼 후인 1916년 4월 24일 귀국하기 전에 도쿄에서의 두 사람

1917년 7월 광저우 대원수부에서의 두 사람

1924년 12월 31일 베이징에 도착한 후 부부가 함께 찍은 마지막 사진

❶ 쑨원의 장례식에서 영구 앞에 선 쑹
  칭링

❷ 1927년 모스크바의 교외에서 덩옌다
  (오른쪽 두 번째)와 함께

❸ 1949년 1월 마오쩌둥이 보낸 편지를 읽고 있는 쑹칭링

1949년 9월 중국인민정치협상회의에 참석한 쑹칭링(앞줄 왼쪽 두 번째)

❶ 1956년 8월 인도네시아를 공식 방문하여 자카르타공항에서 찍은 사진

❷ 1979년 아동절을 기념하여 축사를 하고 있는 모습

❸ 1981년 6월 4일 쑹칭링의 유골 안장식

1924년 11월 30일 마지막 여정 중의 쑹칭링과 쑨원
이 소설은 이 사진으로부터 거슬러 올라간다.

차례

1

선생의 마지막 여정 속으로 들어가려는 것은 오로지 이 여정이 취한 듯 홀린 듯한 느낌을 주기 때문이다. 만약 여정에서 출발점을 고른다면 갑판 위에서 찍은 한 장의 빛바랜 사진에서 거슬러 오르기 시작하는 게 좋으리라. 때는 1924년 11월 30일. 사진을 찍을 당시, 선생의 수행원 가운데 한 사람이 호주머니에서 시계를 꺼내 보니 10시 3분 전이었다. 아직 닻을 올리기 전의 호쿠레이마루(北嶺丸) 위에서 이 기념사진을 찍었던 것이다.

사진 속의 선생은 시름 젖은 눈빛에 마고자 당의(唐衣, 중국식 옛 복장) 차림이다. 한 손으로는 회색 모직 모자를 들고 다른 한 손으로는 가볍게 지팡이를 짚고 있는데, 얼굴에 노쇠한 기색이 짙게 깔려 있다. 2주일 전인 바로 11월 17일, 선생이 이번 여정의 행선지의 하나인 상하이(上海) 항에 들렀을 때, 현지의 《문회보(文匯報)》 기자는 이렇게 기록했다. "쑨(孫) 선생은 근자에 훨씬 나이 들어 보인다. 지난 민국 10년(1921년)에 뵈었을 때와는 판연히 다른 모습이다. 머리카락은 더욱 희어졌고, 원기 또한 예전만 못하다." 사진 촬영일로부터 나흘 뒤, 선생은 항해의 종착지인 톈진(天津)에 도착했다. 톈진의 신문은 선생을 다음과 같이 묘사했다. "암흑색 낯빛에 수염과 머리카락은 희끗희끗하다. 더 이상 예전의 풍채가 아니다." 사실 이번 여정에 대해 각 신문사 기자들마다 일제히 선생의 지치고 쇠약한 기운을 보도했다. 어떤 신문은 젊고 아름다운 아내를 얻어 몸을 돌아보지 못한 모양이라고 비웃기도 했다.

일본 고베(神戶)의 부두에서 찍은 이 사진*을 자세히 들여다보면, 선생의 부쩍 늙어버린 모습이 두드러지는지라 나이 든 남편과 젊은 아내의 대비가 유독 선명하다. 사진을 찍을 당시, 선생 곁에 서 있는 아내 쑹칭링(宋慶齡)은 머리를 약간 기울인 채 가죽 모자를 쓰고 있으며, 친칠라 털외투 차림에 끝이 뾰족한 가죽 하이힐을 신고 있다. 그런데 자세히 살펴보면, 살짝 찌푸린 미간 사이로 은근한 원망이 어려있다. 이건 '봄날 화사하게 화장한 젊은 부인에게 깃든 일말의 수심' 같은 것이리라.

* 21쪽의 사진

다음 순간, 아마 멀리 보이는 롯코산*을 바라보다가 젊은 날의 추억의 발자취가 떠올랐는지, 선생은 혼자서 뱃머리로 걸어갔다. '호쿠레이마루'가 곧 출항하려는 고베 4호 부두에 실제 나이보다 훨씬 나이 들어 보이는 선생이 모자를 벗은 채 서 있다. 역광으로 인해 이마에 어둔 그림자가 잠시 머무른 바람에 선생의 표정은 분명치 않다. 그렇기에 선생이 무슨 생각에 잠겨 있는지 헤아릴 길은 없다. 그저 당일의 기록을 찾아보니, "선생은 뱃머리에 오래도록 서 계셨다. 모자를 벗어 답례하여 경의를 표하셨다"라는 단서밖에 없다.

하지만 이건 국민당 관방의 연보에 실려 있는 기록이다. 사실 상하 두 권의 커다랗고 벽돌보다 더 묵직한 이 책 속에는 그를 신격화하려는 기록들로 가득 차 있다. 그러니 혁명가의 성정이 기실 보통 사람들보다 훨씬 요동치고 낭만적일 수 있음을 연보 기록은 그저 가볍게 흘려 넘겨버린 것이리라. 예를 들면, 선생은 대단히 기뻐하다가도 순간 깊은 절망감에 의기소침해졌고, 꿈을 꾸는 데도 단연 최고의 몽상가였다! 지금 선생이 자나 깨나 늘 생각하는 국민회의(國民會議)도 그의 몽상 가운데 한 페이지일 따름이다. 배가 막 고베를 출발했다. 고베 이곳은 바로 선생이 몽상의 발걸음을 뗀 출발지였다. 끝없이 펼쳐진 꿈속에서, 중국 근대사는 이미 그의 파란 많은 운명과 이미 떼려야 뗄 수 없는 한 몸이 되어 있었다. 지금 이 순간, 선생은 자기를 대하는

---

* 롯코산(六甲山)은 일본 고베시의 시가지 서쪽에서 북쪽에 걸쳐 위치해 있는 산이다.

남들의 태도를 일일이 따져보아야만 했다.

　사실 이 순간 선생은 자못 기쁘기까지 하였다. 이누카이 쓰요시(犬養毅)는 시종 코빼기도 내비치지 않았고, 게다가 선생을 도쿄(東京)로 초청하지도 않았다. 그런데 그제 고등여학교에서 강연했던 '대동아주의'가 벌써 《고베신문》의 머리기사로 실려 있고, 오사카(大阪)의 《아사히신문》 또한 제1면에 절반의 지면을 할애해 이를 보도했다. 적어도 선생의 동향을 여전히 중시하고 있음을 드러낸 것이다. '동방 왕도의 파수꾼인가? 서방 패도의 앞잡이인가?' 선생은 운율 넘치는 멋진 대구를 다시금 조용히 읊조려 보았다. 입에서 입으로 전해지기에 얼마나 좋은가!

　선생은 손을 들었다. 언덕 위에 올라서서 전송하는 사람들, 그리고 금방이라도 끊길 것만 같은 수많은 오색테이프를 향해. 배가 강 언덕에서 멀어질 적마다, 선생은 늘 되돌아올 날이 있는지 전혀 알지 못했다. 더욱이 이번에는 길을 떠나기 전, 잠꼬대처럼 자기의 운명에 대한 예언을 발설한 터였다. 바로 황포군관학교(黃埔軍官學校)*의 전별 연회석상에서 선생 자신이 장차 돌아올 수 있을지 확실치 않다고 언급하면서, 자신의 나이 벌써 59세이니 설령 죽는다 하더라도 걱정할 일은 아니라고 말했던 것이다.

　요 며칠 사이, 선생은 자신의 장기가 빠르게 악화되어 가는 것을

---

* 황포군관학교(黃埔軍官學校)는 국민혁명에 필요한 군사간부를 양성하기 위해 1924년 광저우(廣州)에 설립된 군사교육기관이다.

암암리에 느끼고 있었다. 그의 오랜 벗 아키야마 데이스케(秋山定輔)는 선생더러 규슈(九州)의 온천별장에 가서 요양을 좀 하라고 권했다. 하지만 나라가 이렇게 혼란스러운데, 그가 어떻게 손을 놓은 채 그냥 바라보고만 있을 수 있겠는가? 게다가 요양과 같은 일은 이제껏 그의 스케줄에 존재한 적이 없었다. 설령 남은 날이 많지 않더라도, 선생의 정치적 직관은 선생에게 목전의 시기를 더욱 힘껏 움켜쥐도록 만들 것이다. '만약 북상(北上) 할 수 없다면, 차라리 죽는 게 낫다!' 선생은 출발하기 전, 몇 번이고 거듭 결연하게 말했다.

배가 흔들리기 시작했다. 선실 안으로 들어선 선생은 평소와는 달리 문득 허기를 느꼈다. 이때 선생의 위는 망가진 지 오래, 그저 야채 스프나 간신히 넘길 수 있는 정도였다. 그는 숟가락으로 대접 속의 김 부스러기를 떠서 입으로 흘려 넣었다. 이제껏 선생은 일본 음식의 맑고 담백한 것을 좋아했다. 하지만 일본 사람들처럼 그릇을 받쳐 들고 후룩후룩 소리를 내며 먹는 데는 그다지 익숙하지 않았다. 15분 뒤, 부관 마샹(馬湘)이 식탁을 치웠다. 선생께서 말끔히 비운 탕 그릇을 기쁜 맘으로 가져가면서, 마샹은 선생을 부축하여 방에 들어가 쉬시도록 할 생각이었다. 그런데 이제껏 한 번도 뱃멀미를 한 적 없는 다이지타오(戴季陶)에게 선생께서 들려주는 말이 문득 들려왔다. 그해 광저우(廣州)기의(起義)가 실패했을 때, 선생은 젊은 시절의 친구였던 천사오바이(陳少白), 정스량(鄭士良)과 함께 이곳 고베까지 도망왔다가 처음으로 변발을 잘랐다고 했다. 선생은 미소를 지은 채 "1895년에……"라고 말을 잇다가, 오들오들 떨며 방에서 억지로 걸음을 옮겨 나오는 아내를 바라보았다. 1895년 그해 그녀는 겨우 한 살이었을까? 아니면 두 살? 선생은 아내와 함께한 순간부터 아내가 필경 과부일 수밖에 없음을 예감해왔다.

"로자몽드(Rosamonde)." 선생은 가볍게 아내의 아름다운 영문 이름을 부르면서, 얼핏 걸음이 비틀거리는 아내에게 자기 곁으로 다가오라고 눈짓을 했다.

2

● ●

향긋한 꽃향기 속에서 나는 알았다, 만족해야 한다는 걸. 하지만 파란곡절의 삶을 겪어 본 사람이라면 천운(天運)이 자기에게 정말로 다가올 날이 있으리라고는 감히 믿지 않는 법이다. 경쾌하고도 산뜻하게 장식된 객실에서 나는 거듭 나 자신에게 되뇌었다, 이건 꿈이 아니라고.

심슨의 부모님이 잠시 쉬는 오후에, 나는 온실을 겸한 욕실에 들어가 물을 가득 채우고서 옷을 벗은 채 두 발을 대리석 욕조에 담갔다.

물속에 들어앉으니, 피부가 조각조각 해체되면서 한 점 한 점 내게서 떨어져 나가는 것 같았다. 뿌연 수증기 사이로 눈을 문지르니, 문득 유리 온실 밖의 잔디밭 위에 소담스레 눈이 쌓여 있는 듯하였다. 그해 벽두, 몹시 난처한 처지에 빠져 어찌할 줄을 모르던 그때, 나는 뉴욕의 뒷거리를 배회했다. 그때 눈은 내 무릎을 덮었고, 순간 우박이 내 앞으로 빗발치듯 내리쏟아졌다. 마치 그 불투명한 작은 유리구슬들이 내 콧구멍에서 튕겨져 나오는 듯한 느낌이 들었다.

욕탕의 활처럼 휜 곳을 따라 나는 비스듬히 누웠다. 손을 휘젓자 욕조 안에 소용돌이가 일었다. 물결은 나를 감싸듯 앞쪽으로 향했다가, 다시 나를 밀치면서 뒤쪽으로 물러났다. 어슴푸레한 물결이 내 앞에서 흐르듯 빛을 발했고, 기묘하게도 나는 욕조 속에 몸을 담근 어머니의 몸을 생각하고 있었다. 노부인의 젖가슴은 마치 둥그런 한 쌍의 조롱박처럼 앞쪽으로 드리워져 있었다. 어머니는 이미 여든의 나이에도 충분히 여성스러운 몸을 유지하고 계셨다. 어깨는 부드럽게 아래로 흘러내렸고, 목부터 허리까지 우아하고도 아름다운 활 모양을 드러냈다……

수증기 속에서 두둥실 떠오르는 어머니의 모습에 나는 두 눈을 크게 부릅떴다. 순간 어머니는 내게서 등을 돌리셨다. 어머니의 등 뒤 피부는 너무나도 보드랍고 고왔다. 백옥처럼 윤기가 흐르는 풍만함으로 인해 마치 …… 세월을 지나온 흔적조차 없는 듯하였다.

●●

　욕실 가운을 걸치고서 나는 살금살금 방으로 돌아와 방문을 잠그고서 마치 오래된 성(城)같은 건축양식을 둘러보았다. 이렇게 큰 집이 나와 심슨의 것이 되리라고 언제 상상이나 했겠는가!

　나는 화장대의 둥근 의자를 어루만지다가 이내 앉았다. 방 안은 심슨의 어머니가 좋아하는 오리엔탈 풍으로 꾸며져 있었다. 음, 새장과 장목(樟木) 상자를 진열해 놓으셨군. 나는 얼굴을 옷장에 기댄 채 입술이 옷장 거울에 닿을 때까지 잠시 그렇게 서 있었다. 그러다 옷장 거울에 축축한 흔적을 남긴 입김을 닦아냈다.

　고개를 들어 이 객실의 장식을 휘휘 둘러보았다. 새장 하나와 한 쌍의 원앙이 물장난을 치는 붉은 자수(刺繡) 문발, 흰 바탕에 코발트색 그림이 그려진 골동 모조품 자기, 상서로운 용과 봉황 한 쌍이 그려진 궁중 등(燈), 그리고 벽에는 아편 남뱃대가 걸려 있었다…… . 거울 쪽을 보니 실눈을 뜬 내 눈이 보인다. 은은하게 울리는 풍경(風磬) 소리 사이로, 나는 몇 번이고 심슨에게 애교 섞인 말을 건넸다.

　"당신, 내가 누구인지 생각해 본 적 있어요?"

　심슨은 내 뺨을 어루만지면서 시원시원하게 대답했다.

　"당신은 나의 '중국'이오!"

　어머니는?―오랜 세월동안 어머니에게 친구가 있었다면, 그건 몇몇의 외국 친구들일 것이다. 그들은 살갑고 다정하게 어머니의 영문 이름을 부르며, 어머니의 뺨에 입을 맞추었고, 어머니의 손을 맞잡은 채 살이 쪄 거동이 불편한 그녀의 몸을 감싸 안곤 했다. 그들은 어머니를 '로자몽드'라고 부르지 않았다. 외국 친구들은 그녀를 '수지(Suzie)'라고 불렀는데, '수지'라는 이 단순한 음절에 뭔가 마술 같은 게 있는지, 병석에 누워 있다가도 어머니는 이 소리에 신기하게 눈을 뜨곤 했다……

●●

그날 밤, 산뜻하게 장식된 이 객실에 들어가 난 꿈을 꾸었다! 나는 언니의 몸이 파묻히는 걸 보았다. 나는 손을 내밀어 구하려고 했다. 우리는 한데 부둥켜안고 서로를 끌어당겼지만, 발 아래쪽은 빠질수록 깊어지는 모래흙이었다. 마냥 떨어져만 내리는 중량감. 결국 네 팔만 남았다. 우리는 밖으로 나와 있는 네 팔로 닥치는 대로 뭐든 붙들었다. 나는 소리를 질렀다. …… 그러다 침대 가에 앉아 있는 심슨을 발견했다. 그의 안타까워하면서도 걱정 어린 푸른 눈이 보였다.

심슨이 나를 품에 안아주었을 때, 나는 어머니의 장례가 치러지던 날의 한밤중을 떠올렸다. 언니가 내 침상 앞에 쭈그린 채 나더러 빨리 떠나라고 했다. 더 지체하면 떠날 수 없을지 모른다고 심각한 얼굴로 말했다. 그 순간, 머리카락이 언니의 얼굴을 반절이나 덮고 있었던지라 언니의 표정까지는 읽지 못했다. 언니의 손톱이 내 살 속 깊이 파고들었다. 언니는 떨리는 목소리로 말했다.

"외국 가서 잘 살아라. 날 잊지 말고!"

3

깊은 밤, 멀리서 또 가까이서 별빛과도 같은 경고등이 번쩍이고 있음을 선생은 보지 않아도 잘 안다. 노련한 선원처럼 코안에 느껴지는 비릿하고 짭조름한 습기로, 호쿠레이마루가 여기저기 암초가 가득 깔린 내해(內海)를 지나고 있다는 사실을 맡을 수 있었다. 순간, 선체가 흔들리는 바람에 선생의 생각은 남방의 거점으로 훌쩍 옮겨갔다. 두 사람이 거점을 떠나온 지 17일째 되던 날 밤의 칠흑 같은 강기슭을 떠올렸다. 총통부의 전등 빛이 눈을 찌를 듯 별안간 빛을 발했다. 그곳은 군사 반란 이후 안전을 위해 옮겨간 공장 건물이었다. 그곳의 구조는 대포를 견딜 수 있을 만큼 충분히 견고하였으며, 그 옆을 흐르는 주강(珠江)은 헤자(垓子)로서 안성맞춤이었다. 각 층마다 테라스로 빙 둘러 있고, 종려나무와 부건빌리아나무가 빼곡이 에워싸고 있었다. 서양에서 새로 고용해온 프로 권투선수가 나무 그늘 사이를 오가며 순시를 돌고 있었다. 하지만 북상하고자 하는 선생의 원대한 뜻이 이루어지지 못한다면, 보루 같은 총통부도 콘크리트 감옥과 하등 다를 게 없었다. "북상할 수 없다면, 차라리 죽는 게 낫지!" 호탕한 기운이 하늘을 찌르는 듯한 말이지만, 사실 그가 본 광저우(廣州)는 이미 죽음의 땅이었으며, 자기가 몸을 맡긴 도시도 벌써 등을 돌린 채 국민당에 반대하고 있는 실정이었다. 선생이 만약 북상하지 못하고 통일된 주장도 내놓지 못한다면, 그렇다면 그가 목숨 바쳐 투신해 온 혁명의 큰 뜻도 결국 물거품이 될 터였다.

어둠 속에서 바라보니 전등마다 제각기 다른 빛을 내뿜고 있었다. 선생이 기거하는 콘크리트 공장 건물은 마치 주강의 뱃길을 표류하는, 대륙의 어느 한 모퉁이로부터 멀리 떨어져 나온 한 척의 배와 같았다. 두려운 건 바로 다시는 배를 댈 땅이 없을 수도 있다는 점이었다. 1여 년 전 천쥥밍(陳炯明)이 반란을 일으켜 총통부를 포위하라고 명령했을 때, 선생은 요행히 한 발 먼저 피신하고, 아내 쑹칭링은 복도 기둥 사이로 도망치는 신세가 되었다. 아, 로자몽드, 결혼 이후 그녀는 거의 선생의 뜻에 따라 격동의 10년 세월을 살아왔다. 순간, 옆 침상에서 가볍게 새근거리는 콧소리가 들려왔다……

리듬은 평안하고도 느긋하다. 코고는 소리에 편안한 음률이 실려 있다. 거기엔 꿈도 놀라움도 전혀 없다. 선생은 다소 부러운 생각이 들었다. 좀 전까지만 해도 뱃멀미를 심하게 하더니 순식간에 이렇게 깊이 잠들었구나, 역시 젊음이란……. 선생은 전혀 잠들 기미를 보이지 않는 자신의 눈을 부비며, 행여 몸의 통증 때문인가 싶었다. 위(胃) 아래쪽인 것 같기도 하고 아닌 것 같기도 하다. 그는 똑바로 앉아보았다. 둥글고 작은 창 바깥은 온통 칠흑인지라, 사실 아무것도 보이지 않았다. 선생은 귀를 선창의 강판에 가져다댔다. 솟구치는 파도 아래로 살벌한 소리들이 뭔가에 짓눌린 것처럼 전해져 왔다. 이곳은 피로 붉게 물든 적이 있는 세토(瀨戶) 내해(內海)이다.

그는 무엇인가 문득 기억해냈다. 바로 목전의 중국 북방지역의 상황이 떠올랐던 것이다. 외국의 신문보도에 따르면 'Warlords'라 일컬어지는 군벌들이 변방을 할거하고 있다는데, 이는 일본 역사상 바쿠후(幕府)*의 쇼군(將軍)과 하등 다를 게 없다. 게다가 선생이 가장 통탄스러워하는 점은 갈수록 많은 사람들이 자기를 그런 부류의 한 사람으로 본다는 사실이다! 상하이의 《신보(申報)》는 그래도 그들 부부를 쑨중산(孫中山) 부부라고 예의를 갖춰 부르지만, 다른 지방의 신문들은 그를 쑨(孫)씨 혹은 웨쑨(粵孫)이라고 불렀다. '웨쑨'은 동북지방의 봉천파(奉天派) 장쭤린(張作霖)의 '펑장(奉張)'과 대비하여 흔히 부르던 명칭으로, 이건 그를 한 지방정부의 수장으로만 여기는 호칭이다. 선생은 이제껏 지나치게 고상한 정의만 늘어놓던 자신을 탓할 수밖에 없는 현실에 자신을 비웃었다. 사실, 이번의 북상은 해서는 안 된다는 걸 뻔히 알면서도 진행하는 것이다. 심지어 그는 다음 행보를 어디로 향해야 할지조차도 알지 못했다.

침상에서 뒤척거리며 생각에 잠겨 있던 선생은 답답함에 '흐흠' 소리를 내며 그제 저녁의 일을 떠올렸다. 오늘 밤처럼 몸을 의자 등받이에 기대고 있다가 갑자기 간담이 찢어지는 듯한 통증을 느꼈었다. 분명 자신의 몸 어딘가 문제가 생겼음에 틀림없다. 선생은 배를 만지며 반듯하게 누워봤다. 그러다 또 몇 차례인가 몸을 뒤척이며 엎치락

---

* 바쿠후(幕府)는 12세기에서 19세기까지 쇼군(將軍)을 중심으로 한 일본의 무사 정권을 가리킨다.

뒤치락했다. 아무리 생각해봐도 자신이 고생스럽게 세운 나라를 두 눈을 빤히 뜬 채 돌이킬 수 없는 지경에 빠지도록 그대로 놔둘 수는 없는 노릇이었다.

4

••

어머니가 갑자기 혼수상태에 빠졌던 그날, 어머니의 침대 옆에서 우리 자매는 쫓기듯 이불을 말아들고 우리 방으로 옮겨왔다. 그들은 어머니가 깨어나지 못하리라 여겼다. 우리를 바라보는 사람들의 눈 빛에 남의 재앙을 고소하게 여기는 시선이 역력했다.

이전에 이건 가슴 깊이 간직해야 할 하나의 비밀이었다. 사실 어 머니를 시중들던 사람들, 이를테면 어머니를 '우두머리'라고 부르던 사람들 가운데 그 누구도 어머니를 좋아하지 않았다. 그들은 어머니 를 귀찮아했고, 혐오했으며, 싫어했다.

저마다의 가식적인 얼굴은 나를 두려움에 떨게 했다! 그들은 하 나같이 공범들, 거짓말을 일삼는 공범들이었다. 겉으로는 어머니를 받들어 모시면서, 마음속으로는 이 노부인을 몹시도 증오했다. 어머 니가 일단 혼수상태에 빠지자, 그들의 보복은 우선 어머니가 가장 사 랑했던 우리 자매에게로 향했다.

언니는 성깔을 억누르지 않았다. 언니의 아름다운 눈에서 무서운 빛이 뿜어져 나왔다. 언니는 큰 소리로 이렇게 말했다. "다 들춰내, 그럼 되잖아!" 그러더니, "우리는 원래부터 어머니의 딸들이었어. 어머니가 남들한테도 늘 이렇게 말씀하셨잖아, 우리가 당신의 가족이라고, 또 어머니의 가장 가까운 사람이라고. 뭐가 틀렸는데?" "게다가" 언니는 눈의 흰자위를 번득이며 말을 이었다. "어머니와 아버지의 관계를 모두들 알잖아. 어머니까지도 그렇게 말씀하셨고!"

그 후로 그들은 우리 자매를 배제한 채, 줄지어 어머니 영전에 서서 최고의 공경을 담아 예를 올렸다. 뭐를 하든 모든 게 그녀를 보호하기 위한 것이었고, 어머니의 명예를 지키기 위한 것이었다. 사실 살아생전에 어머니는 이런 그럴듯한 위선을 가장 싫어하셨다. 전혀 생면부지의 아이들이 어머니를 둘러싸고서 쑹할머니라 부르고, 장수복숭아를 그리거나 종이 새를 접는 것도 경애하는 쑹할머니께 바치려는 것이었는데, 너희들이 모르고들 있었다고? 나는 도저히 참을 수 없어 목청껏 소리를 질렀다. 갈수록 어머니 역시 이를 응대할 인내심을 잃어갔다.

"돌아가셨는데도 연극을 계속해야 하는 거야!" 입을 삐죽거리는 언니의 얼굴에 분노가 가득 차 있었다.

그건 가장 비열한 사기극이었다.

장례를 치르는데, 이제껏 한 번도 본 적 없는, 어머니와 전혀 상관도 없는 가족 대표들이 나타났다. 그들은 어머니의 친척이 아니라, 그저 쑨(孫)씨 집안의 먼 친척일 뿐이었다.

외국으로 떠난 지 몇 년 뒤, 나는 어머니의 오랜 벗인 유태인 이삭스(Harold R. Isaacs)*가 쓴 책을 보게 되었다.

"나는 이것이 얼마나 잔인하게 쑹칭링 본인의 뜻을 저버린 일인지 증명할 수 있으며, 그 두 여자아이에게 얼마나 고통스러운 일이었는지 상상할 수 있다. 당시 칭링은 솔직하게 내게 말한 적이 있다. 세상에 그녀가 관심 갖는 것은 오직 남겨진 이 두 아이뿐이라고."

물론 역사는 이 따위의 속임수들로 가득 차 있다!

5

이튿날 아침, 선생은 배가 흔들리는 바람에 잠에서 깼다. 간밤에 위통으로 몹시 시달렸던 사실은 까맣게 잊은 듯했다.

---

* 이삭스가 1985년 미국에서 출판한 《Re-encounters in China : notes of a journey in a time capsule》을 가리킨다.

선생은 몸을 일으켜 앉아 저쪽 침대의 아내를 굽어보았다. 몸을 웅크린 채 잠들어 있는 모습은 너무도 여리고 가냘파 보였다. 선생은 간혹 이런 망상을 하곤 하였다. 자신이 헌신적으로 아내를 돌봐야 마땅하지만 끝내 그럴 기회조차 없을 것이라는! 하지만 선생은 또한 잘 알고 있었다. 결정적인 순간에는 전에도 그랬듯이 아내를 팽개치리라는 것을. 광저우에서 어려움을 당했을 때에도, 마지막 순간 월수루(粤秀樓)에 남겨졌던 쑨부인은 시가전의 뜨거운 맛을 톡톡히 보아야만 했다. "이셴(逸仙, 쑨원의 호), 중국에 나는 없어도 상관없는 존재지만, 당신은 없어서는 안 되는 사람이에요!" 이 말은 쑹칭링의 여러 판본의 전기에 빠짐없이 기록되어 있다. 칭링은 결연하게 선생을 먼저 떠나보내려 했다. 당시 까만 안경을 쓰고 허리에 약상자를 두른 채 마치 왕진 나온 의사 차림으로 변장하여 선생은 도피했다. 그가 칭링을 다시 만나지 못할 가능성이 매우 높았다.

　　'로자몽드', 선생은 이렇게 소리 죽여 아내를 부르기를 좋아했다. 선생은 아내를 놀라 깨우고 싶지 않았다. 젊은 아내는 예순살의 자기보다 더 곤히 자야 할 테니까. 선생은 알뜰살뜰 아내를 대했다. 아내의 침대에 엎드려 흐릿해져 가는 시력으로 가볍게 코를 고는 아내를 바라보았다. 그녀의 짙은 속눈썹이 아침 햇살을 받아 진한 갈색의 그림자를 드리우고 있었다. 그는 이렇게도 따스하고 감미로운 순간이 못내 소중했다.

　　불안이 엄습했다. 선생은 따사로운 손길로 담요 바깥에 나와 있는 아내의 손을 잡아 자신의 늙고 주름진 볼에 갖다 대려다가 잠시 주저하더니 이내 그만두었다. "정치는 정말이지 밉살스럽다니까." 그는 순간 맥이 풀렸다. 하지만 동시에 이런 혐오스런 느낌도 오래 가지 못할 것이며, 이내 열정적으로 편지를 보내고 또 전보를 칠 것임을 너무나 잘 알고 있었다.

선생은 아내의 담요를 여며주고서 침대 가에 앉아 창밖을 바라보았다. 멀리서 벌써 육지가 눈에 들어왔다. 머지않아 규슈 시 모지(門司)에 도착할 것이다. 이곳은 선생에게 너무도 익숙한 곳이다. 선생은 눈곱 붙은 눈을 깜박거리다 문득 1918년 당시를 떠올렸다. 그 당시 하코네(箱根)에서 고베로 가는 기차에서 급성각막염이 발병해 빛을 보기 힘들었고, 명암조차 분간하지 못했었다. 기차가 그저 잡목 숲 사이를 흔들거리며 지나치는 것만 느낄 뿐이었다. 당시 선생은 몹시도 낙담한 처지였다. 그즈음 망명자 신세였던 선생은 광시성(廣西省)을 거점으로 삼은 계계(桂系) 군벌에 의해 광저우에서 쫓겨났다. 천춘쉔(岑春煊)은 총재 자리를 꿰차고 앉아 선생에게 출국을 요구했다. 선생은 하는 수 없이 기선을 타고 모지(門司)로 왔다. 그의 지지자가 가장 많았던 일본인데도 부두는 썰렁하기 그지없었다. 자신의 가장 충직한 벗이었던 미야자키 도라조(宮崎寅藏)와 사와무라 유키오(澤村幸夫)만이 그를 마중 나와 있었다. 그때 아내는 아버지를 여의고 상하이에 머물면서, 프랑스영사와 조계 내에서의 거류 문제를 적극적으로 교섭 중이었다. 후에 선생은 도쿄에 며칠 묵었는데, 이게 그즈음에 처음으로 조용히 지낼 수 있는 유일한 시간이었다. 시력을 잃은 채, 선생은 솔잎이 이끼 위로 떨어지는 소리와 숲 사이를 가로지르는 바람소리, 그리고 연못에 드리워진 나무 그림자를 들을 수 있었다. 선생은 처음으로 골똘히 생각에 잠겼다. 내가 혹 혁명사업 때문에 뭔가를 놓쳐버린 게 아닌가? 조용하게 지내는 즐거움과 평범한 사람으로서의 삶을 놓쳐버렸어. 도쿄대학병원의 안과의사는 이치카와(市川)라는 분이었다. 그건 홑옷 차림의 6월이었지. 사실 선생은 이제껏 거의 앓아누워본 적이 없었다. 혁명가에게 정신과 체력은 불가분의 짝이라고 스스로 늘 생각해왔다. 그러기에 병을 앓는다는 것은 가장 중요한 줄다리기에서 진다는 것을 의미했다. 선생은 손으로 얼굴의 늘어진 주름살을 쓱쓱 문질렀다. "정치란 사람을 이다지도 늙게 하는 것인가!" 순간 마음속 깊은 곳에서 탄식이 새나왔다.

그제서야 자기가 한밤중까지 단잠을 이루지 못했음을 떠올렸다. 계속된 악몽은 아마도 은근하게 통증을 주었던 위장 때문일지도 모른다. 침대에 누우니 정신은 더욱 말똥말똥해졌다. 하지만 곤히 잠든 아내를 걱정시키고 싶지 않았기에 최근에 계속된 불길한 예감을 혼자서만 간직했다. 중차대한 일일수록 오히려 아내에게 더 감추게 되었다. 사실 그는 곧고도 강직한 어린 아내가 자신이 그녀보다 더 타협적이라는 사실을 알게 되는 걸 원치 않았다.

아내와 견주어보자 선생은 마음속으로 인정하지 않을 수 없었다. 아내 쪽이 오히려 품성이 곧고 성실하며 원칙을 고수하고 믿음을 위해 몰두한다는 점을. 선생이 약간은 자신 없는 몇몇 정책을 이야기할 때마다, 자기 이야기를 가장 신뢰했던 이가 바로 아내라는 사실에 몹시 놀랐다. 게다가 최근 들어 선생에게 유독 걱정되는 일 한 가지가 있었다. 아내에게 알려야겠다고 생각해오던 것인데, 앞으로 평범하게 살아볼까 하는 생각이었다. 사실 혁명의 정조란 결코 참된 고상함이 아니며, 세상사의 귀중한 것들은 정치와 하등 상관없는 것임을 아내에게 알려주고 싶었다. 아, 그런데 너무 늦은 건 아닐까?

선생은 다시 복부의 통증을 느꼈다. 하나님이 이제 자신의 인생의 마지막 순간까지 돌봐야 할 여인에게 정성을 기울일 시간조차 그에게는 남겨두지 않았을지 모른다. 물론 더 중요한 문제이겠지만, 설령 시간이 넉넉하게 주어진다 한들 아내에게 과연 말할 수 있을까? 혹시 선생은 사심 때문에, 아내에게 속고 속이는 현실을 마주하게 할 엄두가 나지 않는 건지도 모른다. 선생은 자기를 깊이 연모하는 아내의 마음속에 자신을 향한 존경의 마음이 깃들어 있음을 너무도 잘 알고 있다. 처음부터 그건 바로 깊이 사모하고 우러르는 감정이었기에, 젊은 여인의 꽃다운 마음이 노련한 선생에게 쉬 매료된 것이리라. 젊은 그녀가 처음으로 사랑에 눈을 떠 마음을 준 사람이 선생 본인이라면, 선생에게는 그녀 이전에 너무나 많은 여자들이 있었다. 그런데도 선생은 끝내 그녀를 사랑하였기에, 그녀가 차라리 인간사의 험악함을 모르는 애완용 카나리아가 되기를 바랐다! 하지만 앞으로는? 선생의 보호 날개가 없어지면, 그녀는 필경 험한 세상으로 들어서야 할 것이고, 동시에—아, 그녀의 마음을 사로잡고 서로를 의지할 만한 남자를 만나지 못하지는 않겠지? 눈앞의 보드랍고 따스한 살갗을 바라보며 예측불허의 미래를 생각하자, 쉰아홉 살 남자의 마음속에는 까닭 없는 질투심이 스멀스멀 피어올랐다…….

6

••

오후 나절, 의자에 비스듬히 기댄 채 꿈을 꾸었다. 꿈속은 텅 비어 있더니 한 올 한 올 깃털이 사뿐히 떨어졌다. 믿을 수 없겠지만, 최근 몇 년 사이에 베이징엔 거의 눈이 내리지 않았다.

허우하이(後海)의 저택에서 언니와 내 침실은 자물쇠로 채워진 채 관광노선이 아니었다. 사람들 말에 따르면, 우리 두 자매는 처음부터 끝까지 존재하지 않은 소문에 불과했다.

어머니를 기념하는 책 말미에 이런 글귀가 있다. "위대한 심장이 마침내 맥박을 멈추었다." 그리고 보니 심장도 위대한 것과 위대하지 않은 것의 구분이 있나 보다!

한 시간 전, 나는 창 너머로 일꾼들이 잔디밭 위에서 혼례용 천막을 치고 있는 걸 보았다. 눈을 찌를 듯한 햇빛 아래 나는 문득 천안문(天安門)광장을 떠올렸다. 마침 눈앞에선 홍위병들이 궐기대회를 벌이고 있었다. 나는 허둥지둥 발걸음을 옮기려 했다. 눈을 부릅뜨고 서야 아래층 거실의 텔레비전에서 축구 시합을 중계하고 있는 걸 알았다.

• •

잠에서 깬 뒤, 나는 기지개를 켜고서 객실 화장대 앞에 일렬로 늘어선 향수를 바라보았다. 샤넬 넘버5, 돌체비타, 쁘와종…… 등 다양한 상표의 향수들이 눈부시게 반짝이고 있다. 그해 어머니는 자신의 화장대 앞에 앉아 이미 말라붙거나 증발해버린, 혹은 흔적만 달라붙은 빈병을 자주 만지작거리셨다.

과일을 담아놓은 은쟁반에는 혼례식 하객의 명단이 펼쳐져 있었다. 모두들 심슨 집안의 친지나 지인들로, 내가 알만한 이름은 거의 없었다. 이때 어머니의 여동생이 짙은 녹음으로 드리워진 저택에 기거했던 사실이 떠올랐다. 한번은 차가 롱아일랜드(Long Island)를 지나는데, 누군가 내게 손으로 가리키며 알려주었다. 원래 어머니의 쟁쟁한 여동생이 바로 저기에 살았었다고. 하지만 그게 나와 무슨 상관이란 말인가? 어머니가 세상을 뜨셨으니, 어머니의 친척들과는 이제부터 어떤 왕래도 없을 것 아닌가!

아마도 그해인가, 나는 건너 건너서 쑨중산 선생의 손자뻘 되는 사람이 타이완 당국과 부동산을 두고 다투고 있다고 들었다. 당시 나는 입술을 깨물었다. 뭐 거울을 볼 필요도 없이, 내 얼굴에 떠오른 한 줄기 냉소를 나는 충분히 연상할 수 있었다.

●●

비쳐 들어오는 달빛 아래 목욕을 하는데, 보드랍고 감미로운 분위기가 나를 감쌌다. 나는 상상해 보았다. 웨딩드레스를 입고 있는 신부의 모습을. 큰 침대 한쪽에는 내일 밤에 걸칠 나이트가운이 커다란 상자에 놓여 있다. 이건 '빅토리아의 비밀'이라는 상호의 가게에서 사온 것이다. 나는 신비스런 연상을 일으키는 이 가게 이름이 좋다. 게다가 나이트가운은 가볍고도 부드러운 실크다. 나는 어느 면에서는 어머니를 많이 닮았다. 예를 들면, 나도 어머니처럼 아름다운 것을 좋아한다.

그해 문화대혁명이 끝나고 어머니를 다시 만나게 되었다. 어머니는 여러 차례 우리에게 잿빛과 남색의 마오쩌둥(毛澤東) 복장이 싫다고 하였는데, 정말이지 지긋지긋해 하였다.

한번은 책상다리를 한 채 어머니의 침대 가에 앉아 1945년에 찍은 어머니의 사진을 들여다보았다. 어머니는 약간 둥근 치파오를 입고서, 4인치 혹은 4인치 반쯤 되는 하이힐을 신고 있었다. 아무리 보아도 당시 어머니의 나이가 쉰셋이라고는 믿기지 않았다! 그때 몰래 어머니의 사진첩을 들춰보니, 어머니와 덩옌다(鄧演達)가 모스크바에서 찍은 사진이 있었고, 사진 아래쪽엔 아라비아 숫자로 1928이라고 쓰여 있었다. 1920년대 아닌가. 이 얼마나 대담한 일인가, 두 사람은 거의 어깨와 어깨를 맞댄 채 서 있었다. 어머니는 그리 길지 않은 코트를 걸쳤고, 그런지라 둥글고 매끈한 다리가 자연스레 드러나 있었다. 어머니의 얼굴은, 아, 사람을 매혹시킬 만큼 아름다움으로 충만했다. 그때 어떤 곡이 떠올랐는데, 그건 바로 '즐거운 과부*'라는 곡이었다. 몹시 사나이다웠던 남자 덩옌다가 뭐 꼭 어머니의 몇 년간의 애인이라고 단정지을 수는 없을 것이다. 후에 그와의 만남을 마치 직접 눈으로 본 듯이 묘사해낸 사람을 만났다.

소문이 사실일 수도 있다. 그럴 수도 있지 않은가?

듣기로, '중국민권보장동맹' 시기의 또 다른 친구로 양싱포(楊杏佛)라는 이가 있었다 한다. 내가 알기로, 덩옌다와 양싱퍼 모두 국민당과 공산당의 투쟁 중에 피살당한 사람들이다. 여러 해가 지났지만 어머니는 여전히 그들의 기일에 글을 쓰셨으니, 이로 보아 그들을 애도하는 어머니의 마음은 시종 여전하셨던 듯하다.

모두 해서 10년간의 결혼생활을 했던 어머니는 평생에 사랑하는 이와 동지를 몇 명이나 두셨을까? 그들은 어머니께 어떤 즐거움을 가져다주었을까?

나의 생각의 나래는 끝이 없었다. 어머니로서가 아니라, 그리고 아랫사람들이 말하는 이곳저곳의 '수장'이 아니라, 어머니는 진정 어떤 여자였을까?

---

* 즐거운 과부(The Merry Widow)는 프란츠 레하르(Franz Lehar)가 작곡하여 1905년에 초연한 오페레타 최고의 명작으로, 지금까지 최다 공연을 기록하고 있다.

한편으로 중풍으로 침상에 누워계시던 아버지의 모습에서 그가 얼마나 좋아하였을지 상상해보지만, 그건 아무래도 어려운 일이었으리라!

나는 두 눈을 말똥말똥 뜬 채 밤이 깊도록 잠들지 못했다.

7

배가 모지(門司)에 도착하자, 선생은 배에서 현지의 신문기자를 접견했다.

그는 임기응변에 특별히 능했다. 이제껏 어떤 사람은 선생이 마치 도마뱀처럼 자주 변하고 교활하다고 비판해왔다. 이런 말들은 아마도 사실이 아닐 것이다. 하지만 선생은 기자들의 즉흥적인 문제에 확실히 잘 대응했다. 짧은 코밑수염을 기른 한 기자가 당돌하게 질문을 던졌다. "이번에 베이징에 가시면, 누구를 총통으로 추천하실 건가요?" 선생은 온화하게 대답했다. "지금은 일본에 있는 처지이니 제대로 알 수가 없군요. 그러니 누구라고 말할 수 없지요." 이렇게 난처한 상황을 피해가곤 했다.

그런 뒤, 선생은 바로 불평등조약의 폐기를 포함한, 자신이 마음속에 두고 있던 몇 가지 일을 끄집어냈다. 그중에 일본과 체결한 21개조 불평등조약 내용도 포함되어 있었는데, 이때의 선생은 아주 능수능란했다. "내가 발표한 주장 가운데 가장 중요한 것은 일본이 중국에게 요구한 불평등조약을 폐기하도록 하는 것이오." 선생의 목소리 톤에는 여전히 선동가의 절박함이 묻어났다. "우리 중국이 지금 당하는 불평등조약을 일본도 30년 전에 겪어 보셨지요. 내가 바로 서야 남을 세울 수 있고, 자신이 잘 알아야 남도 그리할 수 있습니다. 그러니 이전에 겪은 고통을 돌아봄으로써 동정심을 발휘하여 우리 중국이 지금 분투할 수 있도록 도와주시기 바랍니다."

선생의 목소리는 우렁차고 제스처 또한 빈번하여, 남의 반대를 절대 용납하지 않겠다는 확고함이 느껴졌다. 선생은 유독 즉석연설을 좋아했는데, 자신의 혁명에 대한 감정을 현장에서 곧바로 전할 수 있다고 믿어 의심치 않았다. 사실 사람들이 보기에 선생에게 가장 거역할 수 없는 점이 바로 선생의 언변이었다. 당시 국민당의 원로였던 장스자오(章士釗)는 아주 적절하게 이렇게 말한 적이 있다. 선생 곁을 떠나 있으면 분명 도리에 어긋난다고 여길만한 일일지라도, 선생 면전에서라면 '그렇습니다'라고 말하지 않을 수 없다고.

이때 선생은 자신을 둘러싼 사람들을 바라보았다. 어젯밤 수면 부족으로 인해 피로하기는커녕, 선생의 말에는 기운이 넘쳐흘렀다. 그는 짧은 시간 내에 "우리는 바로 50년 전 메이지유신 시대의 지사입니다"라는 말을 포함하여, 일본이 지닌 특수한 의미를 그들에게 알리고 싶었다. 사실이 그러했다. 일본이라는 근거지가 없었더라면, 기의

가 실패한 뒤 선생이 몸을 추스를 기회도 없었을 것이며, 더욱이 조직적인 혁명단체를 꾸릴 짬도 낼 수 없었을 것이다. 다른 한편으로 일본은 선생에게 대단히 강렬한 희망을 안겨주기도 했다. 만약 가쓰라 다로(桂太郎)가 죽지 않았더라면, 중국 통일이라는 선생의 꿈도 이루어졌을지 모를 일이었다. 그러나 지금의 선생은 당시처럼 그렇게 천진난만하지 않다. 오랜 세월 동안 정객의 신분으로 살아오면서, 그는 이누카이 쓰요시(犬養毅), 도야마 미쓰루(頭山滿)의 속셈을 파악하게 되었다. 사실 애당초 선생은 그들이 품은 지나몽(支那夢)의 한 도구에 불과했으며, 또한 자신들의 위험스런 상황을 분산시키기 위해 일본 군국주의가 쳐놓은 수단에 불과했다!

그런데도 선생은 여전히 희망을 품고 있었다. 이번에 일본을 거쳐 북상의 길에 오르기 전, 이누카이 쓰요시와 도야마 미쓰루에게 이러한 암호 전문을 보냈다. "현재 상하이를 떠났으니, 수일 내에 뵐 수 있겠습니다." 뒤이어 도중에 선생은 다시 전보를 쳤다. "이번 우리나라의 시국을 수습하기 위해 각별히 고베를 거쳐 베이징으로 가고자 합니다. 동아시아 정세에 대해 논의할 일이 있으니, 각하께서 고베로 왕림하여 주신다면 참으로 다행이겠습니다." 나중에 도쿄에서 고베로 온 도야마 미쓰루는 선생이 투숙하고 있던 동양호텔로 찾아왔다. 하지만 불평등조약에 대한 이야기를 꺼내자마자 의견은 서로 크게 엇갈렸다. 도야마 미쓰루는 오히려 이 기회에 이렇게 선언했다. "우리나라가 이미 만주와 몽고에서 누리고 있는 특수권익은, 장차 귀국의 국정이 크게 개선되어 다시는 다른 나라의 침략을 당할 우려가 없을 때, 반드시 귀국에게 돌려드리겠습니다. 그러나 지금 돌려달라는 요구에 경솔히 응락한다면, 우리 국민 대다수는 이를 허락하지 않을 것입니다."

생각에 잠겨 있던 선생은 한숨을 내쉬면서 기자의 다음 문제에 대한 답변을 준비하였다. 이 일본 청년들은 중국인들보다 피부가 희고, 입가와 코밑 수염이 덥수룩하며 짙다. 수행원이 동시통역을 하는 사이에, 선생은 문득 도뎬(滔天), 즉 미야자키 도라조(宮崎寅藏)를 떠올렸다. 수염을 기른 그는 어떠한 경우에든 협객의 모습으로 선생의 마음속에 나타나 떠돌이 삶에 대한 그의 갈망을 일깨웠다. 선생이 도뎬을 떠올릴 때는 곧잘 영혼이 깨끗해지는 순간이다. 선생이 평생에 진심으로 그리워했던 친구가 있다면, 그는 분명 도뎬일 것이다. 선생의 눈에 자기보다 더 사랑스러운 남자가 있다면 이 또한 도뎬임에 틀림없다. 사나이들 사이에 이처럼 서로 각별히 아끼는 마음은 선생에게 진심으로 위로와 기쁨이 된다. 그렇다면 도뎬과 황싱(黃興)은? 역시 수염을 기른 사나이 황싱을 떠올리면서, 선생은 황싱과 도뎬 가운데에서 어느 쪽이 더 사욕이 없고 절대적 우정인지 헤아려볼 수도 있었다. …… 하지만 선생은 그러고 싶지 않았다. 그는 이마에 흐르는 땀을 닦아내며, 이 순간 슬며시 그나마 다행이라는 생각이 들었다. 다행히 도뎬이 일찍 병사하여 온갖 정치적 풍상을 겪어 낸 몰골과 기름기 번들거리는 칙칙한 얼굴을 그에게 보여주지 않아도 될 터이니. 도뎬은 분명 나의 이런 모습을 달가워하지 않을 것이다. 도덴은 무슨 일이든 완벽함을 추구했고, 어떤 현실정치든 통탄했으며, 늘 절대적 자유를 추구했다. 그건 존재할 수 없는 상황이었기에, 도덴은 무정부주의자가 될 수밖에 없었다! 만약 도덴이 지금의 자기 모습을 보게 된다면…… 선생은 정말이지 더는 생각하고 싶지 않았다.

정신을 차리고 보니, 마주하고 있는 것은 여전히 껄끄러운 일본 기자의 얼굴이다. 그들을 바라보다가 선생은 이내 맥이 풀렸다. 그들이 중일(中日) 제휴의 깊은 뜻을 어찌 이해할 것이며, 자기가 이랬다저랬다 할 수밖에 없는…… 그 곡절 많은 사연을 어찌 알아줄 것인가. 희망이 거듭 물거품이 되고 나서야, 선생도 일본과의 연합이 잘못된 정책이었음을 인정할 수밖에 없었다. 선생과 일본의 조야인사들의 관계가 아무리 친밀하다 할지라도, 그들은 시종일관 선생께 무성의하게 대했고, 오직 지국의 입장에서 양다리를 걸친 채 웬스카이(袁世凱)와 밀약을 맺었다가 금세 또 돤치루이(段祺瑞)와 군사협정을 맺었다.

기자들은 왁자지껄 떠들어대며 계속해서 질문을 퍼부었다. 천중밍(陳炯明)이 왜 반란을 일으켰느냐, 중국의 남과 북은 무엇 때문에 불화하느냐 등등……. 그들은 선생을 알지 못하는 것 같았다. 선생이 이번에 몸에 지닌 모든 것을 내려놓은 채, 과거 건국의 공적마저 마음 한쪽에 내려놓고서 북상하고 있음을 도무지 이해하지 못하는 것 같았다. 선생은 기운이 더 빠졌다. 그는 모터에서 뿜어져 나오는 매연을 들이키면서 몸 안의 쓰라림을 꾹 눌러참았다. 광둥(廣東)의 정세에 대해 내막을 알지 못하는 기자의 질문을 받으면서, 그가 남몰래 가슴 아파했던 것은 그의 정부가 광저우시에서 행한 집정의 결과였다.

선생은 그날 오후의 피비린내 났던 살육에 대해 반드시 책임을 져야만 했다. 대원수님, 저들이 모든 것을 파괴해버렸습니다! 대원수님, 시관(西關, 광저우의 리만(荔灣))과 성내(城內)는 이미 대치 형세를 이루었습니다. 제때에 결단을 내리지 못한다면, 질서를 회복할 수 없을 것입니다! 대원수님, 문을 연 가게들도 협박을 받아 일제히 파시(罷市)할 태세입니다! 선생은 망설이다가 명령을 내렸다! 그 일이 틀림없다면 간부와 다른 학생들을 동원하고 충용스러운 군인들과 협력하여 문 앞에서 설득하고, 그래도 명령에 따르지 않으면 한 걸음 더 나아가 대응하라……. 후에 자신이 내린 친필 명령을 바라보는 선생은 도무지 믿을 수 없었다. 자신의 근거지에서 이런 명령을 내리다니!

그러나 무엇보다 선생을 못 견디게 했던 일은 사람들이 선생을 여러 군벌들과 한 치도 다를 바 없는 존재로 여긴다는 사실이었다. 선생은 이것이 평생의 오점이 될 것이며, 이 손실을 만회할 수 없으리라는 것을 너무도 잘 알고 있다. 그는 배에서 내리자마자 전보로 신속히 동포에게 알리고, 충직하나 완고한 자신의 옛 동지들에게 알리기로 마음먹었다. 절대로 다시는 털끝만치도 민중을 놀라게 해서는 안 된다는 것을ㅡ.

8

• •

꿈속에서 나는 뭔가에 홀린 것처럼 상하이 후미진 골목길을 맴돌고 있었다. 도시의 대부분은 몽롱하고 흐릿한 안개 속에 잠겨 있었다. 내 느낌으로는 한 걸음 한 걸음 계단을 오르고 있었다. 어머니가 머무시는 방문은 열려 있는 것 같기도 하고, 빗장이 걸려 있는 것 같기도 했다……

"상하이는요," 나는 심슨에게 이렇게 말한 적이 있다. 'SHANG-HAI'라는 글자 속에는 소매치기나 행패뿐 아니라 온갖 수단의 못된 짓 등, 사람들의 간교함이나 속임수는 드러나 보이지 않음을 잘 알고 있다.

나는 손가락을 꼽아가며 심슨에게 하나하나 짚어주었던 게 기억 난다. 상하이는 먼지를 뒤집어쓴 플라타너스요, 스쿠먼(石庫門) 아래에서 다리를 들어올리는 아낙이요, 천장의 석회가루가 물에 만 밥그릇에 떨어지는 것이요, 발걸음 소리가 좁다란 계단을 내려오더니 당신의 다리 곁에 요강을 뒤엎는 것이요, 난징루(南京路)에서 우연히 회고도 멋진 미소를 띤 얼굴을 만났다가도 막 상하이에 온 강북의 노인에게서 문득 '부랑자'를 떠올릴 수밖에 없는 단어라고……

나는 심슨에게 이야기해줄 길이 없었다. 어머니에게 상하이란 영원히 가장 가깝고도 친근했던 '우리집'이었음을. 어머니의 '우리집'은 바로 화이하이중루(淮海中路)의 하얀 양옥집을 가리킨다. 바깥세상이 아무리 음울하고 차가울지라도, 어머니의 양옥집 안에는 훈훈한 화로가 타올랐다. 아버지가 중풍을 맞은 뒤 우리는 이곳 상하이로 보내졌다. 그곳은 내 어린 눈에 천당이었다. 바깥에는 넓은 후원이 있었는데, 한번은 풀숲에서 알록달록한 몇 개의 크로케(croquet) 공을 찾아냈다.

심슨한테 왜 이야기하지 않았을까? 나는 남몰래 곱씹어 봤다. 왜 심슨에게 제법 특별했던 나의 유년시절을 감추는 것일까? 당시의 예사롭지 않은 분위기를 감지했기 때문일까? 그때 우리가 받았던 평범치 않았던 특별한 대접, 그리고 우리 자매를 가늠해보던 사람들의 시선까지 포함해서 말이다. 이유는 아주 간단할지도 모른다. 나는 내가 곧 결혼하려던 외국 남자에게만 정신이 팔려 있고, 내가 그에게 건넨 이야기는 그의 시선으로 바라본, 식민자에게 버림받았다가 구원받은 이국의 도시였을 테니!

훗날의 기억 속의 상하이는 정말이지 폭염으로 푹푹 찌는 듯했다. 문화대혁명이 시작되자, 어머니는 베이징으로 가셨다. 나와 언니는 생모가 사는 이층집의 반 칸짜리 방에서 옹색하게 지냈으며, 거적자리 하나와 목판 몇 개를 잇대어 침대로 만들어 썼다. 생모는 침상에서 늘 푸념을 늘어놓거나, 아니면 독기서린 원망의 눈으로 투덜거렸다. 칙칙하게 더러워진 모기장 안에서 생모는 끙끙대며 신음소리를 내다 후엔 슬프고도 날카로운 외마디를 내뱉었다. '니들 아버지는 지금 어

디에 계신다니?'

나는 사지가 삐쩍 마른 채로 요양원 병실에 계신 아버지를 보았다. 꿈속에서 아버지의 흑갈색 생식기는 마치 말라비틀어진 대추처럼 사타구니에 쪼그라 붙어 있었다.

• •

어머니가 돌아가신 뒤, 나는 딱 한 번 상하이로 아버지를 뵈러 간적이 있다. 요양원의 병실은 코를 찌르는 곰팡내로 진동했다. 아버지의 눈은 시커먼 두 개의 동굴 같았다.

나는 거미줄이 쳐진 시커먼 동굴에서 포동포동 살찐 구더기들이 꿈틀거리고 있는 꿈을 꾸었다.

장례를 치르는 동안, 우리는 내내 멀리서 어머니의 시신을 바라보고만 있었다. 곱게 화장을 한 어머니는 유리관 안에 누워 있었다. 그 근처에는 어머니와 아무 상관도 없는 초등학생 한 무리가 어머니를 에워싸고서, 손을 들어 경례를 드리고 있었다. 플래시가 번쩍번쩍 터지자, 학생들은 두 줄기 눈물을 짜내며 어머니께 작별을 고했다. 장례식은 우리 자매를 의도적으로 배제하여 보지도 못하게 했다. 어머니의 의식이 혼미해진 뒤, 우리는 그녀의 침실 밖으로 밀려났다.

몇 해 전, 문화대혁명 시절에 우리가 세 들어 살고 있는 건물에서 사람이 죽었다. 폐결핵을 앓던 사람이라고 했다. 창에 기댄 채 생모는 아무렇지도 않게 이렇게 말했다. 상하이 현지 사람들의 습속에 따르면 시신은 무명으로 싸는데, 그러지 않으면 나방이 되어 훨훨 날아올라 다른 사람의 콧구멍으로 뚫고 들어가 폐결핵을 전염시키는 원인이 되기도 한다고.

어머니의 장례를 치른 뒤, 무슨 이유에서인지 나는 계속해서 같은 꿈을 꾸었다. 어머니가 무명에 꽁꽁 묶여 꼼짝도 못하는 꿈을!

이후 어느 해 여름날 뉴욕의 낡은 집에 있는데, 수백 마리의 흰 개미가 나무 틈새를 뚫고 나왔다. 가만히 보고 있노라니, 팔의 솜털이 죄다 일어서고 소름이 돋았다.

내가 지하에 쪼그리고 앉아 알을 낳는 꿈을 꾸었다. 희끄무레한 것들이 꿈틀거리고 꼬리가 조금씩 펼쳐지는데, 그건 날개를 퍼덕거리는 나방이었다.

● ●

언젠가 잔물결조차 일지 않는 심슨의 눈에 한 조각 구름조차 그림자를 드리우지 않는 걸 바라보면서, 문득 일 년 내내 등불 그림자 아래 앉아계셨던 어머니가 생각났다. 베이징의 먼지로 가득한 바깥 환경이 어머니의 오염되지 않은 순수한 세계를 더럽히는 게 나는 싫었다! 여든을 넘긴 어머니는 미동도 하지 않은 채, 화장대 위에 알록달록 빛을 내는 유리 향수병을 지그시 바라보고 계셨다. '은은한 향기 소매 깃에 가득하네.' 이게 어디서 본 구절인지 나는 잘 모르겠다.

적막에 휩싸인 세계에서 어머니를 둘러싼 것들은 오직 추억뿐이었다! 오랜 세월이 흐른 뒤, 나는 중국 도시의 어느 작은 서점에서 〈사랑, 잊을 수 없는 것〉*이라는 소설을 뒤적이게 되었다. 나는 평소 문학작품이라곤 거의 읽지 않는데, 그건 당시 대단히 유명한 책이 었다. 책 속의 여주인공은 어머니가 집에서 느릿느릿 왔다갔다 하는 걸 이렇게 말하고 있었다. "나는 그게 어머니의 괴벽이라고 여겼을 뿐, 어머니가 그의 영혼과 만나는 것임을 알지 못했다." 당시 밤이 깊 었는데도 옆방에서 천천히 걸음을 옮기시던 어머니의 습관이 생각났 다. 어머니는 누구를 생각하고 계셨을까? …… 그건 자신의 아버지 였으리라고 나는 생각하지 않을 수 없다!

그때, 심슨의 눈에 어두운 그림자가 어리더니, 샘이 난다는 듯 이 렇게 말했다.

"너무 값싸게 당신의 마음을 샀나봐!"

심슨의 어머니가 심심풀이로 퍼즐놀이를 했던 듯, 책상은 들쭉날 쭉한 작은 네모 조각들로 가득 차 있었다. 내가 비어 있는 조각들을 끼워 맞추자, 흐릿한 등 그림자 아래로 죽음을 통과한 어머니의 얼굴 이 점점 나타났다.

* 〈사랑, 잊을 수 없는 것(愛, 是不能忘記的)〉은 장제(張潔)가 1979년 《베이징문예(北京文藝)》에 발표한 단편소설로서, 문화대혁명이 안겨준 육체적, 정신적 상처를 다룬 상흔소설(傷痕小說) 의 대표작이다.

9

이틀 내내, 풍랑이 몹시 드셌다. 훗날 사람들은 연보(年譜)에서 '배가 황해(黃海)를 지났다'는 대략적인 인상만 찾아볼 수 있을 것이다. 그날 오후, 선생의 중국어 담당 비서인 황창구(黃昌穀)는 선생께 가까이 다가섰을 때 처음으로 선생의 얼굴에 병색이 완연함을 느낄 수 있었다. 선생 쪽으로 다가앉은 황창구는 자기가 오랫동안 간직해 온 사진 한 장을 선생께 보여드렸다. 사진 속의 선생은 그리 길지 않은 양장 상의에, 흰색 와이셔츠를 받쳐 입었고, 겉에는 조끼와 줄무늬 바지를 입고 있었다. 선생은 얼핏 보기에 부잣집 도령마냥 한쪽 발은 바로 세우지도 않은 채 흔들흔들 박자를 맞추는 것 같았다. 당시 사람들은 선생의 여자관계를 포함해서 그에 대해 그다지 엄숙하지 않은 인상을 지니고 있었다. 선생에게서 가장 반짝반짝 생기 넘쳤던 것은 그의 눈이었다. 뛰어오를 듯한 그의 눈빛은 수많은 소녀들을 매료시켰다. 심지어 쑹씨집 자매들과 같은 대갓집 규수들도 예외는 아니었다. 바로 이런 점 때문에 선생은 적잖은 동지들에게 비난을 사기도 했다. 그러나 지금, 선생의 어두운 기색을 살펴보던 황창구는 그의 눈 속에 사냥감을 노리는 타오를 듯한 불꽃이 다시금 뜨겁게 타오르기를 간절히 기대했다.

남모르는 걱정을 뒤로 한 채, 황창구는 선생의 건강에 대해 캐묻

지 않았다. 그저 여정이 피곤한 것이려니 싶어, 하루 푹 쉬면 되리라고 생각했다. 선생은 머지않아 이번 여정의 종점인 톈진(天津)에 도착할 것이다. 이곳이 선생의 마지막 종착지가 되리라고 황창구가 어디 상상이나 했겠는가? 선생에게 남겨진 시간이 사실 그리 길지 않다는 것을 그 누구도 알아차리지 못하는 것 같았다! 물론 후세 사람들이 보기에 곱씹을수록 의미심장하겠지만, 시간은 돌고 돌아 지금 이순간까지, 이제껏 영명하다고는 할 수 없는 정치적 직관에 의지해 왔는데, 설마 자신의 북상이 지니는 역사적 의미를 예견하고 있었을까? 만약에 선생이 이 파란만장한 험난한 여정을 선택하는 대신 광둥(廣東)에서 끝을 냈다면, 후세 사람들은 그를 그저 뜻을 이루지 못한 채 세상을 떠난 남방의 지도자 정도로 여겼을 것이다.

지금 이 순간, 자국인들조차 선생의 역사적 지위에 대해 무지한 터이니, 외국인이 신생을 가볍게 여길 것은 말해 무엇하랴! 열강들이 이익을 이모저모 저울질한 후 손을 맞잡고 중국을 간섭하고자 하는 분위기가 또다시 조성되었다. 선의로 충만한 듯한 이 간섭은 마치 볼셰비키 혁명 이후의 러시아와 같았다. 그런지라 레닌이 오래지 않아 세상을 뜨자, 선생은 '나는 갖은 재앙을 만났고, 그대는 온갖 어려움을 당했습니다'라는 대련(對聯)을 보내 동병상련의 애절한 심정을 전했다. 시선을 그 시대로 돌이켜 당시의 세계정세를 돌아보아야 선생이 육지에 올라 직면했던 일들이 얼마나 혹독한 형국이었는지 절실히 느낄 수 있을 것이다.

세계대전 이후 '국제연맹'은 이미 유명무실한 존재였다. 이탈리아에서는 무솔리니(Benito Mussolini)가 두각을 나타내기 시작했으며, 독일에서는 국가사회주의 독일노동당, 즉 나치당이 막 세워졌다. 일본은 한 차례 지진의 피해를 겪은 직후였으며, 당시 미국의 대통령은 쿨리지(John Calvin Coolidge)였다. …… 당시 중국은 거의 무정부상태에 처해 있었다. 펑위샹(馮玉祥)이 전선에서 배반하는 바람에 남북을 통일하려던 우페이이푸(嗚佩孚)의 연합전선은 와해되고, 우페이푸는 패장(敗將)이 되어 감시를 받는 한편 그에 관한 유언비어가 끊이지 않았다. 어떤 이는 그가 쓰촨(四川) 입성에 뜻을 두고 있다 하고, 또 어떤 이는 그가 후난(湖南)의 자오헝티(趙恒惕)를 도우리라고 했다. 비록 무장해제된 군벌이라고 하나, 사람들은 그래도 우페이푸가 '저자에서 퉁소를 불며 걸식할지라도, 초나라를 회복하려는 뜻을 버리지는 않으리라'고 추측했다. 직계(直系)가 지지했던 대총통 차오쿤(曹錕)은 협박을 받아 자리에서 물러났다가, 선생의 배가 톈진에 도착하던 날 독약을 먹었으나 기사회생한 이야기가 전해졌다. 이건 사실 눈 가리고 아웅하는 수법에 불과한 것이었다. 차오쿤의 첩이 한시도 쉬지 않고 자신과 장줘린 통수부의 관계를 동원하여 차오쿤의 하야 절차를 모색하고 있었던 것이다. 당시 허난성(河南省)에는 전운이 감돌고 있었는데, 후징이(胡景翼)와 한위쿤(憨玉琨)이 근거지를 두고 한판 승부를 겨룰 참이었다. 정치의 핵심지대는 오히려 고요하여, 하야와 출가가 당시 가장 모던한 유행이었다. 본적이 안후이(安徽) 허페이(合肥)

인 돤치루이(段祺瑞)는 집정자의 자세를 지닌 채로 느닷없이 선(禪)을 논하며 차를 따랐고, 회군하여 우페이푸를 친 펑위샹도 마음을 비운 채 불도를 닦는다는 소식이 전해졌다. 이런 소식들이 선생에게 그다지 반가울 일은 아니었고, 전에 선생에게 국사를 함께 논하자던 펑위샹의 주장도 이미 흔들리고 있음을 의미하는 것이었다.

물론 당시 북방의 여론은 선생의 주장과 학설에 대단히 불신하는 태도를 취했다. 어떤 신문은 선생의 "실력이 도대체 장쭤린, 펑위샹만 못하고, 명망도 허페이의 돤치루이보다 현격하게 떨어진다"고 평가절하한 뒤, 선생이 북상해서 의논하고자 하는 일에 대해 이렇게 질문했다. "쌍방이 백중의 세력이 아닌데, 어찌 대등한 권리를 누릴 수 있겠는가?" 또 어떤 신문의 사설에서는 "세상사 온갖 풍상을 다 겪고서 웅대한 뜻은 이미 퇴색하였으며, 그저 빈 말로 외쳐댈 줄만 알았지 실행하기에는 부족하다"고 비판했다. 그런 뒤 충고하듯 그에게 이렇게 권했다. "위험을 무릅쓴 채 실패한 국면을 붙들고 있느니, 차라리 이 기회에 물러나는 것이 어떠한가?" 어떤 글들에서는 인정사정없이 이렇게 신랄하게 지적했다. "10년 우환에도 목표를 이루지 못하고 실력도 미치지 못하였으니, 북을 치고 나팔을 불어본들 무슨 득이 있으리오." 그런 뒤 잘 안다는 듯 "깨끗한 몸으로 자리에서 물러나 의연하게 하야하고 좋은 평판을 회복하여 늘그막에 즐겁게 지내시라"고 채근하였다.

사실 그 시대를 회고해 보면, 외국 역사학자인 쉬페린(Harold Zvi-

Schifferin)이 후세 사람들의 선생에 대한 동정과 이해를 가장 잘 묘사하고 있다.

"그가 민족의 영웅으로 계속 떠받들어졌던 것은 그가 활동했던 25년의 세월이 중국의 시대 가운데 가장 어두웠던 시절이었기 때문이다. 만약 그마저도 망각해버린다면, 그 시대는 더욱 어두울 것이다!"

10

••

베이징의 저택 천장은 썰렁할 정도로 높았으며, 그녀에게 턱없이 큰 객실은 흡사 기관에서 손님을 접대하는 응접실 같았다. 위위(郁郁)와 전전(珍珍) 두 아이와 마주 앉은 채 어머니는 상하이의 거리와 샤페이루(霞飛路)의 라오다창(老大昌), 그리고 허핑(和平)호텔의 재즈 음악을 애써 생각하고 있었다. …… 해관(海關)의 커다란 시계에서 길게 울려 퍼지는 종소리가 들리는 듯하여 어머니는 흠칫 놀라곤 하셨다!

어머니는 막 과부가 되었을 당시를 기억했다. 상하이의 자질구레한 군소 신문들은 너도나도 다투어 그녀에 대한 소문을 물어 나르느라 여념이 없었다. 어머니는 늘 그랬듯이 영어로 외국 친구에게 이렇게 하소연을 하곤 하셨다. "얼마나 고상한 일들이 많아, 그런데 남자, 또 남자. 단 한 번이라도 좋으니, 정말로 내게 즐거운 일을 해보고 싶어."

언제부터였을까? 어머니는 그녀가 응당 누려야 할 소소한 즐거움을 더 이상 놓치지 않았다. S는 그녀를 위해 머리를 감겨주었다. 어머니는 S의 탄력있는 손가락이 그녀의 두피에 느껴지는 걸 좋아했다. S의 손은 힘차고 건장했다. 그것은 열심히 일한 뒤 송골송골 땀이 배어난 젊은 남자의 손이었다.

그녀 역시 머리카락을 빗어 내리는 그 느낌을 제일 좋아했다. 그녀의 머리카락은 길게 허리까지 닿았고, 가늘고도 부드러워 쪽을 지기 좋은 머릿결이었다. S는 대모(玳瑁)거북 껍질로 만든 참빗으로 그녀의 부드럽게 풀어헤친 머리카락을 천천히 빗어 내렸다. 아침에 한 차례, 저녁에 한 차례. 이건 의식과도 같은 신중한 일이었다. 밤에는 풀어 내린 채 잠자리에 들었고, 아침에 일어나면 S가 다시 그녀를 도와 윤기가 흐르도록 빗어내린 머리칼을 머리 뒤편에 쪽을 지어주었다.

매일 밤, S는 손을 내밀고서 그녀에게 머릿기름을 자기의 손바닥에 바르도록 했다. S는 두 손을 맞잡아 부빈 머릿기름을 그녀의 머리카락에 발랐다. 얼굴을 씻은 뒤 어머니는 늘 그랬듯 구하기 힘든 귀한 영양크림을 얼굴에 발랐다. 그리고 등을 끄기 전 마지막으로 자신의 손바닥과 손등에 상하이 제품인 배니싱 크림을 듬뿍 발랐다.

●●

그해, 어머니의 첫눈에 들었던 S는 바로 그녀의 생활비서로 파견된 남자였다.

S는 허리를 굽혀 그녀를 위해 담뱃불을 붙였다. 방 안에는 분명 바람이 없었건만, S는 자그마한 가리개 잔을 은근하게 손으로 감쌌다. 그녀는 S의 손가락에서 전해진 체온을 함께 느낄 수 있었다. 그녀는 자기의 콧김이 그 약한 불빛을 방해할까봐 얼른 고개를 한쪽으로 숙였다. 그녀는 생각했다. 방금 전에 돋보기를 썼더라면 S의 손등에 난 솜털까지 몇 배로 크게 볼 수 있었을 텐데. 성냥불에서 비치는 불빛 속에 틀림없이 용솟음치는 젊음이 드러났을 텐데.

●●

그녀는 원래부터 영특하고 잘생긴 남자에게 특별히 호감을 느꼈다. 젊은 남자의 입가에 돋은 푸르스름한 잔 수염을 바라보며, 그녀는 문득 한 번 만져보고 싶은 충동을 억누를 수 없었다.

중앙에서 선발되어 온 몇 명의 여자 비서들 모두 그리 오래 붙어 있지 못했다. 그녀는 여비서들에게서 못된 흠들을 재빨리 찾아내, 하나같이 욕을 얻어듣고 떠나가게 했다. 하지만 S 앞에서는 도무지 화를 낸 적이 없었다.

때로는 등나무 의자에 앉아 S가 들려주는 바깥일들을 조용히 듣기도 했다. 그녀는 가볍게 눈을 감고 있었다. 참으로 불가사의한 일이다. 이 젊은 남자는 군대에서 두각을 나타낸 사람으로, 군대란 그들만의 생존전략 규율이 있는 법이다. 그건 극도의 인내심을 발휘해야 국가수장을 모시는 비서가 될 수 있는 법! 그런데 이 순간, 그들 둘의 위치는 오히려 뒤바뀐 것 같았다. 그녀는 마치 과거의 천진난만한 소녀로 되돌아가 자기 곁의 쑨중산을 그윽하게 바라보고 있는 것만 같았다. 신혼 시절, 그녀는 다른 사람에게 보내는 편지에 이렇게 쓰곤 했다. "결혼이란 꼭 학교에 가는 것 같아요. 골치 아픈 시험이 없는 것만 빼면." 사실 S가 짚신을 신은 채 북쪽에서 남쪽으로 내쳐 뛰어 내려온 경험에 비하자면, 그녀의 주변은 안락하기 그지없었다. 이 남자는 너무나도 영리해서, 아마 머지않아 카나리아 새장 같은 세상에서 그녀가 생각해내는 모든 일을 한 발 앞서 죄다 생각해낼 것이다. 어쩌다 S가 한 차례쯤 잊어버려도, 그녀는 그래도 그게 정말인지 거짓인지 개의치 않을 것이다.

••

그녀의 기억 속에 남편의 손은 늘 차갑고 매끄러웠다. 젊은 시절 의사였던 직업과 관련된 것인지 모르겠지만, 여자를 훑어보는 눈빛에는 경험 많은 자의 차가움과 냉정함이 깃들어 있었다. 하지만 S의 손은 따스하고 촉촉했다. 그녀를 위해 아침마다 안마를 해줄 때면, S의 이마와 미간 사이로 땀이 송골송골 솟았다. 땀방울은 머리끝을 타고 미끄러져 내렸는데, 마치 무럭무럭 피어오르는 열기가 흩어지는 것만 같았다.

● ●

S는 어머니를 부축할 작정이었다. 아니 어쩌면 그녀를 안내할 요량이었는지도 모른다. 하지만 다른 각도에서 본다면, 그녀는 팔꿈치를 구부려 S가 부축할 수 있게 했을 뿐, 두 사람은 어깨를 나란히 한 채 함께 걸었다. 물론 어쩌다 어머니도 부득불 남들 앞에서 모종의 주동적인 자세를 취하기도 했다.

오로지 S 덕분이었다. S는 의심할 여지없이 그녀를 젊어지게 하는 이유였다. S는 늘 하던 대로 어머니의 머리를 뒤쪽으로 쪽지지 않고, 정수리에 올리기도 했다. 이건 그녀가 한 번도 해본 적이 없는 스타일이었다! S는 그녀의 허리를 붙들기도 했고, 그녀를 가볍게 어루만지기도 했으며, 장난꾸러기처럼 그녀의 팔뚝을 등 뒤로 꺾기도 했다. 그 전에 얼마나 오랜 세월인지 알 수 없지만, 그녀의 피부는 주름지고 축 늘어졌음에도 다른 사람과의 스킨십을 더욱 갈망해왔다.

자신을 남에게 허락하는 일은 결코 쉬운 일이 아니다. 젊은 아가씨였을 적엔 그녀도 전혀 이렇지 않았다. 비록 자기보다 배나 나이 먹은 남편이라 할지라도, 그녀는 쑨중산의 아내가 되어서도 그렇지 않았다. 하지만 이제 그녀는 늙었다. 그녀도 자신을 남에게 허락하는 법을 배우는 중이었다! 그녀가 조용히 S에게 물었다. 자기가 어떤 스타일의 옷을 입어야 하는지, 어떤 색깔의 스카프를 둘러야 하는지, 어떤 손님은 만나고 또 만나지 말아야 하는지. 물론 그녀도 세상물정에 꽤나 밝은 편이지만, 자기가 S의 의견을 참고하고 있다는 걸 S에게 알려주고 싶었다. 그녀는 자기보다 무려 서른 살이나 어린 남자에게 기쁨을 주려고 무진 애를 쓰고 있었다! 그녀에게 있어서 이것이야말로 가장 신선하고도 재미있는 경험이었다.

●●

S가 그녀 주변을 왔다갔다 하는 걸 바라보면서, 자기를 대했을 남편의 심경을 되돌아보았다. 세상에 막 얼굴을 내민 젊은이의 총명하고 부지런하며 배우길 즐겨하는 그런 모습이었으리라. 젊은 이성의 진심어린 봉사를 받는 것보다 더 기쁜 일이란 있을 수 없다.

S를 등진 채, 그녀는 자기가 욕조 주변에 떨어뜨린 머리카락을 주섬주섬 주웠다. 희고 갈라진, 생기라곤 찾아볼 수 없는 한 줌의 머리칼은 몹시도 눈에 거슬렸다. 그리고선 손을 뻗어 이내 변기통에 집어넣고서 물을 내렸다. 그녀는 과거를 회상해보았다. 원앙베갯잇 위로 자잘하고 딱딱한 알갱이들이 여기저기 눈에 띄었다. 그러던 어느 날, 그녀는 몹시 놀라운 사실을 발견했다. 그 알갱이들은 뜻밖에도 남편의 콧구멍에서 나온 것들이었다.

파낸 것들이었다! 그녀는 탐정처럼 슬쩍슬쩍 곁눈질해 보았다. 검버섯으로 뒤덮인 남편의 손을 슬쩍 쳐다보았다.

상하이에서 한가롭게 지내던 어느 일요일 아침, 남편은 늘 하던 대로 턱을 벌린 채 거울을 마주하고서 서랍에서 작은 가위를 꺼내 들었다. 그건 남편이 전에 의사였을 당시 쓰던 수술도구가 아닌가? 그녀는 그걸 보자 서둘러 고개를 돌려버렸다. 남편이 잘라낸 코털에 그 찐득거리는 작은 물체가 정말로 붙어 있는 게 아닌가 싶었다. 악취가 난다고는 단정지어 말할 수 없었지만!

또 거북스러운 건 남편의 침이었다. 임종 마지막 날이었다. 입술의 말라붙은 표피에 침이 섞여 하얀 섬유질을 만들었고, 남편의 입이 달싹거릴 때마다 입술 사이에 매달려 길어졌다 짧아졌다를 반복했다……

운명할 즈음, 남편의 몸은 찐득거렸고, 붙잡은 손 안의 느낌은 분가루처럼 오래도록 사라지지 않았다……

남편이 앓아 누워 있던 동안, 그녀는 꿈속에서 펑 하고 부딪혀 산산조각이 나 잿가루가 된 남자의 몸을 계속해서 꿈꿨다. 남편의 말없는 눈은 썩은 생선처럼 흰자위를 드러내고 있었다.

아무리 이상한 꿈을 꾸었다 치더라도, 생각은 사라지지 않고 여전히 번뜩였다. 진심으로 남편의 두 손을 붙들고서 뜨거운 비눗물에 담근 채 박박 씻어내고 싶었다. 남편이 콧구멍에서 이물질을 파내던 동작이 불현듯 다시금 떠올랐다.

도대체 어느 손가락일까?

지금, 자신의 몸 곳곳에서 불쑥불쑥 튀어나오는 나이의 흔적을 피하고만 싶다. 그녀의 손은 그래도 괜찮다. 아직까진 가냘프고 보드라

우니. 그녀는 먼저 왼손 손톱을 깎았다. 그리고선 오른손을 뻗어 애교스럽게 S더러 왼쪽 손톱과 같은 길이로 다듬어 달라고 했다.

11

'호쿠레이마루(北嶺丸)'가 텐진 외항(外港)에 닿은 날은 12월 4일 오전이었다. 상하이에서 다른 길로 텐진에 온 사람들은 진즉 환영 준비를 마쳐 놓았다. 왕징웨이(汪精衛)는 작은 배로 먼저 다구커우(大沽口)에 와서 '호쿠레이마루'로 올라가 선생께 베이징과 텐진의 정세에 대해 보고했다.

선생은 온 정신을 모아 듣고 있었다. 통증이 한 차례 몸 안에서 일렁였기 때문일까, 아니면 들려오는 소식이 도무지 온통 실망스러운 것들뿐이어서였을까. 선생의 얼굴에 어렴풋이 어두운 그림자가 떠올랐다.

"되풀이할 필요는 없소." 선생은 손을 내저으면서 핵심적인 보고마저 중단시키더니 말을 이었다. "이번에 저들이 날 오라한 것은 우리에겐 선전할 수 있는 지극히 좋은 기회요."

선실 안에서 시끄럽게 떠들어대며 상자를 정리하는 사람들을 뒤로 한 채, 선생은 몸을 돌려 모자를 쓰고서 선실을 뚜벅뚜벅 걸어 나왔다. 머리끝으로 한 차례 찬바람이 불어왔다. 문득 선생은 지난번에 배로 톈진에 왔을 때를 떠올렸다. 벌써 13년 전의 일로, 때는 한여름이었다. 당시 대총통 자리에서 막 물러났기에, 선생은 실업(實業)에만 매달렸다. 직위도 웬스카이(袁世凱)에게 이양한 터라, 선생은 정사에도 그다지 적극적으로 참여하지 않았고, 당무(黨務)에도 그리 참견하지 않았다. 얼마나 천진무구한가! 선생은 뜻밖에도 스스로 이렇게 믿고 있었다. "10년 동안은 웬스카이가 대총통을 맡지 않으면 안 돼." 당시 선생은 실업에 열중하고 있었고, 실업만이 나라를 구할 수 있다고 철석같이 믿고 있었다! 오로지 마음을 차지하고 있는 것은 국내 정세의 안정이었다. 웬 총통은 군사를 훈련시키는 데 탁월하니 원수 자리를 맡아 200만 군대를 훈련시키고, 자기는 다른 무대를 찾아 전심으로 20만리 철로를 놓을 방법만 강구하면 될 일이라 순진하게 생각했다. 그랬기에, 13년 전 웬스카이가 전국의 철도사업을 자기에게 위임해 주리라고 선생은 기대했다. 선생은 웬스카이와의 정담어린 담화를 기대하며 민국 원년 7월 중순, 상하이에서 '안핑룬(安平輪)'을 타고 톈진에 당도했다.

선생이 북쪽으로 올라왔던 당시의 정황은 후세 사람들도 익히 알고 있다. 한 달 동안, 쑨중산과 웬스카이는 10여 차례 회동을 했고, 매번 몇 시간씩이나 오래도록 이야기를 나누었다. 결국 쑨중산은 웬스카이와 타협했고, 웬스카이에게 이용당했다. 웬스카이를 신임하는 갖은 말들이 퍼져나갔고, 국민당원은 '온 힘을 다해 정부와 웬 총통에게 협조'했다. 그럴수록 웬스카이의 지위는 굳건해진 반면, 날이 갈수록 웬스카이를 타도하기는 곤란해졌다. 선생과 웬스카이가 서로 주고받는 동안, 민국 초기의 남북 정계에서 의론이 분분했을 뿐만 아니라, 13년이 흐른 지금까지도 선생 자신은 수수께끼 같은 문제를 곱씹고 있었다. 만약 웬스카이에게 자리를 내주지 않았으면 어땠을까? 이게 당시 정말로 선생의 뜻에 따른 것이었을까?—비록 일부러 선양(禪讓)정치라는 미명(美名)을 선생에게 돌리면서 비위를 맞추는 소인배나, 속사정을 모르는 채 선생께 무엇 때문에 민국의 대총통 자리를 남에게 가져다 바치느냐고 엄정하게 따져 묻는 동지나 별반 다를 게 없지만, 당시 선생은 정치적 타산이라곤 해 본 적이 없었다!

첫째로, 선생은 사고가 꼼꼼하고 주도면밀한 사람이 아니었고, 현실정치의 소소하고 무료한 것들을 결코 좋아하는 인물이 아니었다. 결정저인 순간에 장타이옌(章太炎)이 한 말은 호의를 품고 있지는 않더라도 이러한 점을 잘 보여주었다. "쑨중산은 의론에 능하매, 이는 원로의 재주이니, 그 장점을 버린 채 직무를 맡아서는 안 된다." 어려운 일에 부닥친 현실에서도 선생은 여전히 고상한 탁상공론에만 빠져 있었다. 그가 마주하고 있었던 것은 중국 전도(全圖)였으며, 그는 중국 전도 위에 자신의 웅대한 실업 계획을 진행시키고자 했다. 그래서 선생은 실업의 발전을 지지하는 웬스카이가 수구적 분위기에 속박당할까 오히려 걱정했다.

둘째로, 사실 선생에게도 어찌해 볼 도리가 없었던 점이 있었다.

일찌감치 타협을 보기로 한 것 말고도, 웬스카이는 혁명진영의 교환 조건에 완강한 거부의 태도로 버텼다. 당시 잇단 악운에 시달렸던 난징임시정부가 시작부터 심각한 재정위기에 빠져 있었던 점을 살펴보기만 해도, 웬스카이의 추대가 당시 왜 기정사실화된 방침이었던가를 금세 알아차릴 것이다. "혁명군은 일어나고, 혁명당은 사라지네." 당시 동맹회는 형체만 있을 뿐 해체되는 상황이었고, 혁명회 초기부터 누적되어온 후난(湖南) 사람과 광둥(廣東) 사람 사이의 이견은 도저히 해결될 기미를 보이지 않았다. 게다가 군량미의 문제가 결정적으로 목전의 화급한 문제로 목을 죄어 왔다! 선생은 당시 난징 총통부에 있었으며, 그곳은 장수(江蘇) 자의국(諮議局)*의 옛터였다. 그런데 선생이 자리를 잡기도 전에 군량미를 재촉하는 전보가 빗발치듯 연달아 날아왔다.

'군대란 군량미가 부족하면 무너지는 법.' 임시정부는 긴급히 100만 원의 군용 수표를 발행했으나, 상점들은 이를 받아들이지 않고 쌀가게는 영업정지로 맞섰다. 선생은 외국의 차관을 기다릴 수밖에 없었고, 전보는 계속해서 빗발쳤다. 오늘은 토요일이고 내일은 일요일. 외국인은 관례대로 휴일에는 업무를 보지 않을 터. 선생은 이 사실을 군량미로 인해 다급해 죽을 지경인 황싱(黃興)에게 이렇게 말했다. 내일은 회신이 있을 턱이 없고, 모레나 회신이 있으려나. 앞으로 몇 주

---

* 자의국(諮議局)은 청나라 정부가 1905년 '예비입헌'을 실행하기로 선포한 후 서구의 입헌제 국가의 국회를 모방하여 1907년부터 정식으로 각 성에 세운 대의기구이다.

가 지나 총통부가 사라지는 날에도 외국 차관은 꿩 구워먹은 소식일 거야.

사실 이제껏 선생의 광저우(廣州)정부는 재정 방면의 압력을 그림 자처럼 달고 지내왔다. 혁명에 뜻을 둔 이래, 선생의 최대의 능력은 외국차관과 화교모금에 있었다. 선생은 일생의 절반을 신산스러운 모금활동에 썼노라고 허탈하게 회고했다! 나머지 절반의 시간은 어디에 쓰였을까? 선생의 말을 빌자면, 당시 고달프고 어려운 상황 속에서 중국의 불평등조약을 폐기시키고 제국주의의 압박에 저항하는 데 쓰였다. 선생의 반제(反帝)라는 목표는 목전에 처한 곤경과 직접적인 관계를 맺고 있었던 듯하다.

선생이 도착하기 며칠 전, 텐진에 있던 프랑스영사는 사방에 이렇게 떠벌렸다. 선생이 텐진에 도착해도 프랑스 조계를 지나지 못하게 할 것이며, 프랑스 조계 내에 있는 국민호텔에서 환영대회를 열지 못하도록 하겠노라고. 이런 상황은 선생이 상하이를 경유할 때에도 있었다. 상하이 조계 내의 영국 신문인 《자림서보(字林西報)》*도 사전에 교민들을 자극해서 선생이 상하이에 머물지 못하게 하려고 했었다. 과연 선생을 태운 배가 천천히 텐진항에 들어서자, 러시아를 제외한 다른 나라들이 이미 선생에 반대하는 역량을 형성하고 있었다!

* 《자림서보(字林西報, North China Daily News)》는 중국에서 출판되던 유력한 영자지로서, 전신은 영국 상인 쉬어먼(Henry Shearman)이 1850년 8월에 창간한 《북화첩보(北華捷報, North China Herald)》이다.

그런데 최근 북방의 가장 강경한 맞수인 장줘린(張作霖)이 이런 약점을 이용하여 선생을 자주 공격해왔다. 이를테면 장줘린은 공개적으로 조간신문 기자에게 이렇게 말했다. "베이징 각국의 공사는 아무도 쑨원 선생을 지지하지 않는다." 장줘린은 왕징웨이와 교섭하는 과정에서도 거리낌 없이 노골적으로 이렇게 말했다. "당신이 쑨원 선생께 말씀드려 러시아와 연합하겠다는 주장을 포기하도록 한다면, 나 장줘린이 책임지고 각국 공사들 모두 쑨 선생과 잘 지내도록 하겠소." 사실 이건 말도 안 되는 아이러니이다! 선생이 서방의 일에 아주 정통하다는 점, 이것은 13년 전 선생이 지닌 명예의 보증이자, 우창(武昌) 기의 후 신망을 받았던 가장 중요한 까닭이기도 하였다. 그런데 몇 년이 흐른 지금, 똑같은 혁명 이상을 위해 이렇게 하란 말인가? 그렇다면 그를 따랐던 사람들 모두 결국 그에게 반기를 들 것이다. 순간, 육지를 바라보는 선생의 마음은 한없는 비애에 젖어들었다.

12

..

신중국이 성립되기 전부터 알아왔던 옛 벗들이 어머니를 뵈러 상하이에 왔다. 그들은 말끝마다 쑨(孫) 부인이라고 불렀다. 어머니의 눈빛은 지쳐 있었으며, 말씀도 몇 마디 하지 않으셨다. 그건 바로 손님을 전송하겠다는 뜻이었다.

어머니는 원래부터 남들을 친근하게 대하는 그런 분이 아니었다. 오랜 세월 동안 함께 복지사업을 함께 해왔던 우정도 마치 연기처럼 구름처럼 죄다 흩어져버린 것 같았다. 오랜 벗들 앞에서 어머니의 음성은 분명 소원하게만 느껴졌다.

어머니의 친구들은 낌새를 알아차리지 못한 채 여전히 장난스럽게 이야기를 나누었다. 온 상하이에는 외국 조계의 흔적이 여전히 남아 있었다. 그저 남은 거라곤 나무뿐! 줄줄이 늘어선 가로수들은 오늘까지도 여전히 프랑스오동이라 불리고 있다.

샤페이루(霞飛路)는 일찌감치, 음, 뭐더라, 그렇지 화이하이루(淮海路)로 바뀌었지. 화이하이(淮海)*전투를 기념하기 위해서였지. 어머니는 눈썹을 찌푸린 채 담담하게 응대하고 계셨다. 남편을 따라 머물다가 이후로 줄곧 살아온 그 거리, 샹산루(香山路)도 비슷한 변화를 경험했다. 쑨원의 출생지이기에 그녀의 죽은 남편을 기념하기 위해 그렇게 불리고 있었지만, 그녀는 차라리 문화적 기운이 물씬 풍기는 몰리에르루(莫里哀路)**로 부르고 싶었다.

---

* 화이하이(淮海)전투는 1948년 11월부터 1949년 1월에 걸쳐 중국인민해방군과 국민혁명군이 벌였던 전투이다. 랴오선(遼瀋)전투 및 평진(平津)전투와 함께 3대 전역(戰役)으로 일컬어지는 이 전투는 공산당과 국민당의 명운을 걸었던 중요한 전투로서, 인민해방군은 이 전투에서 승리함으로써 중국 대륙을 장악할 수 있는 결정적 계기를 마련하였다.
** 몰리에르루(莫里哀路)는 샹산루(香山路)의 옛 명칭으로, 이 길이 당시 프랑스 조계에 속하였므로 프랑스 작가 몰리에르(Molière)의 이름을 도로명으로 사용하였다.

최근 몇 년 사이에 어머니는 몇 번이고 자신에게 이렇게 되뇌었다. 제아무리 출중한 미모라도 결국엔 늙어가듯 모든 도시들도 하나같이 다 망가지고 폐허가 되어버렸다고. 그녀가 자라고 기거했던 도시의 빛나던 담벽도 먼지를 뒤집어 쓴 채 곰팡이가 피었고, 여기저기 녹이 슬고 구멍이 뚫렸다. 게다가 그녀의 양옥 뜨락에는 사람 키 높이의 잡초들이 자랐다.

그녀의 운명이 반복되는 곳이 바로 중국 공산당이 탄생한 도시이기도 하니, 참으로 아이러니하지 않은가. 그녀의 눈부신 배역은 바로 조계(租界)에서, 과거의 고도(孤島)* 천당에서 한없이 인도주의를 마음껏 발휘했었지!

이제, 그녀는 어떻게 자신을 새롭게 변모시킬 수 있을까?

● ●

그해 겨울은 유난히 추웠다. 벽난로 앞에서 어머니는 S에게 자신의 지난 일들을 고주알미주알 들려주었다.

항일전쟁이 일어나기 전, 위험스럽기는 하지만 어머니는 적잖은 동지들을 산베이(陝北)의 근거지로 보내는 일을 도왔다. 그중에는 미국 기자 에드가 스노우(Edgar Parks Snow)와 의사 조지 하템(George Hatem)도 포함되어 있었다. 이들이 걸었던 길은 험난하기 짝이 없는

---

* 고도(孤島)는 일본이 1941년 12월 태평양전쟁을 일으키기 전까지의 상하이 조계지구를 가리킨다.

노정이었다.

　길을 따라 관문을 지나거나 단속을 당하다가, 머리 위로 국민당의 비행기가 맹렬하게 폭격을 퍼붓기도 했다. 그때, 어머니는 몰리에르 루 저택의 응접실에 앉아 사람들이 어떻게 선창 바닥으로 숨어들어 가 이틀 밤낮을 꼬박 숨소리조차 내지 못한 채 누워 있었는지에 대해 듣곤 했다. "그 사람들이 돌아와 내게 이렇게 말했지, 선실 위로 사람들의 발자국 소리가 들렸고, 몇 번인가 분명 검문을 하는 것인지 거친 물음과 구령 소리가 어지럽게 뒤섞여 들려왔다고. …… 날이 어두워진 뒤, 마을 곁으로 몰래 언덕에 올라 외딴 집 한 채에 잠입해 들어갔는데, 예상한 대로 나와서 맞이하는 이가 있었어. 서로 암호를 교환하고 나서야 안쪽에 모제르총을 지닌 홍군이 보이더라고……."

　바짝 긴장해서 듣고 있던 S가 담배를 한 대 권했다. 담배를 건네받으면서 어머니는 잘 다듬어진 자신의 둥글고도 윤기 흐르는 손톱을 바라보았다. 남들이 겪었던 험난한 여정에 비해, 자신의 상하이 집에서 지낸 날들은, 뭐랄까—시종 편안하고 아늑했지!

●●

　그녀도 띄엄띄엄 S에게 자신이 얼마나 출중한 여주인 노릇을 했는지를 이야기했다. 쑨원 선생과 함께 했던 시절은 말할 나위도 없고, 이후 홀로 되어 집에 있으면서도 이제껏 늘 그래왔듯이 세계의 유명 인사들을 초청하여 연회를 베풀었다. 그녀는 S에게 말했다. 자네가 알고 있는 사람뿐만 아니라, 최근에 정치 지도자인 김일성이나 수카르노(Sukarno), 그리고 소련의 최고 소비에트주석도 초대했지. 아마 1945년이었을 거야. 그해 9월에는 충칭(重慶)에서 장제스(蔣介石)와 담판을 벌이고 있던 마오쩌둥(毛澤東)과 저우언라이(周恩來)를 초대했었지.

그녀는 S를 바라보며 몹시 들뜬 눈빛으로 말을 이어갔다. 그보다 먼저 1933년에 그녀가 몰리에르루에 있을 때 처음으로 중국을 방문한 버나드 쇼(George Bernard Shaw)를 초대했다고!

그녀는 미소를 띤 채 버나드 쇼를 추억했다. 수염이 무성하게 난 버나드 쇼를 집으로 초대하여 점심을 먹었는데, 당시 버나드 쇼가 중국인민의 항일을 성원해주기를 희망했다. 식탁에는 루쉰(魯迅), 린위탕(林語堂), 차이웬페이(蔡元培), 이삭스(Harold R. Isaacs), 아그네스 스메들리(Agnes Smedley)가 합석했다.

그녀는 고개를 들고서야 S의 망연한 얼굴을 발견했다. "버나드 쇼가 누구죠?" S는 상당히 부끄러운 듯 물었다.

그건 중요하지 않아, 바보같이. 그녀는 부드러운 목소리로 말했다. 이젠 정말 중요하지 않아. 벽난로의 불을 지피면서 그녀는 손을 천천히 S의 솜저고리 소매통으로 집어넣었다.

• •

갑자기 추워졌다가 다시 따뜻해졌다. 상하이의 10월에 뜨거운 태양이 떠올랐다. S는 잔디밭에서 그녀와 크로케 놀이를 했다. 처음에는 그녀가 선생님이 되어 가르쳤지만, S는 금세 그녀보다 더 잘하게 되었다. 둘은 내기를 했다. 내기는 그녀의 외국 친구가 인편에 보내온, 찬장 안의 초콜릿이었다. S는 일부러 져서 그녀에게 단 음식을 먹을 구실을 주었다. 그녀의 웃음소리가 온 집 안에 울려 퍼졌다.

담은 아주 높고, 뜨락은 넓었다. 그녀의 집은 바깥세상과 동떨어진 나무 그늘 아래 숨겨진 채, 신선이 머무는 거처 같았다.

겉으로 보기에 권력을 쥔 자들은 그녀를 중화인민공화국 수립 때와 마찬가지로 존경하고 떠받드는 것 같았다. 하지만 그녀는 날이 갈수록 그들이 자신을 그럭저럭 격식이나 갖춰 대하는 정도라는 걸 알고 있었다. 몇 년 전만 해도, 그녀는 구색을 맞추는 식의 국무활동에라도 참여하고자 했다. 그러나 최근 1, 2년 사이에는 6월 1일 어린이날 축사를 발표한 것 말고는, 집 밖을 나서거나 손님을 접견할 필요가 전혀 없었다.

• •

사실 그녀는 지금의 이런 칩거하는 생활이 너무 고마웠다.

다른 사람과 마주할 때면, 자기가 좋아하는 그 사람이 보이지 않았다. 어쩌다 손님이라도 오는 경우에는, 자기 마음에 간직한 그 사람과 이야기도 나눌 수 없었다. 기껏해야 S에게 종이쪽지 한 장을 건네주는 그 정도였을 뿐이다.

그녀는 잘 알고 있었다. 자칫 조심하지 않으면 언제라도 스캔들이 몰려들 것이라는 걸. 사실 그녀는 이런 것에 그다지 개의치 않는다. 다만 이런 일로 더는 S를 볼 수 없게 될까봐 그게 두려웠다. 쓸데없는 이야기가 나돌면 S의 입장이 더 난처해질 테고, 그녀에겐 S를 비호할 어떤 능력도 전혀 없었으니까. 생각에 잠겨 있다가 그녀는 이내 의기소침해졌다. 어느 당에서 집권할지라도, 그녀가 어떤 대우를 받을지라도, 중요한 고비에 맞닥뜨리게 되면, 그녀는 끝내 자기가 좋아하는 남자를 구해낼 수 없을 것이다.

● ●

그녀는 S와 놀이를 하는 게 좋았다.

공이 구멍 안으로 미끄러져 들어가는 걸 보면서, 그녀는 앞으로 발을 크게 내딛고서 몹시 흥겹게 박수를 쳤다.

그녀는 S가 자기 옆에만 있어줘도 그저 하하거리며 웃을 수 있었다.

그녀는 사실 아무도 개의치 않았다. 오로지 S만 생각했다.

● ●

"시원하십니까?" 이른 아침 안마를 하던 S가 한번은 그녀의 귀에 대고서 간질이듯 물었다.

S는 앞쪽으로 몸을 굽힌 채 살이 쪄 형태가 드러나지 않은 그녀의

어깨뼈를 지그시 눌렀다. 그녀의 허리살이 S의 손바닥 아래에 눌리는 듯한 느낌이 들었다. "정말 좋으세요?" S가 가만히 속삭였다. 마치 영화 속의 대사를 읊조리는 것 같아 쑥스럽고 멋쩍었다. 미미하게 떨리는 목소리가 마치 잘못을 저지른 어린아이 같았다.

그녀는 웅얼웅얼 자기 평생에 이렇게 즐거운 적이 없었노라 S에게 말했다. 물론 이건 참말이 아니다. 그저 이런 상황에서 흔히들 하는 말이다. 하지만 다른 한편으로 맑게 깨인 정신으로 신중하게 '평생'이란 단어를 사용했다. 자신의 오랜 벗들에게 "60여 년이나 살았네"라며 늙은 티를 내면서 말하던 때와는 전혀 달랐다. 겨우 서른 살인 젊은 S를 향하여 60년의 생명을 들춘다는 건, 어쩌면 흥을 깨는 일이 아니겠는가.

●●

어머니가 이제껏 친숙했던 건 지식인들이었다. 그들의 '우아한 말투와 망설이는 듯한 표정, 중대한 일에 직면했을 때의 유약함에 낯익어져 있었다.

그녀도 적잖은 지식인들을 구해냈었다. 그녀가 바삐 뛰어다니며 구해낸 사람 가운데, 1933년에 딩링(丁玲), 판즈녠(潘梓年) 같은 사람들이 있으며, 1937년 한 해만 해도 선쥔루(沈鈞儒), 저우타오펀(鄒韜

奮)을 포함하여 '칠군자(七君子)'**에 속한 여러 명을 구출해내기도 했다. 결론적으로 중화인민공화국 수립 이전만 해도 그녀는 대단히 많은 지식인들과 손을 잡고 교유하였으며, 감옥에 가서 그들을 면회하고 그들의 장례를 치렀다. 이런저런 상황에서 어깨를 나란히 하여 함께 분투했고, 그러다 이따금 그들에게서 지극히 함축적인 앙모의 정을 느끼기도 했었다.

이제 일정 단계의 사명이 완수되었다. 그녀는 웃음을 머금은 채 생각에 잠겼다. 그녀가 지금 갈구하는 것은 굳이 대뇌를 거쳐야만 하는 소통방식일 필요는 없었다.

격렬한 원초적 힘으로 충만한 대지 위에 잇달아 일어나는 각종 운동은 피할 수 없는 파국으로 달려가는 것만 같았기에, 사유를 통해 재난의 필연성을 이해한다는 것이 그녀에겐 너무나도 고통스런 일이었다!

• •

아침마다 2층으로 올라오는 S의 발걸음 소리를 기다리는 게 그녀의 습관이 되어버렸고, 습관적으로 이를 몹시 갈망했다……

---

* 1936년 5월 선쥔루(沈鈞儒), 저우타오펀(鄒韜奮) 등은 항일민족통일전선의 수립을 호소하는 공산당의 정책에 호응하여 상하이에서 전국각계구국연합회(全國各界救國聯合會)를 결성하고, 국민당에 내전 중지와 정치범 석방, 통일된 항일정부 수립을 요구하였다. 이에 대해 국민당은 '민국을 위태롭게 한다(危害民國)'는 죄명으로 위의 두 사람 외에 리궁푸(李公樸), 장나이치(章乃器), 왕자오스(王造時), 스량(史良)과 사첸리(沙千里) 등 모두 7명을 체포, 구금하였는데, 이들을 '칠군자'라 일컫는다.

원래 그런 것이 생존의 타성인가 보다. 그녀는 너무 복잡하게 생각하고 싶지 않았고, 그저 이미 짜여진 틀에 따라 나날을 지내고 있었다.

모종의 나태한 상황 속을 표류하듯, 그녀는 그저 이렇게 좋은 시절이 계속되기만을 바랐다.

뭣 때문에 굳이 기성의 질서를 뒤집어엎으려 하겠는가? 뭘 뒤집어엎을 수 있단 말인가? 신세가 바뀐들 또 어떻단 말인가? 이 세상이 이상에 맞는지 맞지 않는지 그녀는 애당초 자신이 없었으며, 지금에 와서는 아예 희망의 끈을 놓아버렸다.

듣자하니 원한이 골수에 사무쳤을 농민들이 신중국 수립 이후에도 도무지 자발적으로 나타나 지주를 고소하려 하지 않았다고 한다. "아마 게으름 때문이겠지." 그녀는 마지못한 목소리로 S에게 말했다. 그 사람들도 자기처럼 신세를 바꾸는 게 귀찮은 모양이지!

13

정오에 '호쿠레이마루'는 톈진 프랑스 조계의 메이창(美昌)부두에 닿았다. 매섭게 추운 날인데, 선생은 여전히 마고자 솜옷만 입은 채 선창에서 모자를 벗고 서 있었다. 부두에는 2, 3만 명이 웅성웅성 무리를 지은 채 모여 있었다. 그들은 수시로 "중화민국 만세, 혁명 만세, 쑨중산 선생 만세!"라고 함성을 질렀다. 선생이 부인을 부축하여 구호 소리에 맞춰 육지에 올랐다. 선창에는 아직도 50만 개의 칫솔이 하역할 준비를 하고 있었다. 칫솔 손잡이에는 선생의 사진과 '대원수'라는 글자가 새겨져 있었는데, 이는 선생이 상하이를 경유하면서 쐉룬(雙輪)칫솔회사에 주문한 것이었다. 비용이 만만치 않았으나, 베이징에 입성한 뒤 직예파(直隸派)와의 전투에서 승리한 각 군에 하사할 기념품이었다.

선생은 육지에 오르자마자 바로 차에 올라타고서, 일본 조계에 있는 장웬(張園)호텔로 향하였다. 장웬호텔 입구에는 진즉부터 선생을 환영하기 위한 형형색색의 높다란 장식용 아치가 세워져 있었다.

층계에서 선생은 한 손에 지팡이를 짚은 채, 군중들 중앙에 서서 그의 일생에 마지막 단체사진을 찍었다. 그건 톈진의 딩창(鼎昌) 사진관의 리야오팅(李耀庭)이 찍은 것이다. 당시 청나라 광서(光緒) 원년에 세워진 이 사진관은 사회의 뉴스거리를 취재하여 각 신문사에 제공하는 역할도 담당했다. 선생의 사진을 찍었던 리야오팅은 사진관 업무를 맡아보고 있었는데, 톈진의 명사와 요인들의 사진은 죄다 그의 솜씨였다.

선생의 일정은 대단히 치밀하게 짜여 있었다. 관방의 연보에 따르면 선생은 오후 3시에 마차를 타고서 차오쟈(曹家)화원으로 달려가 장쭤린(張作霖)을 예방했다. 이 역시 선생의 마지막 방문 접견이었다. 선생과 장쭤린의 회담은 몇 시간 동안 계속되었는데, 이 회담 상황은 판본마다 약간 달리 알려져 있다.

정사(正史)의 기록은 당시 베이징 경비사령관이었던 루중린(鹿鍾麟)의 글에 근거하였다. 그의 글에서는 선생이 장줘린을 만나는 것은 마치 대적을 만나는 것과 같은 것이라 하였으며, 선생의 참모장이었던 리례쥔(李烈鈞)은 유방(劉邦)이 항우(項羽)를 만났던 홍문(鴻門)의 연회*에 비유하기도 했다. 그렇다면 누구를 대동할 것인가? 장량(張良)과 번쾌(樊噲)는 어디 있단 말인가? 고민에 고민을 거듭하였다. 후에 왕징웨이(汪精衛), 사오웬충(邵元沖), 리례쥔, 쑨커(孫科) 등이 동행하기로 결정되었다. 선생과 그의 일행은 차오쟈화원으로 향했다. 하지만 장줘린은 여전히 거드름을 피우면서 친히 나와 일행을 맞아들이지도 않았다. 회의실에 들어가 한참을 기다린 후에야 장줘린이 접견하러 나왔다. 순간 주인과 손님 사이에 어색한 침묵이 흘렀다. 역시 선생이 침묵을 깨고 광둥어투의 중국어로 직봉(直奉)전투에서 장줘린의 군대가 우페이푸(嗚佩孚)를 격파**한 데 대해 축하의 인사를 건넸다. 듣고 있던 장줘린은 기쁜 내색이라곤 조금도 없이 어차피 선생은 제3자라는 사실을 확인시킨 뒤, 한두 차례 헛기침을 하더니 거드름을 피

---

* 홍문(鴻門)의 연회는 B.C. 206년 진나라를 멸하기 위해 각기 다른 경로로 함양(咸陽)으로 진격하던 유방(劉邦)과 항우(項羽)가 함양의 교외인 홍문에서 만나 열었던 연회이다. 이 연회에서 항우는 모사 범증(范增)의 계책에 따라 유방을 죽이려 하였으나, 항백(項伯)의 기지와 번쾌(樊噲)의 칼춤으로 위기를 모면하였다.

** 이 전쟁은 이른바 제2차 직봉(直奉)전쟁으로서, 1924년 9월 봉천파의 장줘린이 직예파의 우페이푸와 화북을 둘러싸고 쟁탈전을 벌였던 일을 가리킨다.

우면서 이렇게 말했다. "자기 식구끼리 싸운 걸 뭐 축하할 일이라고 하겠소."

이때 다행스럽게도 군부의 사람들과 친숙하게 지내왔던 리례쥔이 나서서 몇 마디 외교적인 언사를 던지면서 분위기를 부드럽게 만들었다. 그러자 선생도 한마디를 덧붙였다. "돌아보건대 민국이 세워진 이래 나와 마주하여 축하를 받은 사람은 오직 장군 한 사람뿐일 것이오." 그제서야 딱딱하던 분위기가 풀어졌으며, 주인도 손님께 차를 드시라고 권했다. 찻잔을 받쳐 든 이 순간을 놓고서, 전혀 상반된 두 가지 해석이 나돌았다. 당시의 인물인 양중즈(楊仲子)는 한 편의 글에서 다음과 같이 기술하였다. "손님과 주인의 담소는 대단히 유쾌했으며, 장쉬린은 거듭 찻잔을 들어 모두에게 차를 권했다. 이는 쑨중산 선생과 합작을 하고 싶다는 뜻을 표시한 것이다." 그러나 루중린의 글은 이렇게 말하고 있다. "당시 장쉬린이 찻잔을 높이 들어 모두에게 차를 드시라고 권했는데, 선생은 이게 바로 손님을 전송하는 의미임을 알아차렸다. 이에 바로 몸을 일으켜 장쉬린과 악수를 하고 작별을 고했다."

앞서 서술한 대면 상황을 완전히 뒤집은 건 선생의 측근 부관인 마샹(馬湘)의 다음과 같은 회고이다. 〈쑨 선생을 따라 북상하다〉라는 글에 따르면, 선생께서 장쉬린을 만난 것은 그날 오후가 아니라 톈진에 도착한 지 사흘째 되는 날이었다. 수행원은 마샹과 다른 한 명의 부관 황후이룽(黃惠龍)뿐이었다. 이튿날 장쉬린이 다시 찾아와 선생을 뵈었다. 한 번에 20대의 차량이 장원호텔 입구에 도착했고, 호위병만 족히 100여 명은 되어 보였다. 장줘린과 선생은 다시 세 시간 넘게 회담을 하셨다. 장줘린은 예의를 깍듯이 갖추었을 뿐 아니라, 더욱 기가 막힌 것은 대화 내용이었다. 마샹은 장줘린이 선생을 따라 선생의 경호대장이 되고 싶다는 뜻을 간절하게 밝혔다고 회고한 것이다.

선생과 장줘린의 회담 상황은 잠시 미해결된 상태로 남겨두자. 오랜 세월이 흐른 뒤에 각자가 기억하는 내용은 서술자의 당시의 입장과 밀접한 상관관계가 있는 법이다. 이를테면 루중린은 서북군의 대장이자, 직예파에 반대하는 전쟁 당시 베이징에 입성한 선봉장이다. 루중린은 봉천파(奉天派) 장군인 장줘린에 대해 전혀 호감을 갖고 있지 않았기에, 장줘린이 얼마나 거만한지에 대해 운운한 것은 루중린 본인의 장줘린에 대한 입장을 반영한 것이다. 게다가 루중린이 베이징에 들어가 수도경비 책임자로서 친히 선생을 만나뵌 것은 경비 책임을 맡은 지 20여 일이 지난 이후에 선생이 상경했을 때였다.

루중린 역시 자신의 〈선생의 북상 기록〉이란 글에서 어떤 기억들은 선생의 수행원들과 교제하면서 들은 내용을 기록한 것이라고 밝히고 있다. 그 역시 자신의 기억의 확실성에 대해 여지를 남겨두고 있는데, 글의 서두에서 이렇게 설명하고 있다. "지금까지 40년이라는 긴 세월이 흘렀다. 많은 사실들 가운데 어떤 것은 기억이 분명치 않고, 심지어는 잊혀진 것도 있다. 또 어떤 것은 당시 보고들은 것들이 제한적이어서 착오나 들쭉날쭉한 것도 있을 것이다." 장줘린이 기꺼이 경호대장이 되겠노라고 기억한 마샹은 원래 권술에 정통한 화교로 선생을 여러 해 수행한 사람이다. 선생에 대해 지극히 충성스러웠던 마샹의 기억은 선생을 생각하는 지극한 정 때문에 혼돈의 여지가 분명 있을 것이다!

하지만 선생 본인의 입장에서 본다면, 이러한 시시콜콜한 논쟁들은 그다지 중요하지 않는 것들이다. 게다가 선생 자신은 계속 이용만 당했기 때문에, 거대한 병력을 거머쥔 군벌에 대해서 자신도 그다지 기대하지는 않았을 것이다. 때문에 장줘린과의 회담 역시 그저 전례에 따라 대충 해치운 일에 지나지 않았다. 선생이 진정으로 마음에 새긴 것은 성대한 환영 너머의 것들로, 이를테면 부두에서 장웬호텔로 가는 차 안에서 줄곧 보았던 '중산 선생의 톈진 입성 반대'나 '중산과 군벌의 결탁 반대' 등의 현수막들이었다. 어떤 이들이 이런 표어를 내걸었을까? 이건 적대 진영의 것들 같지는 않았고, 오히려 국민당에 동조하는 인사들의 의견 같았다. 그렇다면 혁명에 동조하는 북방의 사람들조차 자신을 굽혀 일을 성사시키려는 그의 유연한 태도와 고충을 전혀 인정하지 않는다는 뜻이다.

사실 이번 여정에 나서기 전, 딩웨이펀(丁維汾), 장지(張繼) 등의 동지들도 선생께 무모한 북상길에 오르지 말라고 거듭 권하였다. 선생을 실망시켰던 건 선생의 북상이 권좌에 대한 욕심을 드러낸 것이라 여기는 그들의 쑥덕거림이었다. 그런지라 이번 여정에 나서기 전, 돤치루이(段祺瑞)에게 보내는 편지에 선생은 국사를 상의한 뒤 곧장 출국하여 요양하고 싶다는 뜻을 표현했다. 도중의 공개적인 대화에서도, 선생은 시국이 그런대로 대충 안정되면 구미 여행을 다니고 싶다고 했다. 행여 남들이 믿지 않을까봐, 아예 출발일자를 내년 봄이라고 못박기까지 하였다. 선생은 톈진에 도착하자마자 체결서와도 같은 성명을 발표하기도 했다. "본인은 일체의 이익이나 봉록에 대해 털끝만치도 관심이 없다."

마지막 석양빛을 받으면서 차오쟈 화원에서 돌아오는 마차에 앉아, 선생 자신도 은퇴를 생각해보지 않은 건 아니었다. 문득 낙심하게 될 때면, 아내를 대동하고 자신이 옛날에 떠돌아다니던 곳에 가고픈 생각도 해봤고, 미국이나 유럽으로 가는 유람선에 올라 아내와 배 난간에 어깨를 나란히 한 채 지평선 너머로 지는 해를 감상하고도 싶었다. 하지만 문제는 그의 판세가 아직 분명하게 드러나지 않았고, 더욱이 그의 실업계획은 세상에서 아직 실현될 기회조차 갖지 못한 점이었다. 설령 육지가 보이지 않는 망망대해를 항해한다 할지라도, 선생은 술잔을 기울일 수도, 자기와는 무관하다는 듯 아내를 감싸 안고 석양을 감상할 수도 없을 것이다!

오후 5시경, 선생의 마차가 장웬호텔로 돌아왔다. 등불 그림자에 비친 선생의 안색은 파리했다. 선생은 의자를 붙든 채 누워 있었다. 온몸을 부들부들 떨면서, 선생은 가느다란 목소리로 간 부위가 아프다고 말했다. 사실 말이지, 이토록 아픈 적은 이제껏 없었다! 선생은 한참을 망설이다가, 아내에게 자신을 대신해 미안하다는 말을 전하게 했다. 아무래도 아래층 응접실에서 치러지는, 각계 대표들이 참석한 환영회 행사에 선생은 참석할 수 없을 것 같았다!

14

••

그녀는 S가 들려주는 장정 징발에 관한 이야기를 즐겨 들었다. S의 목소리에는 고향의 삭풍이 묻어났다. 쏴쏴 거칠게 불어오는 바람이 끝이 보이지 않는 수수알갱이 속으로 파고드는 듯했다. 그녀에겐 몹시 낯설었지만, 뭔가 끝없는 황량함과 매서움을 느끼기에 충분했다.

"어디서 붙들리건 창칼을 들고 전선에 나가기는 다 마찬가지에요!" S는 아직도 공포에 질린 듯 말했다.

요행히 새로운 삶을 누린다는 S의 표정을 보고 있노라면, 그녀는 참담한 먼 그림을 바라보는 듯한 느낌이 들었다. 가엾게도 이 남자에겐 미래가 없다. S의 팔 근육은 튼실하나, 엉덩이는 오히려 평평하고 납작하다. 박복한 인생의 징표다! 안마가 끝나자, 그녀는 상을 주듯 땀으로 가득한 S의 어깨를 어루만져주었다. 그녀는 마음속으로 포옥 한숨을 내쉬었다. 곧 닥쳐올 결말 때문도, S를 구할 수 없기 때문도 아니었다. 어떤 의미에서는 그녀 자신조차 자신을 구할 수 없을 테니.

●●

그녀는 죽은 남편을 기념하는 책에 S를 굳이 엮은이로 넣었다. 또 남편의 경력을 소개하는 수첩도 S의 이름을 내걸어 서문을 쓰도록 권했다. 이건 그녀의 권한으로 S에게 해줄 수 있는 최고의 영예였다.

요컨대 그녀는 S에게 자기의 마음을 알리고 싶었다. 그녀는 이미 그와 뗄 수 없는 관계라는 걸!

그럼에도 그녀는 매번 그에게 미안했다. 이 순간 그녀가 S에게 줄 수 있는 것은 너무나, 너무나 적었다.

●●

S가 위층으로 올라갈 때 그녀의 정신은 순간 아득해졌다. 그녀는 실눈을 뜨고서 바라보았다. 저 높은 담 너머는 어떤 세상일까?

만약 나이 차가 이렇게 많이 나지 않았다면, S를 의지하여 평범한 부부의 삶을 살 수 있을까? 아침이면 장바구니를 끼고서 아침 시장에 나가겠지. 점심에는 뭘 먹지? 점심에는 뭘 해야 할까? 순간 생각이 떠오르지 않았다. 그녀가 아는 거라곤 이 정도까지이다. 평범한 부부의 삶에 대해 그녀가 아는 건 사실 한계가 있는지라, 그녀는 상상조차 해 볼 수 없었다.

그녀만 이렇지는 않으리라. 쑹(宋)씨 집안에서 자란 사람들치고 그 누구도 평범한 삶을 살지 못하고, 그 누구도 헤어나올 수 없으리라. 그녀는 탄식하지 않을 수 없었다. 아, 출신과 관련된 역사 법칙이란!

● ●

플라타너스 이파리가 모두 떨어졌다. 그녀는 창밖을 바라보며, 끝도 없이 생각에 사로잡혀 있었다.

언젠가 한번 S는 그녀와 장난을 치고 있었다. 손과 발이 긴 이 사내가 갑자기 조용해지더니 착 가라앉은 목소리로 입을 열었다.

"지금은 새로운 사회인데, 우리가 아예 혼인신고를 하면 왜 안 되는 거죠?"

그녀는 고개를 쳐들었다. 좋지. 그녀는 아무 말 없이 부드러운 눈길로 쳐다보았다.

그녀는 페치카의 불빛을 가만히 바라보았다. 불빛은 금방이라도 사그라들 듯하였다. 그녀의 집은 고립무원의 작은 섬이다. 자기를 돌보는 한 남자와, 그리고 한쪽으로 이내 힘없이 쓸려나갈 마른 이파리만 있을 뿐.

● ●

사실 이전에 그녀도 진지하게 이 일을 꺼낸 적이 있었다. 그런데 저우(周) 총리가 거절했다.

그녀는 솔직해지고 싶었다. 그저 자유롭게 혼인하는 사람이 되고 싶었다.

하지만 저우 총리가 얼마나 총명하고 눈치가 빠른 양반인가. "이전에 지내시던 대로 앞으로도 지내는 게 좋겠지요!" 그녀가 막 입을 떼려던 참이었는데, 말을 꺼내기도 전에 저우 총리의 결정이 이미 내려졌다.

그녀는 저우 총리의 깊은 뜻이 담긴 눈빛을 바라보면서, 잠시 실망하였으나 곧바로 아무렇지도 않다는 듯한 표정을 지었다. 그녀는 알고 있었다. 적어도 이 잠깐의 정지 상태에서 묵인되는 일도 있다는 것을.

●●

이러한 청탁을 드렸던 것은 비가 오기 전 창문을 손보듯 장차 S를 보호하기 위함이었다.

그녀에게 그럴싸한 명분이 있었던 적이 있었던가! 남편은 그녀에게 이렇게 말할 것이다. 아무 의미도 없다고. 과부로 지낸 지 어느덧 30여 년. 혼인생활이라곤 통틀어 겨우 10년 남짓이다.

그녀에게 명의상의 남편은 필요 없다. 이 사람과 살을 맞대고서 이렇게 살면 그뿐이다. S가 미래에 대해 까맣게 모르기 때문일까? 문득 S에 대한 연민의 아픔으로 가슴이 먹먹했다. 천진하리만큼의 무지함. 하늘이 곧 무너지리라는 걸 모르고 있다.─S가 제아무리 영리한들, 어찌 그런 숙명을 지닐 수 있단 말인가? 그가 어찌 알겠는가? 좋은 날들은 길지 않은 법! 보고 싶지 않은 대파괴가 곧 닥쳐온다는 것을 그녀는 잘 알고 있었다.

15

선생의 병세가 심상치 않았다. 톈진의 독일 의사 슈미드는 선생을 진찰하고서 독감 증세를 보인다고 했다. 선생은 겨우 몸을 일으켜 창유리로 밖을 바라보았다. 12월의 오후는 햇빛이 부족한 탓에 우울함을 띠고 있었다. 아내는 영국 조계에 있는 리웬훙(黎元洪)의 집에서 열린 오찬 모임에 가서 아직 돌아오지 않았다.

선생은 한 발을 땅에 딛고서, 몸을 구부린 채 사방을 더듬거려 안경을 찾았다. 최근 몇 년 사이에 선생은 책읽기에 한없이 욕심을 부렸다. 다만 시력이 워낙 나빠진지라 그게 아쉬울 따름이다. 물론 선생의 독서열 속에는 세상을 다스리는 데 쓰고자 하는 바람이 담겨 있었다. 선생은 법률과 경제 관련 서적을 읽었고, 외국의 제도가 즉시 중국에 적용될 수 있기를 늘 바랐다. 선생이 백 번을 읽어도 물리지 않는 유일한 책이 있었으니, 그건 나폴레옹의 전기였다. 1800년 나폴레옹이 알프스 산을 넘는 그 대목을 읽을 때마다, 선생은 말로 형용할 수 없는 감동을 느꼈다. 코르시카 섬의 가난한 소년에게 1793년 이전은 좌절과 실패의 연속이었다. 그러나 뒤이은 거의 20년의 시간들은 선생을 대단히 흥분시켰다. 나폴레옹의 생애와 유럽의 역사는 참으로 불가분의 관계이지 않는가! 그러다가도 모스크바 시민들이 자기들의 집을 불태운 대목에 이르면, 선생은 흥이 가셔 책을 치워버렸다.

선생은 안경을 걸쳐 쓰고서 탁자 위의 신문 한 부를 집어 들었다. 이틀만에 처음으로 대충 훑어볼 기력이 생겼다. 그런데 각 지역의 장군들이 휴전을 틈타 모두들 암암리에 증병을 하려 한다느니, 우페이푸가 지공산(鷄公山)에 머물면서 괴이한 학질에 걸려 고생하고 있다든가, 펑위샹이 퇴진하여 외국에 나갈 준비를 하면서 여비로 벌써 4만 원을 모았다는 따위의 소식이었다. 선생은 쓴웃음을 지었다. 기사 속의 광둥(廣東)의 쑨(孫)군은 바로 자신을 가리키는 것이고, 쑨씨의 주둔지에 대한 소식은 그의 근거지의 동향이었으며, 민당(民黨) 분자는 자기가 몹시도 아끼고 사랑하는 동지들이었는데, 선생이 어제 텐진에 도착했다는 기사도 고관 동정란에 포함되어 있었다.

선생은 신문을 뒤적였다. 미국이 범죄자 압송용 오토바이를 새로 발명했다느니, 무솔리니가 일부러 시실리 섬으로 휴양을 떠났다느니 하는 소식이 실려 있었다. 가장자리에는 온통 보천단(補天丹), 장수주(長壽酒), 정신을 맑게 하는 조정환(調精丸), 백대편(白帶片), 호골주(虎骨酒), 체증 치료제인 화적고(化積膏), 라이푸피엔(來福片), 다시환(大喜丸) 등…… 각종 불로장생의 영약이 보화진주와 섞여 나온다는 소식으로 가득하여, 도무지 신문인지 광고인지 헷갈릴 정도였다. 중국인이 과학적이지 않다는 갖가지 증거가 아닌 게 없었다. 북방 공업화의 단서를 굳이 찾아내라면 지난(濟南) 타이캉(泰康)회사의 홍사오니우러우(紅燒牛肉)*캔에 관한 소식이다. 이게 신문지상의 꽤 넓은 면을 차지하고 있는데, 아마 최초의 고급 가공식품일 것이다.

대대적으로 기부금을 모금한다는 소식을 응시하면서 선생은 한숨을 내쉬었다. "보이는 곳곳마다 배고파 울고 추위에 소리치는 참담한 지경이로구나 …… 하물며 구호가 이루어지지 않은 마당에 전쟁의 재난까지 뒤따름에랴." 게다가 여기저기 사람을 찾는 광고가 빼곡했다. "소식 한 자 없구나. 속히 소식 주길 바란다." "편지를 봤는지 모르겠구나. 몇 줄이라도 써보내 벗을 위로해다오." "작년 전쟁 이후로 오래도록 연락이 없으니, 보거들랑 답신을 주오." "베이징과 톈진 일대를 이 잡듯이 뒤졌건만 소식 한 자 없으니, 어디에 있는지 도무지 알 길이 없구나." "헤어진 지 오래되어 너무도 보고프다. 지금 어디서 무얼 하는지 알 길이 없구나." "수송대에 투신했다는 말은 들었다만, 지금 어디에 있는지 모르겠구나."

선생은 몸이 덜덜 떨려왔다. 바닥에서 스멀스멀 한기가 올라오는 느낌이 들었다. 사실 이곳은 자기에게 얼마나 낯선 땅인가! 선생이 북방을 떠올릴 때면, 눈앞엔 메마른 농가와 쩍쩍 갈라진 밭두둑, 변발을 한 군대, 그리고 시도 때도 없이 아편 침상에 누워 아편을 쪽쪽 빨아들이는 모습이었다. 또 베이양(北洋) 계열의 얽히고설킨 돈독한 우의에 기대어 일이 발생하더라도 술자리를 빌어 해결해왔다. 또한 구

---

* 훙사오니우러우(紅燒牛肉)는 소고기에 기름과 설탕을 넣어 살짝 볶고 간장으로 졸여 만든 요리이다.

세력에게서 벗어날 길이 도무지 없었는지라, 선생은 집에서 여러 유력 인사들과 모임을 갖는 리웬훙과의 관계를 억지로나마 계속 유지해야 했다. 민국의 대총통 리웬훙은 뼛속 깊이 임기응변에 능한 야심가였다. 지금은 재능을 감추고 몸을 사리는 때임에도 그는 리건웬(李根源)을 대신하여 후난성(湖南省)을 움직이고, 쟝줘빈(蔣作賓)을 대신하여 후베이성(湖北省)을 움직이고 있었다. 그러나 목적은 늙은 티를 내면서, 돤치루이를 물리치고 권력을 장악한 후에 돤치루이 계열의 사람들을 이용하고자 함이었다.

생각이 여기까지 미치자, 신문을 내려놓은 선생은 도무지 어찌할 길이 없었다. 리웬훙과 계교에 능한 그들 무리가 사실 남방에서 발원한 혁명과 무슨 인연이 있단 말인가? 민국의 외투를 걸치고 있을 뿐, 그들은 북방의 낡은 제도와 문물에 강한 애착을 느끼고 있었다. 베이양의 옛것을 언급하기만 하면, 선생은 저도 모르게 이방인임을 절실히 느꼈다. 이런 사실을 선생이 어찌 모르겠는가? 자신은 무슨 세도가 집안 출신도 아니었으며, 어릴 적 흰쌀밥 한 번 제대로 먹어보지도 못했다. 선생은 광둥(廣東)의 샹산(香山)이라는 전형적인 시골에서 자랐고, 가정형편이 어려워 10살이 되어서야 겨우 시골 사숙에 입학했으며, 14세 때 호놀룰루로 건너가 그때부터 서양 교육을 받았다. 그가 머릿속에 그렸던 것과 구대륙의 모든 것은 하나도 맞지 않았다. 선생은 관직 시험에 합격하고 싶은 생각도 없었고, 명사문화의 영향을 거의 받지도 않았다. 그저 여러 해 동안 런던, 뉴욕, 샌프란시스코 등지를 떠돌았다. 화교가 많이 거주하는 이들 지역에서 선생은 반청 집단인 홍문파(洪門派)*와 왕래하면서 의리를 따지는 큰형님 노릇을 하였다. 그러다가도 외국인 거주지역에 오면 선생은 거침없이 유창한 영어를 구사하면서 절도 있는 서방의 신사로 변신했다. 하지만 북방에 웅거하고 있는 구세력이 보기에, 선생은 기껏해야 반푼이요, 서구화된 농사꾼이요, 농민 기의를 일으킨 애송이에 불과했다! 안 될 일이지. 선생은 생각할수록 마음이 편치 않았다. 다만 이 결정적인 순간에 선생은 힘에 부칠 뿐이었다. 끝내 자기를 깔보는 그런 놈들, 침상에 누워 아편이나 빨고 옛것이나 풀어내는 그런 작자들에게 혁명의 어부지리를 안겨주다니.

선생은 질끈 눈을 감았다. 내일 베이징으로 들어가려던 계획을 수정해야만 한다. 뱃머리에서 걸린 감기 탓인지 머리가 지끈거렸다. 또 무슨 지엽적인 일들이 벌어질지, 어떤 오해가 줄줄이 일어날지 알 수 없는 노릇이었다.

* 홍문(洪門)은 명말(明末) 청초(清初)의 비밀조직에서 비롯되었으며, 훗날 여러 사단(社壇) 혹은 회당(會黨)으로 발전하였다. 화교의 이민에 따라 세계 곳곳에 이러한 비밀조직이 만들어졌다.

16

● ●

재난이 다가왔는가? 잠 못 이루는 밤이면 그녀는 자꾸 이런 생각이 들었다.

이 광막한 대지 위에 재난이 다가옴을 그녀는 분명히 예감했다. 하지만 그녀에게는 아무 힘도 없었다.

생각할수록 못내 S의 두 손이 그리웠다. 갈수록 암담해져가는 빛 아래에서, 그녀는 도무지 잠을 이룰 수 없었다. 그녀는 안타까운 맘으로 자기 생명 중의 마지막 남자를 바라보았다.

● ●

물푸레나무의 향기 속에 그녀는 마음속으로 어렴풋이 느끼고 있었다. 이것이 그녀 생애의 마지막 즐거움이란 걸.

후원의 테라스에 그녀는 주름무늬의 오색 테이프를 매달고, 손수 카스테라를 구워 S의 생일을 준비했다. 카스테라를 자르고 촛불을 후 불어 껐다. 촛불을 버리기 아까워 다시 불을 붙였다. 그녀는 S의 어깨에 손을 살짝 얹고서, 그럴싸하게 그에게 스텝 네 걸음을 가르쳤다.

그녀는 원래 대단히 춤을 잘 췄다. 전축 바늘이 늘상 튀었지만, 요 몇 년간 새 걸로 바꾸지 못했다.

한데 기댄 두 사람의 그림자가 벽에 너울너울 춤을 췄다. 전축 바늘이 거듭 반복되는 홈 속으로 미끄러져 들어가면서, 스텝은 점점 선율과 하나가 되었다.

테이블의 촛불이 다 타들어간 뒤에야, 둘은 어둠 속에서 발걸음을 멈추었다.

사실 그녀는 선 채로 생각에 잠겼다. 1954년 신중국 초기에 두 사람의 관계가 지속되지 못하리라고 예감했었지.

●●

S는 말했다. 아주 추운 지방에 가고 싶다고.

그녀는 S의 손을 잡았다. S의 손바닥엔 땀이 솟아 있었다. 그녀는 팔을 뻗어 S의 얼굴을 어루만졌다. 그의 뺨은 델 듯이 뜨거웠다.

S는 머뭇거리며 가만가만 말했다. 시골에 어릴 적에 결혼한 여자가 있으며, 위위(郁郁)와 전전(珍珍)이라는 딸아이까지 두었다고. 아무래도 아이들을 만나러 고향에 가야겠노라고, 그런 뒤 바로 돌아오겠다고.

가지마! 가면 돌아올 수 없을 거야. 이 저택을 나가면 그 누구도 널 지켜줄 수 없어. 그녀는 속으로 소리쳤다. 하지만 정작 그녀는 아무 말도 하지 못했다. 밖에선 교대를 하는 군용차인지 트럭이 부릉부릉 달려가는 소리가 들려왔다. 그녀는 기운이 빠지는 걸 느끼면서, S와의 첫 만남을 떠올렸다.

이 일은 어쨌든 마무리되고 말겠지. 문득 서글픔이 밀려왔다. 그때가 되면, 주변은 온통 암흑천지가 되겠지.

S 얼굴의 온기가 그녀 손바닥에 잠시 남아 있는가 싶더니, 이내 손가락 틈 사이로 방울방울 빠져나갔다.

●●

S는 모자를 들어 그녀에게 작별을 고했다. 그의 앞에 어떤 운명이 기다리고 있는지도 까맣게 모른 채. 하지만 그녀는 알고 있다. 자신이 그토록 두려워하던 모든 일들이 현실로 다가오리란 걸.

그녀는 이층 테라스 앞에 서서, S가 대문을 향해 걸어가는 걸 바라보았다. 문득 슬픔이 복받쳤다. 마지막으로 덩옌다(鄧演達)를 만났을 때와 또 마지막으로 양싱포(楊杏佛)를 만났을 때를 떠올렸다. 뒤이어 전해진 것은 그들의 영결 소식이었다.

그해 그녀는 차에 타고 있었다. 그녀는 남 하는 대로 따라야만 했다. 동지들이 《신보(申報)》신문사로 들어가 덩옌다의 피살에 항의하는 전문을 띄우는 걸 바라보면서 그녀는 두려움에 떨었다. 전문조차 적들에게 빼앗기는 게 아닐까.

나중에 그녀의 기억 속에 남은 건 S가 빗속에서 모자를 치켜들었다는 사실이었다. 모자 위에 반짝이던 다섯 개의 별은 끝내 어둠의 저 끝자락으로 사라지고 말았다.

••

S가 떠난 후의 수많은 밤에, 그녀는 큰 침상에 덩그러니 누워 날이 차츰 희끄무레 밝아오는 것을 바라보았다.

날이 희미하게 밝아오던 시각이면 찰나에 피가 얼어붙는 것만 같았다. 그녀의 심장은 미친 듯이 뛰기 시작했고, 문득 문의 손잡이가 가볍게 움직이는 듯했다. S는 문을 열고 들어오더니, 따스한 손으로 그녀의 허리춤을 잡아 그녀가 침상에서 일어나기 전에 근육을 유연하게 풀어주었다.

••

주위의 형세가 사람보다 강한 것인지, 그녀에게도 용기를 잃을 때가 있다. 그녀는 자신에게 물었다. 설마 두 눈을 빤히 뜬 채로 S가 문을 열고 나가는 걸 바라보고만 있지는 않겠지? 그녀는 커튼 뒤에서 그를 바라보았다. 마침 보슬비가 내리고 있었다. 그녀의 눈에는 물안개가 자욱했다. 수많은 날들이 흐른 뒤에도, 그녀는 군용 지프가 물웅덩이에서 시동을 거는 소리를 분명히 들었다.

얼마나 우스꽝스러운가. 헬렌 스노우(Helen Poster Snow)가 일찍이 《상하이부녀(上海婦女)》라는 잡지에 발표한 견해를 믿었던 게 떠올랐다. "중국 여자는 남자보다 훨씬 더 충실하고 용감한 것 같다. 쑨(孫)부인이 가장 좋은 일례이다!"

● ●

　　많은 날들이 흘러갔다. 그러나 시간은 소식을 접했던 그 시점에
멈춰 서 있다!

　　S는 무사히 고향으로 돌아갔다. 그런 뒤 S가 술을 마신 후 갑자기
풍을 맞았다는 소식을 받았다. 이 평생 다시는 S를 만나볼 수 없으리
라고 그녀는 직감했다.

　　차츰 그녀는 S의 빈자리를 분명하게 느꼈다. S의 손이 절묘하게
눌렀던 지점은 마치 이가 뼈 틈새를 물고 있는 듯, 반짝이는 바늘 침
이 살 속을 헤집듯이 가렵고도 아팠다.

　　나이 일흔, 그녀는 너무 나이 들었다. 다시 새 삶을 살아보기에는
너무 늦어버린 것이다!

　　S가 회복된다 해도, 다시는 그를 만날 수 없으리란 걸 그녀는 잘
알고 있다. 그녀가 더 늙으리라는 것 때문이 아니라, 계절의 바뀜의
의미를 알고 있기 때문이다. 그들 두 사람에게는 현재가 없으니, 미래
도 없으리라! 다행히도 그에겐 이 세상에 두 딸이 있다. 그녀는 방법
을 강구해 두 자매를 상하이로 데려왔다. 위위와 전전은 S의 유일한
피붙이였다.

17

열흘 남짓 내내 열이 올랐다 떨어지기를 반복하였다. 선생은 장웬호텔에서 휴식을 취했다.

이즈음 북방의 신문들은 병으로 텐진에 체류해 있는 선생에 대해 "베이징이 지척인데, 언제 오시려나!"와 같은 추측성 기사를 쏟아내고 있었다.

정중하게 재촉하는 듯한 어투 속에는 감기는 핑계거리일 뿐이라는 선입견이 배어 있었다. 어떤 이는 선생이 국민당 내부의 친공파(親共派)와 반공파(反共派)의 내분을 수습할 방법을 찾고 있는 중이며, 국민당 자체의 문제를 해결하기 전에는 베이징에 입성하기 쉽지 않으리라고 했다. 또 어떤 이는 광저우가 안정되지 않은 상황을 근거로 선생에게 의혹의 시선을 보내면서, 선생이 성의를 보이기 위해 우선 광저우 건국정부를 취소할 성명을 발표하리라고 추측했다. 하지만 대부분의 사람들은 선생을 투기적 인물로 간주하여, 텐진에서 기회를 엿보다 여기저기서 떠받들어 추대하는 대세가 형성되면 입성하려 할것이라 여겼다. 그런가 하면 그를 음모가로 여기는 훨씬 더 많은 사람들은 북상개국(北上開國)은 회의용 언사일 뿐, 스스로 "홀로 북상하여 여러 사람들과 국사를 의논하며, 남쪽 광둥·광시(廣西)의 군사는 이미 포기하였다"라고 말하지만, 암암리에 텐진에서 멀리 있는 군대를 지휘하여 북벌을 지속시킬 것이며, 돤치루이 정부와 손잡을 생각은 추호도 없다고들 했다…….

온갖 유언비어는 선생이 마음을 달리 먹게 되었으며, 심지어 북상에 대한 초심마저 바꿔먹었다고 떠들어댔다. 하지만 이 모든 것은 선생을 직접 만나보지 못한 데서 빚어진 일이었다. 당시 선생의 낯빛은 병색이 완연했다. 지난날 사람을 탄복하게 할 정도의 혁명정신은 눈에 띄게 퇴색하였다. 선생 자신도 잘 알고 있었다. 수도 없이 실패하고 넘어졌던 날들은 확실히 그에게 깊은 흔적을 남겼다. 그는 더 이상 낙천적이지도, 무모하지도 않았다. 선생이 원래부터 말이 없던 사람이 아니었으며, 달변이 오히려 그의 장점이었다. 그런데 이때 선생은 응접실에서 돤치루이가 보낸 대표에게 벌컥 화를 내더니, 평소와 달리 좌우를 물리치고 지팡이를 짚은 채 묵묵히 방으로 돌아갔다.

침상에 누워 호흡을 고르려고 애를 쓰면서, 선생은 아직은 실패한 게 아니라고 생각하면서도 현재로선 아무 대책이 없다는 사실이 견딜 수 없을 정도로 고통스러웠다. 돤치루이가 진상을 왜곡하는 술수를 부렸다는 말을 듣고서도, 선생이 취한 대책은 다른 뾰족한 수를 찾지 못해 고작 반대 선언을 발표했을 뿐이었다! 선생은 칼로 후비는 듯한 명치의 통증을 손으로 문지르며, 돤치루이의 교활하고도 노회함을 원망했다. 아니나 다를까 '주안회(籌安會)'와 비슷한 '선후회의

(善後會議)*는 군인 정객들에 의해 장악된 장물분배모임과 같은 것인데, 물고기 눈알을 진주에 섞는 식의 속임수를 써서 북상의 중심의제, 즉 국민회의를 개최하여 국시(國是)를 논하고자 하는 의제를 제멋대로 고치고자 했다. 이것은 물론 돤치루이가 문제를 근본적으로 바꾸려는 술책일 뿐이었다. 이전에 돤치루이는 선생이 톈진에 도착하기 며칠 전에 베이징에 들어와, 서둘러 베이징임시정부를 구성하여 취임선서를 하는 자리에서 '외국과의 국서(國書)를 존중한다', '조약을 존중한다'고 하였다. 이것들 모두는 선생이 가장 중요하게 주장했던 내용들과 완전히 위배되는 주장들이었다. 방금 전에 두 명의 대표가 선생을 찾아와, '이전에 체결한 조약은 마땅히 이행해야 한다'는 각료회의의 결의문을 올리자, 선생은 정말이지 불같이 화를 내며 고함을 질렀다.

"나는 밖에서 그런 불평등조약을 폐기시키려 하는데, 당신들은 베이징에서 그런 것들을 존중해야 한다고만 하니, 이게 말이나 되는 거요? 당신들이 승진하고 돈을 벌려면 그런 외국인한테나 벌벌 기면 될 일인데, 뭣 때문에 나를 또 맞아들이려 한단 말이오?"

선생은 숨을 헐떡인 채 침대에서 몸을 일으키더니, 다궤의 작은 종을 흔들어 지난 달 초에 작성한 돤치루이와의 공개 전보를 가져오

---

* 1924년 10월 직계(直系)군벌정부가 펑위샹(馮玉祥)에 의해 무너진 뒤, 환계(皖系)군벌 돤치루이는 임시정부 집정으로 추대되었다. 돤치루이는 통치 강화를 위해 일본의 지지 아래 1925년 2월 1일 베이징에서 선후회의를 개최하여 쑨원이 제창하는 국민회의와 대치하였다.

도록 했다. 선생은 전보를 보자 또다시 화가 치밀었다. 이 전보는 이번 여정 전에 받은 것으로, 이렇게 쓰여 있었다. "그대의 공훈은 천하에 빛나고, 정견은 넓고도 깊습니다. 수레를 타고 북쪽으로 오시어 높이 올라 소리치십시오. 이는 천하가 바라는 바요, 더욱이 남북이 힘을 합해 통일에 이르는 선성(先聲)입니다." 이것은 쉬스잉(許世英) 측에서 전해받은 것으로서, "대원수께서는 손수 혁명을 일으키신 창시자로, 만민의 숭배를 받고 있습니다. 친히 베이징으로 오시지 않는다면 아무것도 해결할 수 없습니다"라고 쓰여 있었다. 당시 신문기자들 앞에서 돤치루이는 "중산(中山)이 북상하지 않으시면, 나 돤치루이도 관직에 나오지 않을 것"이라는 태도를 취했었다. 그런데 이제 막상 선생이 톈진에 오자, 돤치루이는 신문에 실린 시국 담화에서 이렇게 악의적으로 떠들어댔다. "쑨대포(孫大炮)* 식의 불평등조약 폐기는 온갖 어려움을 초래한다!"

선생은 다시 침대로 돌아가 누웠다. 아무 공로도 없이 빈손으로 돌아갈 자신의 처지에다 스스로 굴욕적인 비판까지 당해야 하는 작금의 현실에 대해 생각해봤다. 선생은 이번의 북상이 바로 자신만의 고집으로 이루어진 고행(孤行)이었음을 떠올렸다. 스스로 생각을 정

---

* 대포(大炮)는 광둥어로 허풍쟁이를 의미한다. 일설에 따르면, 1912년 8월 임시 대총통을 사임한 쑨원은 신임 대총통인 웬스카이와 회담을 가졌는데, 당시 쑨원은 실업부강(實業富强)에 뜻을 두고서 철로건설을 중점적으로 추진하고자 하였다. 쑨원은 10년 이내에 10만km의 철로를 건설하겠다면서 웬스카이에게 재정지원을 요청하였다. 웬스카이는 쑨원의 호언장담을 믿고 재정지원을 해주었지만, 쑨원의 철로건설은 전혀 이루어지지 않았다. 이로 인해 웬스카이는 쑨원을 허풍쟁이라는 의미에서 쑨대포라고 비아냥거렸다고 한다.

한 뒤에야 몇 명의 원로 동지들에게 이 사실을 알렸던 것이다. 당시 차오쿤(曹錕)이 물러나자 북방에는 모종의 전기(轉機)가 마련되었고, 이를 본 선생의 마음에 새로운 희망이 불타올랐다. 사실 선생께선 시종 지나치게 순진한 게 문제였다. 처음에도 그랬고, 매번 그랬다!

이전에 선생께서는 북방을 두 차례 방문했었다. 그중 두 번째가 웬스카이에게 당한 지독한 사기극이었는데, 첫 방문 때는 어떠했던가? 생각할수록 마음이 쓰라렸다. 1894년 선생의 나이 29세 때, 의술로는 나라를 구하는 것이 어렵다고 판단한 선생은 순진하게도 리홍장(李鴻章)에게 상서(上書)를 올리고자 하였다. 당시 자신의 글은 공개적으로 올릴 수 없는지라, 동향인인 정관잉(鄭觀應)이 흔쾌히 그를 도와 태평천국의 장원(狀元)이었던 왕타오(王韜)를 찾아가 윤색해달라고 부탁하였다. 때마침 조선에서 동학이 일어나 리홍장은 루타이(蘆臺)에서 군대를 독려하고 있었는데, 나중에 리홍장의 막하에서 문서담당 업무를 맡아보던 왕타오의 친구는 "전쟁이 끝난 뒤에나 봅시다!"라는 한 마디만을 전해주었을 따름이었다. 당시 선생은 기분이 완전히 상해, 며칠 지나지 않아 바로 상하이로 돌아가 버렸다.

그래서인가, 선생은 이 상서에 얽힌 옛일을 별로 들춰내고 싶지 않았다. 대접받지 못했다는 굴욕감 말고도, 이런 상서란 결국 조정에서 들어주기를 간절히 읍소하는 의도가 짙은 것이었기에. 이 순간, 선생은 생각할수록 부끄럽고 수치스럽다는 생각에, 차라리 깡그리 잊어버리는 편이 낫겠다 싶었다! 여러 해가 지난 지금, 총리를 따르는 무리들이 상서에 얽힌 케케묵은 일을 또 어떻게 변조할 것인지, 심지어 자신이 여든 객의 리훙장과 맞장을 붙어 국사를 떠들어댔노라고 변조할 지경이니, 지금 여정 중의 병든 선생으로서는 앞날을 전혀 예견할 수 없었다.

창밖을 바라보니, 나무엔 몇 장 안 남은 마른 잎이 흔들리고 있었다. 선생은 자신의 북상 목표가 이미 물거품이 되어버렸음을 깨달았다. 이렇게 강포한 군벌을 마주하고서 그들을 설복시킨다는 것은 그 자체로 불가능한 일이었으니까! 이 순간, 선생은 자신이 고베에서 했던 모진 독설을 분명하게 떠올렸다. "만약 누구라도 군인의 자격으로 회의석상에서 전횡을 부려 공평한 토론을 방해한다면, 내 당장 베이징을 물러나 그들에게 아예 황제 노릇을 하라고 하겠소." 이제 보이는 거라곤 온통 최악의 조짐들뿐이다. 하지만 선생이 이 고비에 말고삐를 돌릴 수 있을 것인가? 문제는 여기에 있었다……. 그가 또 한 차례의 실패자라는 기록을 괘념치 않고 병을 무릅쓴 채 돌아간다 할지라도, 스스로 그릇된 현실 판단의 공상가임을 다시 한 번 증명하는 꼴이 될 터였다. 수중에는 의지할 만한 그 어떤 것도 남아 있지 않았다. 훗날 과연 권토중래의 기회가 있을지 도무지 알 수 없는 일이었다.

18

• •

이맘때부터였을까? 그녀의 체중은 놀랄 정도로 불어났다! 그녀는 마오쩌둥 복장 차림에 굽 낮은 구두를 신고서 옛 혁명동지들과 함께 사진을 찍었다. 사진 속 사람들의 차림새는 하등 다를 게 없었다.

사람들의 모습은 하나인 양 똑같았다. 남들과 비교해 누가 더 평등하고 누가 더 불평등하지도 않았다. 그녀는 전혀 신경 쓰지 않았다.

문제는 그녀가 여전히 평범한 사람이 아니라는 점이었다! 그녀는 이제껏 농민을 관념적으로만 이해해왔다. 밭에 가서 면화를 따던 그때가, 선전사진 촬영을 위해 적극 응하기는 했지만, 민중에게 가장 가까이 다가선 처음이었다.

"늙은 요부!"

그녀는 어렴풋이 자기 등 뒤에서 전해오는 저주를 들었다. 그녀는 갑자기 고개를 돌렸다. 밭에서는 줄줄이 면화를 따는 농부들 뿐, 소리는 어디서 온 것일까? 눌러쓴 삿갓 아래의 입들마다 가능성이 있었다. 햇볕에 그을린 얼굴들은 죄다 하나같은 모습이었다.

오직 그녀만이 억지 춘향격의 농부였다.

• •

전국적으로 전투 개시를 알리는 북소리가 둥둥 울려 퍼졌다. 그녀는 자신의 처지가 갈수록 위태로워질 것임을 알고 있었다.

그녀는 일찌감치 중요한 어떤 회의에도 이름을 올리지 않았다. 그녀의 비밀스러운 재혼에 관련된 소문이 도시 곳곳에 자자했다. 그녀는 쑨중산의 미망인이라는 지위조차 그녀를 보호할 수 없음을 깨달았다.

●●

그녀는 조계 내의 상층사회에서 동정심이 충만한 지식인으로 강등되어도 좋다. 하지만 더 내려가서 프롤레타리아 계급이 된다면? 그렇게까지는 내려가지 못하겠다.

그녀는 자신을 비판하는 고함소리를 분명히 들었다. 당신 이 할망구는 쁘띠부르주아 냄새가 너무 진하단 말이야.

●●

물론 자신도 잘 알고 있다. 그녀의 생활방식이 절대적인 비판 대상이라는 걸. 그녀가 이제껏 누려왔던 즐거움은 프롤레타리아혁명의 교의에 저촉되는 것이었다.

"우리의 대오는 태양을 향해, 조국의 대지를 밟으며, 민족의 희망을 걸머지고 ……"

그녀는 귀를 틀어막은 채, 북소리가 미친 듯이 울려 퍼지는 중앙방송을 서둘러 꺼버렸다.

●●

귓속까지 파고드는 소리의 주인공은 마오주석이었고, 담 너머에
는 마오주석의 사진을 높이 치켜든 시위대가 파도를 이루었다. 그녀
의 집에는 방마다 마오주석의 반신상 액자가 걸려 있었다.

플래카드가 지나갈 때, 바깥은 한바탕 야단법석이었다. 천장에서
부터 드리워진 팬던트가 흔들거리는 걸 바라보며 그녀는 자신에게
무서워 말라고 다독였다. 뭐 대단한 게 아니지 않는가! 그런데도 그
녀의 다리는 속절없이 덜덜 떨렸고, 그녀의 뚱뚱한 몸은 놀란 마음에
후들거렸다.

●●

가는 길은 모든 게 비밀리에 마련되어 있었다. 저우(周)총리의 보
살핌 덕분이었다. 그녀를 북쪽으로 올라오도록 한 것은 가까이서 그
녀를 보호하기 위함이었다.

차창 사이로 비치는 바깥은 온통 회백색의 새벽 하늘빛이었다. 거
리에는 그녀가 기억하는 다양한 아침 노점상이 하나도 보이지 않았
다. 그녀는 그저 힘겹게 바라볼 따름이었다. 플래카드를 걸어 놓은 플
라타너스는 어찌 그리도 쓸쓸하고 스산해 보이는지. 그녀는 정말이
지 믿을 수 없었다. 지난날의 상하이는 그 어디에도 흔적조차 없이 사
라져 버렸다.

갑자기 차창 유리가 뭔가에 딱 하고 부딪히는 소리가 났다. 거리

에서 노숙을 하던 홍위병들이 마치 차창 유리가 쪼개지는 것 같은 소리를 질러댔다. 그녀는 두려움에 눈을 감았다. 귓속으로 파고드는 사람들의 소리가 천군만마처럼 돌진해왔다.

19

선생이 톈진에서 베이징에 입성한 날은 1924년 양력 12월 31일이었다. 그날은 맑고 쾌청했으며, 기온은 낮고 바람은 드셌다. 당시 선생의 병든 몸은 이미 손을 쓸 수 없을 지경이었다. 기차는 평소보다 천천히 가고 있었다. 철로국에서는 선생을 위해 전용열차를 준비했는데, 308호 침대차 한 량, 212호 식당차 한 량, 101호 징펑(京奉) 대절열차 한 량, 132호 진푸(津浦) 대절열차 두 량……. 기차가 이르는 땅은 모두 봉천군벌의 세력 범위에 들어 있었다. 선생의 병세에 대한 외부 사람들의 억측이 자못 난무한다 할지라도, 장줘린(張作霖)은 혹 사달이 날까 염려하여 톈진에서 베이징에 이르는 연도의 군대에게 엄호 훈령을 내렸다. 한편 그의 아들 장쉐량(張學良)은 톈진의 플랫폼에 서서 선생을 공손하게 전송하였다. 한창 시기의 젊고도 늠름하기 그지없는, 양미간이 훌쩍 넓어 부귀의 상을 지닌 그의 얼굴에는 훗날의 곡절 많을 운명이라곤 조금도 보이지 않았으며, 더욱이 만년에 그가 지어낸 인자하고 신실한 기독교도의 모습 또한 전혀 찾아볼 수 없었다.

오후 3시경, 선생을 실은 기차가 봉천군벌의 영지를 지나 베이징시 외곽으로 들어섰다. 이때, 베이징시의 치안은 펑위샹(馮玉祥)에 의해 통치되고 있었다. 지난 석 달 동안, 기구의 책임부서는 정국의 변화로 그 이름을 세 차례나 바꾸어야 했다. 10월 23일, 펑위샹이 쿠데타를 일으켜 베이징으로 입성하자마자 국민군 베이징경위사령부로 개칭하고, 11월 1일 섭정내각이 들어선 뒤에는 황푸(黃郛)가 경기경위사령부라 다시 개명하였으며, 이듬해 1월 24일 돤치루이의 집정부는 경기경위총사령부로 또다시 개명하였다. 어떤 명칭이든 사령관은 항상 루중린(鹿鍾麟)이었다. 루중린은 당시 펑위샹의 심복이었다. 훗날 그의 회고록에 따르면, 베이징으로 입성하기 전 사령부는 톈타이산(天臺山)에 칩거하던 펑위샹과 매일 전화를 주고받았다고 한다. 펑위샹은 자신이 선생을 북상하시도록 청했으나, 뜻밖에 1, 2주 사이에 정세가 역전되어 직예파(直隸派)가 물러가고 환계파(皖系派)가 나서는 형국*인지라, 국민군이 회군할 의미가 이미 없어진데다 대국이 돤치루이의 손에 조종되고 있는 마당에, 자신이 선생과 만나게 된다면 괜한 의심을 불러일으킬 수 있다고 루중린에게 거듭 말했다. 그래서 펑위샹은 루중린에게 그저 선생 일행의 안전을 잘 지키라고만 부탁할

---

* 직예파(直隸派)는 우페이푸(吳佩孚)와 펑위샹을 중심으로 한 군벌세력을 가리키고, 환계파(皖系派)는 돤치루이를 중심으로 한 군벌세력을 가리킨다.

따름이었다. 이 때문에 루중린은 첸먼(前門)역에 밀려든 인파들로 인해 몹시 불안했다. 용딩먼(永定門)역에서 살짝 기차에 올라탄 그는 선생이 인파를 피해 용딩먼에서 하차하기를 바랐다.

루중린은 모자를 벗어 손에 든 채 다급한 발걸음으로 선생이 타고 있는 열차 안으로 들어갔다. 선생은 그의 경악한 얼굴을 마주보면서, 자기 앞에 서 있는 그가 몹시 놀랐음을 알아차렸다. 아마도 선생이 앉아있지 않고, 침상에 비스듬히 기댄 채 너무도 쇠약한 모습을 확연하게 드러냈기 때문일 수도 있다. 선생은 자신의 안색이 종잇장같이 차다는 사실을 인정하고 싶지 않았다. 선생은 가까스로 루중린의 손에 악수를 청하고 몇 마디 의례적인 인사를 건넨 후, 원래 계획대로 첸먼역에서 하차할 것임을 분명히 했다.

선생의 짐작은 빗나가지 않았다. 당시 선생의 안전은 걱정할 필요가 없었다. 오후 4시 20분 기차가 역에 들어섰다. 기차역에는 오색찬란한 아치가 매달려 있고 수만 군중이 운집해 있었다. 어떤 사람은 흰색 작은 깃발에 '환영'이라는 글자를 써 들고 나왔고, 또 어떤 사람은 크고 작은 플래카드를 흔들고 있었다. 부관들이 선생을 부축하여 기차에서 내렸지만, 선생의 체력은 환영인파를 향해 그저 가볍게 고개를 끄덕일 수 있을 정도였기에, 거의 발을 땅에 딛지도 않은 채 몇 걸음 정도를 옮겨간 뒤 바로 차에 올랐다. 선생은 꼬리를 물고 뒤따르는 차량 행렬과 푸른 하늘을 가득 메운 하얀 깃발을 바라보았다. 여러 고적대가 연주하는 겹겹의 군악소리가 들려왔다. 차창 밖의 첸먼과 리양먼(麗陽門)을 바라보았다. 이곳은 방위를 근거로 세워진 도시로서, 지도에서 중축선(中軸線)의 종점에 해당한다.

그는 이곳이 기존의 국면을 뒤집기로 뜻을 세운 목표지임을 떠올렸다. 청나라 왕조는 이미 물러나고 푸이(溥儀) 역시 펑위샹의 군대에 내몰려 궁에서 쫓겨났으나, 안타깝게도 선생 역시 품은 뜻을 펼치기 힘든 상황이었다. 신해혁명이 일어난 지 14년째가 되는 지금, 선생은 외진 성에서 변변한 군대도, 넉넉한 재력도 갖추지 못한 채 그저 러시아 외에는 어느 외세의 지지도 받지 못한 처지였기에 혈혈단신으로 북상해야만 했다. 처지는 1911년 말 선생이 상하이로 돌아왔을 때와 비슷했다. 사람들 사이에서는 선생이 상자 안에 거액을 숨겨왔다고 너도나도 소문을 냈고, 동지들 사이에서조차 이런 바람이 일었다. 선생은 기자회견에서 일전 한 푼 없노라며, 대신 혁명정신을 지니고 왔노라고 답변했다. 베이징에 입성하는 오늘에 이르기까지 자신에게 오직 혁명정신밖에 없다는 점은 참으로 예상치 못한 일이었다!

생각에 잠겨 있던 그는 억지로 정신을 추슬러 창밖을 향해 손을 흔들었다. 뒤따르는 차량에서는 연도 양편에 전단을 뿌리고 있었는데, 이는 마치 영하의 온도 속에 춤추는 오색나비들 같았다. '중산(中山) 만세', '혁명 만세'…… 창안다제(長安大街)에 연달아 들려오는 환호소리에, 천안문(天安門)광장의 마른 나뭇가지조차 출렁출렁 흔들리는 것만 같았다. 선생은 북방 동지들의 조직 역량에 다소 의구심을 품고 있었다. 물론 더 중요한 사실은 지금 이곳의 민중들이 자신을 참으로 소중하게 여긴다는 점이었지만, 그럼에도 불구하고 선생은 차마 이렇게 말할 수는 없었다. "대부분의 중국 인민들 모두가 나를 지지하고 있다." 이게 정말일까? 최근 몇 년 사이, 선생은 곳곳에서 이런 말을 해왔기에, 이제껏 자기 자신조차도 이것이 참인지 거짓인지 분간할 수 없었다.

지난 열 달 남짓 동안, 선생은 러시아혁명을 통해 의외로 뭔가를 깨달았다. 스스로 민중의 지지가 부족하니 반드시 하나 혹은 몇몇 군벌에 의지해야 한다고 생각했던 자신을 반성하기 시작했다. 다시 말해, 국민혁명가로서 선생의 한계는 바로 군중을 일으켜 세우지 못했다는 점이었다! 그가 청나라 왕조를 무너뜨릴 뜻을 세운 이래로 오로지 그의 주장과 위엄, 덕망, 그리고 설득력에만 의지해 왔다. 이 가운데 가장 쓸모 있었던 것은 선생의 사람을 놀라게 할 정도의 의지였다. 혁명세력이 가장 왕성하게 들고 일어났을 때, 그와 모의를 획책할 수 있었던 사람들은 학생과 화교, 그리고 선생만을 의지했던 소수의 남방 군인들이었다. 화교들에게 있어서 선생은 각별히 그들의 열정을 고무하는 전문가였으며, 그의 재담대로 에스키모인들에게도 얼음을 팔아 돈을 벌 수 있다는 믿음을 주었다. 현금화될 수 없는 한 장의 군수채권도 "이 채권은 10달러에 해당되지만, 우리 군대가 성공하는 날이면 원금과 이자까지 쳐서 100달러 가치를 지닐 것"이라고 믿었다. 하지만 술수는 기이한 이야기마냥 화교들의 희망을 저버리고 말았다……

챈먼에서 베이징호텔까지의 그리 길지 않은 거리를 지나면서, 선생은 지난 반평생의 좌절과 실패를 곱씹어 보았다. 문제는 자기의 혁명사업이 과연 중국을 구했는지, 아니면 중국에 더 큰 파괴를 가져왔는지이다. 대군벌이 중앙정부에서 횡행하고, 소군벌이 각 성에서 난리를 피울 때, 유독 변변치 못했던 그의 남방 근거지는 무엇을 하고 있었던가! 최근 일 년 사이에, 그가 힘을 쏟았던 당의 조직개편은 당내 분열을 조장했으며, 재정 정돈은 뜻밖에 외국과 상인의 반대에 부딪쳤다. 날이 갈수록 많은 사람들이 선생 때문에 광둥(廣東)이 무너지고 있다고 생각했고, 상단(商團)의 소동은 더더욱 치명적인 일격이 되었다. 외국의 《Millard's Review》*는 사실무근의 말로 선생을 중상모략하여, 선생을 '중국의 가장 어두운 오점'이라고까지 했다. 차에 몸을 실은 선생은 낙담한 듯 답례하던 손을 떨구었다. 한 차례 또 한 차례 그는, 몸속의 절망적인 고통을 느꼈다!

---

* 《Millard's Review(密勒氏評論報)》는 1917년 《Herald Tribune》지의 극동 기자인 밀러드(T. F. Millard)와 존 윌리엄 포웰(John William Powell)에 의해 창간된 영문주보이다. 2년 뒤에 벤자민 포웰(John Benjamin Powell)이 인수하여 《The China Weekly Review(中國每周評論)》으로 개칭하였으나, 중문명은 옛 명칭을 답습하였다.

20

••

《마오어록(毛語錄)》을 외우는 소리에 배인 살기가 경찰차의 경적 소리와 천안문광장의 확성기의 나팔소리에 섞인 채 들려 왔다. 그녀는 말없이 과거 병든 남편이 베이징으로 입성하던 때를 떠올렸다.

그녀는 남편이 마지막을 보낸 시기에, 그래도 승부를 걸었던 건 여전히 이 땅의 민중의 의기였다고 생각했다. 그 뒤로 일 년쯤 지났을까, 민중의 의기는 과연 선생이 생전에 예상했던 대로 분기탱천하기 시작했고, 행운이 이 다사다난한 국가를 굽어 살피는 것 같았다. 하지만 남편은 전혀 예상치 못했을 것이다. 그 누구도 제어할 수 없는 민중의 의기가 지금 '혁명무죄(革命無罪), 조반유리(造反有理)'의 베이징성(城)으로 집중되리라는 것을.

그녀는 차 안에서 낡은 외투를 단단히 여몄다. 민중의 의기는 그녀의 죽은 남편에게 여전히 서투른 우스갯소리일 뿐이라는 생각이 들었다.

••

친왕부(親王府)를 개축한 이 저택은 천장이 너무 높고 담장 벽은 두터우며, 방들은 쓸데없이 컸다. 어느 한 구석 그녀가 편안히 쉴 공간을 찾아볼 수 없어, 오후 내내 스스로 쪼그라드는 것만 같았다.

밤에는 깨어 있는 시간이 갈수록 길어졌다.

어둠 속에서 그녀는 미안한 생각이 들었다. 결혼 생활 10년 동안, 사실 쑨원의 잠버릇을 잘 알지 못하였다.

당시 자신이 너무도 곤하게 잤기 때문일 게다. 젊었으니까! 이후 베이징으로 올라와 병상의 남편을 수발들면서도, 그녀는 언제나처럼 쉽게 숙면에 빠져들었다.

초상을 치를 때 그녀는 악몽으로 자주 놀라 깼다. 앞으로 어찌해야지? 그럴 때면 그녀는 두 눈을 크게 뜨고서, 울지 말라고 자신을 다독였다. 하지만 눈물은 하염없이 줄줄 흘러내렸다. 그녀는 일어나 앉아 손수건을 찾다가, 문득 과거 병상에 누워 있던 남편의 우울한 탄식 소리가 들리는 것 같았다.

이제 이 끝없는 어둠 속에서, 그녀는 정말이지 울음소리조차 제대로 낼 수 없었다. 조용히 그녀를 감싸는 건 군살뿐인 두 팔이요, 들리는 건 목구멍에서 거미줄처럼 호흡하는 소리뿐이었다.

●●

멍하게 지내는 시간들이 길어지자, 쓸데없는 옛일들이 죄다 떠올랐다. 그녀는 그 당시 남편과 일일이 접견했던 러시아 고문 몇몇을 떠올렸다. 마링(Maring), 요페(Joffe), 가렌(Galen) 장군, 보로딘(Borodin) 등등……. 특히 수석고문이었던 보로딘의 음색은 낮고 맑으며 조용한 바리톤이었다. 그녀는 러시아 어투가 섞이지 않은 그의 영어 말투가 참으로 듣기 좋았다. 게다가 그녀의 남편은 말끝마다 '러시아를 스승으로 삼는다'라고 했는데, 아무래도 그녀보다는 속셈이 있었으니 중요한 것은 중국에 쓸모가 있는 실용이었다. 남편은 이제껏 이데올로기 따위를 과신하지 않았다.

남편이 세상을 떠난 지 몇 해나 되었을까? 소련이 대대적인 숙청 작업에 착수했다는 소식이 전해져왔다. 요페는 자살했고, 보로딘은 실종되었으며, 가렌 장군은 총살을 당했다. 스탈린이 내린 정의 아래 사람들은 죄다 외국 간첩이 되었다. 지금에 이르러서야 그녀는 이게 도대체 어찌된 일인지 이해하게 되었다. 원래 이상이 높은 혁명일수록 더 잔인한 법이다……. 그렇지 않다면 어떻게 집어삼킨 것 모두가 혁명의 자녀들이란 말인가?

● ●

그들 가운데 몇몇은 그녀로 인해 1949년 이후에야 정착하고 국적을 취득했으며, 신중국에 이바지하였다.

레위 앨리(Rewi Alley), 조지 하템(George Hatem), 엡스타인(Israel Epstein). 열정을 갖고서 중국에 온 이들 외국인들은 하나하나 지목되어 비판을 받았다.

이제 생사를 알 수 없다! 자신도 모르게 서글픈 생각이 들었다. 내일 아니면 상관할 바 아니지. 나 자신도 지키기 어려운데, 누구를 돌아볼 수 있단 말인가?

●●

방 안의 등을 모조리 다 꺼버리고, 창마다 꼼꼼하게 커튼을 내렸다. 그녀에겐 너무도 많은 기나긴 밤이 기다리고 있다. 자신이 무엇을 잘못했는지 그녀는 곰곰이 되돌이켜 보았다.

그녀가 출신을 배반했는가? 가정을? 아니면 그녀의 계급을? 어쨌든 평생을 이미 바쳤고, 청춘의 날들을 모조리 갖다 바쳤다. 뭘 더 어떻게 하란 말인가? 문제는 자신의 배반이 여전히 철저하지 않다는 데 있다. 그녀는 골똘히 생각에 잠겼다. 그들이 그녀에게 요구하는 배반은 사실 그녀 자신, 한때 온유했던 자신의 마음 한 조각이었다!

●●

루쉰(魯迅)이 말했었지? 그녀는 희미하게나마 루쉰이 했던 말을 떠올렸다. 인생에서 가장 고통스러운 일은 바로 꿈에서 깨었으나 출로가 없는 것이라고.

출로를 찾지 못했다면, 뭐 하러 자는 사람을 흔들어 깨운단 말인가?

북방은 일찌감치 날이 저문다. 늘 그랬듯 그녀는 옷을 입은 채 커다란 침대에 누웠다. 수많은 날들 동안 이렇게 쭉 깊이 잠들어 버리기를 그녀는 얼마나 바라왔던가.

●●

그녀는 어쩌다 남편 꿈을 꾸었다. 베이징으로 옮겨온 뒤 두세 차
례 쑨원 꿈을 꾸었다.

꿈속에서 그 사람은 항상 군중 속에 있었다. 그러다 문득 모르는
사람으로 바뀌었다. 조금 바뀌었나 싶더니, 이내 얼굴 표정이 바뀌었
다. 아득하기만 한 그 표정은 더 이상 남편이 아니었다. 꿈에서 깨어
곰곰이 생각해봤다. 꿈에서 남편을 본 것일까? 아마 전혀 아닐 거야!
그녀는 벽에 달린 전등 불빛 속에서 눈을 부릅떴다. 바로 앞쪽에는 마
오(毛)주석의 사진이 보일 따름이다. 그녀는 생각했다. 세월이 너무
칙칙하고 어둡다. 자기가 남편의 모습조차 벌써 잊었단 말인가?

●●

사촌 여동생이 죽었다. 자동차 작업장에서 목을 매단 것이다. 그
녀 마음속에서 쑹(宋)씨 가문은 끝장이 났고, 온 상하이도 함께 가라
앉고 있었다.

"자살은 범죄행위야!" 그녀는 중얼거리듯 내뱉었다. "죽어서는
안 되지!" 그녀는 중얼거렸다.

욕조에 몸을 담근 채, 그녀는 이렇게 물이 계속 차오르다 머리끝
까지 덮어버렸으면 싶었다. 스스로 죽음을 선택한다면 그 느낌은 물
과 같으리라고 생각했다. 제아무리 거칠고 드센 세상일지라도 일순
간 따스하게 촉촉해질 거야.

죽어서는 안 돼. 그녀는 스스로에게 다짐하듯 중얼거렸다!

때는 1968년이었다.

• •

부고가 해외에서 전해졌다. 병사자는 그녀의 막내 남동생 즈안(子安)이었다. 이 정도의 자극을 받아야만 그녀의 마음 저 밑바닥에서 잔물결이 일었다! 이러한 강도는 그녀에게 깨닫게 해주었다. 그녀가 여전히 아픔을 느낄 수 있다는 것을. 까마득히 먼, 자기 평생에 단 한 번의 임신의 기억이 문득 떠오르고, 뒤이어 형체도 생기지 않았던 태아를 잃었던 고통이 새록새록 떠올랐다. 그 고통은 자신의 몸 가장 깊숙한 곳에서 시작되어 점차 방사형으로 내뿜듯 온몸으로 퍼졌다······.

막내 즈안과는 나이 차이가 상당히 났다. 즈안은 예전부터 늘 유약한 아이였다. 이렇게 오랜 세월을 떨어져 살면서도, 그녀는 평소 즈안을 떠올려보지도 않았다. 하지만 그 아이를 사랑했다. 딱히 서로 이야기를 나누지도 않았고 만날 기회도 많지 않았지만, 아마 그럴수록 더더욱 마음속으로 그를 아끼고 사랑하는 마음이 있었는지 모른다.

이 세상에 즈안이라는 사람이 사라졌다. 그제서야 그녀는 가장 귀하고 가장 여린 것도 죽어 재가 될 수 있음을 절실하게 깨달았다. 전에는 전혀 알지 못했던 것 같다. 젊은 과부 시절에도 어리석게 무지하기 짝이 없었다. 후에 이런저런 정치적 암살 등을 거치면서 그녀는 치를 떨었고 놀랐으며 분개했다. 하지만 그건 이것과 전혀 다른 감정이었다. 이번에 그녀는 수시로 즈안의 얼굴을 떠올렸다. 그리도 티없이 아름다운, 마치 그리스신화 속의 미소년 같은 즈안을.

이어지는 나날들 속에 그녀는 끊임없이 죽음을 떠올렸다. 그런데 이상하게도 중풍에 걸리기 전의 S의 모습, 그리고 S의 손가락이 그녀의 몸에 닿아 전해주었던 기억 속의 쾌감이 그녀와 죽음 사이를 가로막고 있었다!

21

베이징에 들어선 지 며칠째 아침일까? 선생은 아침 햇살을 받으며 잠에서 깨어났다. 그의 생활리듬은 이미 엉망이 되어 있었다. 곁을 지키던 사람은 모호하게나마 선생의 잠꼬대를 들었다. 선생은 잠꼬대에서 광저우(廣州)를 들먹였다. 그곳은 선생이 얻었다가 다시 잃고, 또다시 되찾은 바로 그 도시였다. 이 시각 선생은 여전히 어젯밤의 소식에 놀라 어찌할 바를 몰라 했다. 천중밍(陳炯明)은 벌써부터 자신이 광둥성을 구한 총사령이라고 떠들어대며, 린후(林虎) 및 팡번런(方本仁) 부대들과 회동하여 광저우를 다시 집어삼키려 하지 않는가! 눈을 부릅뜬 채, 선생은 띄엄띄엄 이어지는 봉화를 바라보았다. 주쟝(珠江)에는 누런 황톳물이 넘실대고 있었다.

그 도시에는 선생의 실패한 기록들로 가득 차 있다. 장대비가 한 바탕 훑고 간 뒤 노면은 끝없이 하얀 증기로 자욱했지. 선생은 남방의 전염성이 강한 풍토병을 떠올렸다. 선생은 뚫어져라 바라보았다. 요괴 같은 분위기 속에서 자신과 환난을 함께 해온 함정이 불덩이가 되어 타오르고, 진흙이 쌓인 삼각주에 석양이 핏빛을 뿜어내는 것을. 선생은 붉은 빛으로 물든 양청제(羊城街)가 다시금 군홧발에 짓밟히고, 잔뜩 겁에 질린 채 참호 속으로 숨어드는 아낙을 지저분한 군복 차림의 병정이 사냥감을 노리듯 낚아채는 것을. 설마 이게 바로 내가 일으킨 혁명의 업적이란 말인가? 땅바닥 여기저기에는 깨진 기와와 무너진 처마가 나뒹굴었다. 룽지광(龍濟光)의 가옥으로 선생이 한때 거주했었던 월수루(粵秀樓)도 떠올랐다. "월수루에 올라 멀리 바라보나, 주장(珠江)의 풍광 한눈에 다 들어오네"라고 했었지. 그렇지만 이제는 새카맣게 타버린 공중누각이 되고 말았어.

선생은 그저 이 도시를 멀리 떠나고만 싶었다. 멀면 멀수록 좋으리라. 사실 방랑생활 끝에 광저우로 돌아오는 배가 항구에 들어서는 순간마다, 선생은 고향으로 돌아가고 싶은 갈망이 일기는커녕, 그 순간의 두려움을 막아내기에 급급했다. 요 몇 년 사이에, '광둥은 광둥 사람이 다스려야 한다'는 식의 의견을 제시하는 사람도 있고, 걸핏하면 당장에 모범적인 새로운 광저우를 건설해야 한다고 주장하는 사람도 있었다. 선생이 군대병력을 이동시킬 때, 어떤 이는 "외지의 군대라도 들어오면, 성(省)이 없어지지 않을까 걱정스럽다"고 염려하기도 했다. 사람들은 왜 국가의 모든 땅들이 국가의 구획 속에 있는 것임을 이해하지 못할까? 천쥥밍(陳炯明)에게는 통일된 중국이 너무 큰 것이리라! 그 반역자의 이름을 되뇌다가, 선생은 정신이 번쩍 들어 눈을 부비더니 참을 수 없다는 듯 투덜거렸다. 난 아직 죽지 않았어. 그놈, 헛된 망상이나 부리라지!

솔직히 말해 선생은 천쥥밍이 그토록 비열하고 졸렬한 놈인지 상상도 못했었다. 선생의 북벌계획을 무너뜨렸을 뿐 아니라, 결국엔 선생을 사지로 몰아넣을 망상까지 품었으니 말이다. 선생이 더욱 가슴 아프게 생각하는 건 혁명의 동지들 사이에 좋지 못한 선례를 남겼다는 점이다. 날이 갈수록 당내의 위계질서를 따지는 선생의 눈에 이런 배반은 기강의 해이와 질서의 붕괴일 뿐만 아니라 윗사람에 대한 하극상이었다!

물론 선생이 몹시도 한탄스럽게 생각하는 이유는 무엇보다도 자기가 천쥥밍을 신임했다는 사실이다. 사람을 얻었다며 몹시도 기뻐하던 시절, 그 자를 '민국 원년 전의 황싱(黃興)이요, 민국 2년 뒤의 천치메이(陳其美)이다'라고 비유하기도 했었다. 이제와 생각하니, 웬스카이를 무너뜨린 뒤 '인구를 늘리고 물자를 모으며 백성들을 가르치고 군사를 훈련시켜 나라를 부강하게 하는 것'만 생각했지, 자신을 지켜줄 혁명무력의 중요성은 깨닫지 못했다. 웬스카이가 죽자, 선생은 전보를 쳐서 각지의 군사들을 해산하라 했고, 얼마 후에는 소집명령을 내렸던 중화혁명군들조차 해산하여 집으로 돌려보냈다. 이리하여 웬스카이 토벌전쟁에 소집되었던 얼마 되지 않은 군사 역량조차 깡그리 상실하고 만 셈이었다. 후에 선생은 군정부에 의해 광저우에서 쫓겨났으며, 선생이 재기할 때 의지했던 무력은 오로지 천즁밍뿐이었다.

더더욱 한스러운 것은 선생이 시종 군권을 좋아하지 않았다는 점이다. 선생은 차라리 자신의 신념을 널리 알리고자 했다. 선생이 믿었던 것은 이제껏 학설이나 주의 등의 설득력이었으며, 그렇지 않으면 동지들 사이의 개인적인 의리였다. 하지만 결정적인 순간에 이런 것들은 전혀 힘이 되지 못했다. 선생에게 부족했던 것은 군대, 강건한 혁명무력이었다! 이 점이 내내 선생을 가슴 아프게 했다. 또 선생에게는 군대가 없었다는 점 외에 군 작전 지휘의 경험 또한 부족했으며, 이는 결국 전황에 대한 판단 미숙을 초래하였다. 훨씬 이전에 웬스카이 토벌전쟁이 시작되었을 때, 선생은 이렇게 호언장담했던 사실이 기억났다. 나에게 두 개 병력 사단의 군대만 있다면, 그들을 데리고 웬스카이를 찾아가 담판을 벌일 것이라고. 당시 탄런펑(譚人鳳)은 상당히 불손하게 대들 듯 말했다. 두 사단의 병력이 도대체 어디에서 나옵니까? 두 사단 병력이 몇 명이나 됩니까? 그들을 데리고 무슨 일을 할 수 있을 것 같습니까? 선생은 이제껏 이를 진지하게 생각해본 적이 없었다!

이때 선생은 스프링 침대에 몸을 모로 누인 채, 영락없는 문인의 두 손과 비쩍 말라 튀어나온 뼈마디를 바라보았다. 문약하기 짝이 없었다. 그는 대원수 복장 차림의 괴이한 모습에 흰 장갑을 끼고 높이 솟은 모자를 쓰고 있는 자신의 모습을 떠올렸다. 이것은 1917년 선생이 호법(護法)*을 위해 남하하던 때 착용하였던 제복이다. 이전에 여러 해 동안 선생은 명의상 혁명을 지도했을 뿐, 실제로 전장에서 병사를 지휘했던 것은 진남관(鎭南關)에서의 전투가 유일하다. 귀를 찢는 듯한 대포 소리 속에서 선생은 그의 혁명동지들에게 눈길을 던졌다. 봉화에 비쳐 더욱 환하게 빛나던 황싱(黃興)의 얼굴이 보였다. 틀림없이 극도로 흥분된 상태임을 상상할 수 있었다. 선생은 포대 주위로 발걸음을 옮기면서, 자기 종아리가 계속해서 바들바들 떨리는 걸 느꼈다.

1918년, 선생에게 또 한 번의 기회가 찾아왔다. 이번에야말로 정말로 대원수복을 입고서 뱃머리를 지키고 앉아 해군의 육지기지 공격을 지휘하고 있었다. 당시는 바야흐로 군정부 시기로 광시(廣西)의 계파(桂派)인 모룽신(莫榮新)이 전횡을 일삼던 때였는데, 선생의 대원수저택에서 사람을 체포하여 즉결처분하기도 했다. 화가 머리끝까지 치민 선생은 동안함(同安艦)과 예장함(豫章艦) 두 군함에게 그의 독군서(督軍署)를 포격하라고 명령했다. 함장이 머뭇거리자, 선생은 몸소

---

* 호법(護法)은 신해혁명 후에 난징임시정부에서 제정한 헌법 성격의 〈중화민국임시약법(中華民國臨時約法)〉을 수호하는 것을 의미한다. 1917년 7월부터 1918년 5월에 걸쳐 쑨원을 중심으로 한 국민당은 서남군벌과 연합하여 베이양군벌의 독재를 타도하고 국회를 회복하는 등 새로운 공화를 이룩하고자 하였다. 이를 호법운동이라 일컫는다.

일어나 포격수를 직접 지휘하여 발포명령을 내렸다. 육군과 비교해 볼 때, 선생의 현대 지식은 시종 해군 쪽에 더 익숙한 편이었다. 후에 천중밍이 반란을 일으켰을 때에도 선생의 친위부대는 역시 해군함정 뿐이었다. 당시, 선생은 오솔길을 따라 해군총독부로 도망쳐, 장난감처럼 수면에 떠 있는 일곱 척의 배를 끌고서 바이어탄(白鵝潭)까지 간 뒤 목표물 하나 없이 그저 육지를 향해 포를 쏘며 울분을 터뜨렸다. 하지만 불행하게도, 선생 휘하의 보잘것없는 몇 척의 군함조차도 거액의 돈에 후한 이자까지 쳐주며 매수하려는 자들이 있었다. 선생은 이런 사기극들을 너무나 많이 봐 왔기에, 믿을 만한 장수는 손에 꼽을 정도였다. 이리저리 손꼽아보니 주즈신(朱執信), 덩컹(鄧鏗), 쉬충즈(許崇智), 장제스(蔣介石) …… 이 가운데 주즈신과 덩컹은 잇달아 살해되었다. 그 이전에는 어떠했던가? 황싱(黃興)의 그 준수하고 시원시원한 용모가 선생의 흐릿한 머릿속에 다시 한 번 떠올랐다.

선생, 당신은 그저 민국을 대표할 뿐이오. 황싱의 점잖고 중후한 목소리가 그의 귓가에서 가만가만 깨우쳐주었다. 당신은 권력을 대표하는 게 아니오. 하지만 민국과 권력, 그리고 권력을 뒷받침하는 군사력을 분리할 수 있단 말인가? 최근 몇 해 동안, 선생은 결국 총칼에 의지해야 함을 배웠다. 이것이 바로 그를 기진맥진하게 만든 정치 속에서 선생이 몸소 배운 소중한 교훈이었다. 하지만 뒤따르는 문제는, 무언가를 움켜쥐고자 한다면 동시에 무언가를 내줘야 한다는 점이었다! 선생은 황푸(黃埔)군관학교에서 치러진 장교임관식에서 친히 학교 인장을 내주었던 사실을 떠올렸다!

　선생은 자기보다 성질이 더 조급한 편인 장제스를 자연스레 바로 떠올렸다. 선생은 이제껏 군복을 입은 사람 가운데 이처럼 몸에 잘 맞고, 멋스런 자태에 빼어난 위용을 드러낸 사람을 보지 못했다. 하지만 선생은 초조함을 감출 수 없었다. 아마 남들에게는 대단찮아 보이는 정치적 직감에 근거하여, 선생은 휘하의 젊은 제자의 얼굴에서 어떤 조짐을 읽어낼 수 있었다. 아마 훗날 합법적인 계승자임을 자처하면서 정치 사안을 빌미로 옛 혁명동지들을 제거할 것임을 예견했던 것이리라. 그 동지들은 선생의 홀로된 아내와 더불어 여러 해 동안 투쟁해온 사람들이다. 하지만 장제스는 정적(政敵)을 죽이면서도 선생의 부인을 보호하기 위함이며, 총리의 미망인에 대한 추문이 소문나지 않게 하고자 함이라 둘러댈 것이다. 물론 선생이 예견하지 못한 부분도 있었다. 다른 삭도에서 보자면, 선생이 돌아가신 뒤 부인은 정치적 투쟁 속에서 어느 쪽이든 한 쪽을 선택해야만 하는데, 그것이 바로 추문의 근원이 되리란 것을!

　어쨌든 저마다 의견이 분분한 그 많은 논쟁에 선생은 다 관여할 수 없었다. 여하튼 지금 이 순간은 멀리 내다볼 수 있는 시기가 아니다. 그저 앞만 바라볼 따름이다. 중국의 어둠이 너무나 깊고도 짙었기에, 중국이 그 흑암에서 빠져나오기를 바라는 선생의 심정이 너무도 절박했던 것이다. 게다가 선생은 거듭되는 실패의 교훈으로 인해 이미 자신의 한계를 확인했고, 자신의 혁명이 일보의 진전도 없었음을 분명히 알고 있었다. 이런저런 외재적 요인들 외에도, 선생 자신은 혁명가가 되기에는 지나치게 온화한 성정을 지니고 있었다. 아, 선생이 그걸 어찌 모르겠는가? 모든 혁명 행위 중에서는 늘 모든 것을 내려놓고 대담하게 돌격하는 사람만이 최후의 승리를 거둘 수 있는 법!

22

● ●

그녀의 심정은 줄곧 요행히 살아남은 자의 그것이었다. 숱한 곡절을 겪으면서도 구차할 정도로 남은 숨을 헐떡이며 목숨을 부지하고 있었다.

그녀의 생명 속의 남자들은—그녀가 앙모했든 그녀를 사모했든, 하나하나 모두 깊은 침묵 속으로 돌아가버렸다. 그녀는 그들 누구보다 더 오래 살고 있었다.

● ●

문화대혁명도 마침내 끝날 기미가 보였다. 사실 그녀 자신의 감각 속에서 그녀의 일부는 벌써 죽어버렸다!

그렇지만 그녀는 여전히 사망의 과정 속에 놓여 있는 듯하였다. 그녀는 조금씩 조금씩 죽어가면서도 여전히 죽기를 기다리고 있다.

죽음이란 본시 엿가락처럼 그토록 길게 늘여 뺄 수 있는 것이다.

따져보면 그녀의 남편이 석 달만에 죽은 것은 참으로 총망하게 간 셈이다. '용감한 자는 한 번 죽고, 비겁한 자는 천 번 죽는다.' 요행히 살아남은 자의 숙명은 지난날의 이상이 죄다 연기처럼 사라지는 걸 지켜봐야만 한다. 그렇다면, 도대체 누가 더 용기를 필요로 하는 것일 까? 그녀와 남편 가운데 누가 더 용기 있는 자일까?

● ●

어느 날 밤, 그녀는 악몽을 꾸었다. 지하에 웅크리고 앉아 있는데, 그녀를 마주하여 앉아 있는 사람이 있었다. 여동생 쑹메이링(宋美齡) 이었다. 두 사람은 앞을 향해 몸을 구부린 채, 마치 불독처럼 마주 보고 있었다. 성난 듯 서로를 노려보고 있는 두 사람의 눈동자는 꼼짝하지 않았다.

– 어느 쪽 기관총이 쓸어버린 거야?

– 죽었어? 살았어?

– 왜 땅바닥에 쓰러지지 않지?

잠에서 깨었을 때, 그녀는 여전히 숨을 헐떡이고 있었다. 분명 당시 광저우에서 피난할 때 목격했던 그 참극임에 틀림없었다. 그녀의 심장이 쿵쾅거렸다!

며칠 후, 전해진 건 제부 장제스의 부고였다.

・ ・

해외에서 인편에 전해온 사진에서, 동생 쑹메이링의 눈빛이 급격히 어두워졌음을 그녀는 금세 알아차렸다. 쟝징궈(蔣經國)가 순조롭게 자리를 승계했다. 동생은 당장 출국하지는 않겠지만, 그렇다고 해협 다른 한 쪽에서 딱히 맡을 만한 역할이 아무것도 없음을 그녀는 알고 있었다.

그녀는 참으로 무료하기 짝이 없다고 생각했다. 이제 자기와 동생 가운데 누가 더 오래 사는지 경쟁할 일만 남아 있는 듯했다!

・ ・

그녀는 담담하게 마오쩌둥(毛澤東)의 사망 소식을 들었다. 그녀는 금방 생각이라도 난 듯 얼른 검은색 비단 바지저고리로 갈아입었다. 마오는 그녀와 동갑이었고, 담배 중독자였다. 그런지라 그녀는 진즉 마오에게 담배를 끊으라고 권하기도 했었다.

얼마 지나지 않아, 쟝칭(江青)이 감옥에 갇혔다는 소식이 전해져 왔다. 사실 마오가 죽은 뒤, 그녀는 쟝칭이 피해갈 수 없는 끝장이 다가오리라 예감했었다.

미래의 승자는 누구일까? 필경 소리 없이 묵묵히 버텨온 사람이겠지! 충분히 예상할 수 있었다.

••

　재난이 지나간 후, 모진 세월을 견디며 살아남은 그녀의 심정은 그저 옛 친구를 힘껏 돌보고만 싶었다.

　중풍요양원에 있는 S는 지금 몇 살일까? 그녀는 생각해 볼 엄두가 나지 않았다. 자기 나이가 들어가는 건 받아들일 수 있지만, S는 영원히 그 시각, 그들이 서로 헤어지던 그때에 머물러 있었다……! 이렇듯 그녀는 영원히 서른 살 사내의 연인이었다.

　그녀는 생각했다. 그 당시 어렸던 두 여자아이를 반드시 찾아야겠다고.

23

　베이징호텔 506호에서, 선생은 손님을 접견하지도, 담화도 발표하지 않았으며, 일체의 초대도 사절했다. 난생 처음으로 그는 말 잘듣는 환자가 되어 있었다. 하지만 선생은 여전히 외부 정세에 관심을 기울이고 있었다. 다만 아쉽게도 광둥에서는 어떤 회소식도 들려오지 않았다. 북벌군 탄옌카이(譚延闓)의 부대는 쟝시(江西)에서 광둥 변경으로 퇴각했으며, 천즁밍과 한통속인 팡번런(方本仁)은 출병하여 간저우(贛州)를 점령하였다. 이밖의 다른 지역들은 여전히 교착상태에 놓여 있었다. 무엇보다도 선생을 골치 아프게 했던 것은 선후회의가 이미 빼도 박도 못하는 상황이라는 점이었다. 게다가 돤치루이가 며칠 전 공포한 선후회의 조례를 선생은 이제야 알게 되었을 뿐 아니라, 선생이 톈진을 출발하기 전날 돤치루이는 이미 각처에 통지하여 2월 1일을 선후회의 회의 날짜로 잡았던 것이다.

어젯밤 선생은 밤새 내내 잠을 이룰 수 없었다. 정세를 바로잡기 위해 우리 당의 동지들이 돤치루이가 농단한 선후회의에 가입해야 할 것인가 말 것인가……. 이른 아침, 왕징웨이(汪精衛)가 선생의 침상 곁에 서서, 선생이 방안을 구술해주기를 기다리고 있었다. 선생은 대충 몇 마디 말을 써내다가 왕징웨이가 쓱쓱 써내려가는 글을 바라보았다. "베이징에 입성하여 마주하고서 내내 진심을 풀어내고 싶은 적이 한두 번이 아니었으나, 지병이 낫지 않아 어쩔 수 없이 지금까지 끌어왔습니다. 이제 선후회의 날짜가 임박하였기에, …… 병든 몸을 일으켜 하고 싶은 말을 다 하고자 하오니 살펴주시기 바랍니다." 그런 뒤 선생은 아주 절제하여 답전(答電)에 두 가지 조건을 제시하였다. 첫째, 돤치루이가 인정하는 군인정객 외에, 실업단체, 학생단체, 상회(商會), 농회(農會) 등도 인민단체의 명의로 참여할 수 있기를 희망한다. 둘째, 회의 의제에 군제(軍制) 및 재정을 다루는 토론의 최종 결정권은 장차 열릴 국민회의에 주어져야 한다. 선생은 사실 최대로 양보한 것이었다. 왕징웨이가 선생을 대신하는 작은 인장을 찍을 때, 선생은 일부러 고개를 돌려 외면했다. 자신이 구두로 전한 전문(電文)

이 이다지도 굽신거리듯 저자세라는 걸 보고 싶지 않았기 때문이다!

　10줄의 종이가 접힌 순간, 선생은 곁에 있던 왕징웨이가 필기구를 정리하는 모습을 멍하니 지켜보았다. 글씨 쓰는 솜씨도 빼어나고 명랑하게 생긴 이 사람은 어딜 봐도 꾀를 부릴 사람이 아니다. 선생 자신보다도 승부근성이 있으며 임기응변에 능한 노련함을 지니고 있지만, 어쨌든 순수한 책상물림인 그는 우울하면서도 다정다감한 사람이었다. 비록 그가 섭정왕(攝政王)을 암살*하려던 이야기는 만천하에 알려져 있기는 하지만, 본질적으로 왕징웨이는 "죽임을 당한다 해도 기쁜 일, 젊음의 호방한 뜻 저버리지 않겠네"와 같은 결단력 있는 사나이는 결코 아니었다. 왕징웨이는 쉽게 감상(感傷)에 빠지는 사람임을 선생은 잘 알고 있다. 그의 성정에 가까운 모습은 차라리 2차 혁명 시기에 지은, "가파른 누각에 오르려다 뒤돌아서니, 병든 눈으로 중원 땅을 바라볼까 걱정이네"와 같은 시구에 잘 드러나 있다. 훗날 선생이 일본에서 동지를 부른 적이 있는데, 당시 해외를 계속 떠돌고 있었던 왕징웨이의 시문은 온통 저물어가는 춘삼월 강남의 빼어난 경관을 그리워하거나, 여인에 대한 애달픈 그리움으로 가득했다. 왕징웨이는 쉽게 헤어지지 못한 채 연연해 하는 성격이지만, 선생은 그렇지 않다. 즉 "해와 달이 누각 속 인간사를 비추매, 슬픔에 봉두난발

---

* 섭정왕(攝政王)은 청조 마지막 황제 푸이(溥儀)의 아버지인 순친왕(醇親王) 재풍(載灃)을 가리킨다. 왕징웨이는 1910년 그를 암살하기 위해 폭탄을 매설하였지만, 폭탄이 발각되는 바람에 실패하여 투옥되었다.

하지 마소"와 같은 그의 심경은 선생에게 이제껏 낯설기만 하였다. 선생은 아녀자의 사랑을 노래하는 그런 사람이 아니다. 그런지라, 선생은 자신에 대한 왕징웨이의 충정이 일편단심이라 더욱 믿게 되었다. 17살이나 나이 차가 났을 뿐더러, 왕징웨이에게는 심리적으로 강인한 성격의 지도자가 필요했으니까.

왕징웨이가 물러간 뒤, 선생은 동지들의 출로와 국민당의 향후 지도자 문제에 대해 골똘히 생각에 잠겼다. 사실 선생은 병세가 호전될 수 있으리라 믿었다. 머지않아 건강이 좋아질 터이니, 이번 한 달은 병상에서 이런저런 생각을 해보리라. 그는 진실로 정치 무대를 떠나고 싶었고, 최소한 얼마 동안이라도 떠나 있고 싶었다. 다만 안타깝게도 대리인의 선임은 줄곧 마음을 놓을 수 없는 문제였다. 최근 일 년여 동안 이 문제는 유독 복잡했다. 좌파와 우파의 투쟁이 이제 막 한창인데, 정작 당내에는 누구도 그를 대신할 사람이 없었다. 설사 그가 여러 차례 개인적인 친분에 의지하였음에도 온갖 갈등을 해결하지 못한 상황은 누구나 알고 있다. 그가 국민당을 개조(改組)할 때 저우루(鄒魯)에게 이렇게 말한 적이 있었다. "뜻이 서로 통하여 혁명을 향해 함께 함은 완전히 정감에 달려 있다." 사실 동지적 정감이란 오로지 자기 한 사람에게만 집중되어 있음을 선생은 잘 알고 있었다!

선생은 침상 곁에 놓인 지팡이를 바라보았다. 지팡이의 손잡이는 금빛으로 빛났다. 여러 해 동안 곤란한 지경을 지나오면서, 선생은 지도자 중심의 중요성을 더욱 깨닫게 되었다. 2차 혁명이 실패했을 당시, 선생은 당내의 인심이 흩어짐을 느끼기 시작했다. 이는 바로 자신이 꼭두각시요, 당의 거짓 수장이었기 때문이다. 중화혁명당이 수립된 후, 명령에 복종하는 것은 동지의 가장 중요한 조건이었다. 즉 "입당한 당원들은 반드시 쑨원 한 사람에게 기꺼이 복종하고자 하며, 여기엔 추호도 의심할 여지가 없다." 당원들은 선생 개인에게 충성을 맹세할 뿐 아니라 손도장까지 찍어야 했다. 물론 황싱은 이를 결사코 반대했다. 한 사람을 좇아 혁명하겠노라 선서하는 것은 지극히 심각한 불평등을 의미하기 때문이었다. 손도장을 찍는 것도 마치 범죄자가 진술서를 쓰는 것 같아 황싱이 느끼기엔 너무 굴욕적인 일이었다. 하지만 선생은 이 규정의 정확성을 조금도 의심하지 않았다. 선생이 보기에, 자신은 새로운 역사 건설에 본받아야 할 중추였다! 이후 선생은 당증에 자신의 사진을 그대로 두었다. 또한 군이 문건마다 일일이 자기의 이름을 서명하여 확실한 승거로 삼았다. 당과 선생은 둘이되 하나인 불가분의 것이기 때문이었던가?

승계 문제는 특히 곤란했다. 선생은 요 몇 년 사이에 가장 가까웠던 동지들을 하나하나 떠올렸다. 자격으로 치자면 역시 후한민(胡漢民)을 꼽아야 한다. 하지만 후한민은 성격이 강직하고 언사가 지나치게 신랄하며, 남을 깔보는 오만한 기세가 드셀 뿐 아니라, 정치 테크닉을 전혀 이해하지 못했다. 재간으로 치자면 랴오중카이(廖仲愷)가 으뜸이다. 뾰족하고 쥐새끼 같은 얼굴에 눈알을 대굴대굴 굴리는데, 머릿속엔 제법 괜찮은 생각들로 가득하다. 아내인 허샹닝(何香凝) 역시 확실히 큰누이 같은 풍모를 지니고 있었다. 동맹회 시기에 사람들은 그녀를 너나 할 것 없이 '오바사마(御婆樣)'라고 불렀으며, 모두들 이러쿵저러쿵 잔소리 해대는 그녀를 좋아했다. 하지만 랴오중카이의 기치는 분명했다. 광동에서 재정을 정비했다가 사람들에게 호되게 욕을 먹었고, 국민당 개조(改組)를 책임졌다가 적잖은 비난을 불러일으켜 우파의 표적이 되기도 했다. 대국적인 면에서 선생은 이를 고려하지 않을 수 없었다.

이때, 선생은 문득 옛 당원인 여우례(尤列)가 생각났다. 그는 선생의 서의서원(西醫書院)의 오랜 친구인데, 당시 양허링(楊鶴齡), 천사오바이(陳少白)와도 친했다. 그들은 양허링네의 조상 대대로 물려온 상점 양후이지(楊輝記)에 모여 조잘거렸는데, 혁명 이야기도 거침없이 나누곤 했었다. 그래서 사람들은 그들 넷을 '사대구(四大寇)'라고 일컬었다. 사실 민국이 세워진 뒤로, 선생은 어렸을 적의 이 친구들과 결코 친하게 지내지 않았다. 선생보다 한 살 어렸던 양허링과는 마을에서 함께 놀며 성장했으나, 후에 선생은 그와의 과거 관계를 끊어버리고자 애썼다. 이는 지난날의 교유를 빌미로 허세를 부리지 못하도록 하기 위함이었다. 그런데도 선생에게 보내는 그의 편지에는 물정도 모른 채 이렇게 적었다. "처음에 도모할 적에는 내가 있었는데, 효험을 보더니 어찌 내가 없을 수 있으리오?"

요 며칠 북방의 매섭고 건조한 날씨가 계속되고 있었다. 이전에는 떠오르지 않던 수많은 일들이 이제 선생의 뇌리에 문득문득 떠올랐다. 때때로 격렬해지는 통증을 느끼면서, 선생은 옛날 집 골목길을 다시 밟아보고 싶고, 다시금 마을의 란시(蘭溪)로 뛰어들고 싶었다. 개울물은 맑고도 청아했었지. 음력 6월의 여름날, 띠풀이 뒷목을 간지럽히고, 눈에는 반짝이는 물빛이 몇 번이고 소용돌이치듯 출렁였다. 팔을 벌리자 온몸이 시원해지고, 몸은 가볍게 수면으로 떠오르는 듯했지……. 병상의 시간들이 느릿느릿 마치 보이지 않는 그림자처럼 자신을 옥죄어 왔다. 선생은 차근차근 과거 속으로 거슬러 올라가고 싶었다. 과거로 더 깊숙이, 10살 때 글을 읽던 사당으로 걸어 들어가 석판 위에 새긴 흔적들을 찾아보고 싶었다. 아름드리 보리수나무 아래서 털보 도둑을 피한 이야기를 노인들한테 듣기도 하고, 문 앞에 손수 심었던 마호가니나무도 만져보며, 밭두렁을 따라 한쪽으로 기울어진 북극전(北極殿)에 가서 그때 훼손되어 망가진 신상을 바로 세워주고도 싶었다. 한 번만 다시 갈 수 있다면 얼마나 좋을까? 이젠 잊혀진 자잘한 추억들을 그가 어떻게 하면 기억해낼 수 있을까? 과거를 생각하며 선생은 마음이 조금 누그러졌다. 옛 친구들의 얼굴도 또렷해졌다. 천사오바이는 은행에서 일하고 있고, 양허링도 홍콩 마카오 특파원을 지내고 있으니, 다들 높낮이야 다르지만 관직을 차지하고 있는 셈이다. 그 순간 문득 여우례가 관직에 올라 어엿한 지도자 노릇을 하고 있는지 찾아보고 싶었다. 안 될 게 뭐 있겠는가? 여우례가 분명한 계파가 없다는 장점 외에도, 선생은 혁명의 전통을 똑똑히 기억하고 있다. 하나하나 따져보면, 동맹회는 홍중회로 거슬러 올라

가고, 홍중회에서 더 거슬러 올라가야 바로 혁명 전통의 기점이 나온다……. 이러한 전통과 원류, 후세의 견해야 선생 입장에서는 이미 봉건적 사고에 속한 것이겠지만, 이 순간 마치 뜨겁게 달군 불씨처럼 머릿속이 온통 불태우는 듯하여 한참 동안 몸부림치게 만들었다.

얼마 후에 선생은 다시 몽롱한 꿈에서 깨어났다. 이불 한쪽을 만져보니 축축히 젖어 있었다. 이마의 땀방울이 어디서 나온 것인지 선생은 도무지 알 수 없었다.

24

••

바깥 스차하이(什刹海)*는 벌써 얼음이 녹기 시작했다. 인딩챠오 (銀錠橋)**에 서 있노라면, 얼음 조각들이 서로 밀치락거리는 소리를 들을 수 있으리라.

그녀는 곰곰이 가늠해보았다. 얼음이 녹은 스차하이는 무슨 색깔일까! 잿빛일까? 푸른빛일까? 언덕 양 옆의 가로수는 가지를 드리우고 있을까?

---

* 스차하이(什刹海)는 베이징 시내에 위치한 호수로서, 쳰하이(前海)와 허우하이(後海)로 나뉘어 있다.
** 인딩챠오(銀錠橋)는 스차하이의 쳰하이와 허우하이를 이어주는 다리이다.

북방에는 어떤 나무가 있지? 플라타너스가 아닐 거라는 사실은 익히 알고 있다. 그녀는 때때로 상하이의 집을 생각했다. 샤페이루의 하얀 양옥집과 여러 개의 후원, 이불처럼 각진 널찍한 잔디밭. 그녀는 이제껏 무슨 테라스니 누각이니 인공 산과 인공 수로니 하는 것들을 별로 좋아하지 않았다.

그녀는 생각할수록 이 유폐된 듯한 저택이 싫었다. 살아온 지 80년만에 감금된 생명으로 바뀌다니. 이 저택, 이 북방의 도시에는 그녀가 보기에 조금도 유쾌한 기억이 없다.

아주 오래전, 남편이 이곳에서 병으로 세상을 떴다. 이제 내 차례란 말인가? 보아하니, 내가 좋아하는 집에서조차 난 죽지 못할 것 같다.

남쪽으로 돌아갈 수 없으리라. 그녀는 처량하게도 이 사실을 알고 있다.

의사 말이 집 밖을 나서면 안 된다고 했다. 더구나 먼 길 여행은 말할 나위도 없다. 남쪽으로 돌아갈 수 없고, 그녀의 좋았던 시절로 돌아갈 수 없다니. 그녀는 꿈을 꾸듯 이맘때면 내렸던 가랑비를 떠올렸다.

●●

마침내 전면적 승리를 거두었다. 이제 남은 거라곤 시간뿐이다!

그녀는 이 아무 소리 없는 시간이 자신을 거동이 불편한 노파로 바꾸어 놓았다는 생각이 들었다. 팔에 무단히 생긴 붉은 종기를 바라보자니, 너무나 가려워 참을 수가 없었다. 그녀는 다행히 살아남았다. 하지만 알고 보면 모든 것을 하나하나 빼앗겨 버렸다. 기억도, 행동도, 심지어 살아있다는 존엄마저도. 그녀는 자기의 육중한 몸을 움직여보려고 했다. 그러나 마음뿐, 결국엔 피곤해 숨을 헐떡였다.

● ●

어떤 때에는 깨어보면 울고 있다. 뺨엔 눈물이 맺혀 있다. 방금 전에 눈물을 흘리며 한바탕 소리내어 울었을까? 꿈에서 깨자, 그녀는 또다시 눈이 건조한 노파가 되어 있었다.

● ●

꿈에서 그녀는 S의 두 발을 기억해냈다. 발뒤꿈치엔 동상에 걸렸던 흔적이 몇 군데 남아 있었다. 발가락은 마르고 길었으며 아름다웠다. 하얗게 빛나는 발가락은 그녀의 상하이 집에서 플라스틱 슬리퍼를 끌고 있었다. 그의 발등에는 마치 은은한 달빛이 흩뿌려져 있는 것 같았다.

이렇게 세월이 흐르는 동안, 그 사이 문화대혁명도 한바탕 훑고 지나갔다. 그녀는 S도 필경 몹시 억울하리라는 생각이 들었다. 꿈에서는 자신이 행동하기에 얼마나 불편한지도 잊어버린 채, 몸을 구부려 전에는 한 번도 해 본 적이 없는, 또 S가 그녀를 위해 여러 차례 해주었듯이 S의 발바닥을 받들어 가볍게 안마해주었다.

한 번은 꿈을 꾸는데, 블라인드가 낮게 드리워져 있었다. 그녀의 욕실엔 예사롭지 않은 깃발이 떠다니고 있었다. 욕조엔 따뜻한 물이 담겨져 있었고, S는 그녀를 위해 등을 문지르고 있었다. 그녀는 온몸을 편안하게 욕조에 뉘였다. 물이 식을 때쯤, S가 첨벙거리면서 벌떡 일어나더니, 순간 그녀에게 등을 보인 채로 똑바로 섰다. 꿈에서 백옥같이 희고 평평한 S의 엉덩이에 손바닥만한 몽고반점이 있었던 것만 기억이 났다.

잠에서 깬 뒤, 그녀는 온종일 두렵고 걱정스러웠다. 상하이 쪽에 있는 사람에게 전화를 걸어, S의 등급 순위를 격상시켜 요양원에서 고급간부의 대우를 받도록 해달라고 다시 한 번 부탁하였다.

25

선생이 늘 자기 곁에 두었던 부관 마샹(馬湘)의 기록에 따르면, 1월 20일 이전의 며칠간 선생의 건강 상태는 기적적으로 호전되었다.

침상에 누운 선생의 지친 눈빛은 그래도 창밖으로 미약한 삶의 희망을 찾고 있었다. 사실 바라다 보이는 건 그저 회백색뿐으로, 베이징의 겨울은 어떤 푸른빛도 찾아볼 수 없었다. 몽롱한 햇빛 속에서 여체와도 같이 오르내리는 산맥이 보이는 듯했다. 산자락 아래에는 바

람도 없이 저절로 떨어진 망고와 양타오(楊桃)*가 땅에 수북이 떨어져
있다. 아, 큰형 쑨메이(孫眉)의 마우이(Maui)**섬에 있는 농장이로구나.
어려서부터 자기를 돌봐주었던 친형이 생각났다. 선생은 순간 넋이
나간 듯했다. 그 당시 선생은 혁명을 위해 늘상 쑨메이에게 돈을 요구
했었다. 매번 그것도 만 원씩이나 가져갔다. 민국 초기, 어떤 이가 쑨
메이를 광둥 도독으로 추천한 적이 있었다. 선생 생각에 이는 옳지 않
다고 판단했다. 쑨메이가 난징으로 와서 한 차례 설득을 하였으나, 선
생을 당해내지 못한 채 끝내 멋쩍게 돌아가고 말았다. 4년 뒤, 그의
형이 세상을 떠났다. 선생은 고향의 자기 친척에게 내내 후하게 대하
지 못했다. 그해 고향집을 전체적으로 수리한 것 말고는, 자신의 친척
에게 한 번도 도움을 준 적이 없었다. 사실 그동안 선생이 무슨 사심
을 품은 적이 있으며, 자기를 위해 돈 한 푼 챙긴 적이 있었던가?

　몸을 뒤척이던 선생은 자기 담요 위에 엎드려 있는 아내를 바라보
았다. 밤새 간호하느라 몹시 졸렸을 터이니, 지금 이 시간이 참으로
달콤할 것이다. 선생은 손을 뻗어 미간에 흐트러진 아내의 머리카락
을 쓸어 올리고 싶었으나, 너무도 쇠약한 탓에 팔조차 들어올리기 힘
들다는 사실을 그제야 깨달았다. 그는 아내의 단아하고도 아름다운
얼굴을 바라보았다. 최근 들어 마른 모습이, 햇빛을 받아 오히려 묘한

---

* 양타오(楊桃)는 새콤하고 단맛이 나는 별 모양의 열대성 과일이다.
** 마우이(Maui)섬은 미국 하와이군도의 2번째로 큰 섬이다.

요염함을 뿜어냈다. 그의 오랜 동지들은 자신의 결혼에 대해 내내 말이 많았다. 나이 차이가 너무 많았기에, 그 누구의 지지도 받지 못했던 것이다. 그 당시 후한민, 왕징웨이, 주즈신, 랴오중카이 모두 반대 의견을 분분이 내놓았다. 여러 차례 선생도 떼를 쓰는 듯한 말로 대꾸하기도 했다. 이를테면 "나도 사람이오, 신이 아니란 말이오"라거나, "당신들은 밖에 나가 놀 수 있으면서, 나는 안 된단 말인가?"라는 등의 말로 동지들의 입막음을 했다. 이제 병상에 누운 자기를 보고, 또 어떤 이는 필경 젊은 아내 때문이라는 말도 안 되는 소리로 아내의 속을 긁어놓을 것이다.

사실 아내는 욕망에 대해 그다지 열중하지 않았다. 처지를 이해하는지라 남편 몸에 해가 될까 걱정하는 한편, 꾹 눌러참기도 하였으리라. 눌러참은 덕분일까? 아내는 두 볼에 옅은 홍조를 띠었고, 눈꼬리는 선명한 인분홍색을 띠고 있었다. 특히 지금처럼 두 눈을 감고 있을 때 유독 선명하게 도드라져 보였다. 아내는 옷을 벗으면 아직도 처녀처럼 몹시 수줍어하면서 시키는 대로만 했다. 아내의 젖꼭지는 꽃망울을 머금은 듯 자그마했다. 입으로 힘껏 빨아 봐도 어떤 맛도 느껴지지 않을 것 같았고, 오히려 비누로 깨끗하게 씻은 뒤의 청결한 상쾌함이 느껴질 것 같았다. 하지만 아내 몸에 뭔가를 증명해 보여야 한다는 조바심이 일었다. 있는 힘을 다해 아내의 성감대를 찾아내면, 오르가즘에 이른 여인의 신음소리가 들려오곤 했다……

사실, 선생이 보기에 아내의 행동거지는 장중하고도 품격이 있었다. 이는 명문가의 긍지에서 비롯된 것이거나, 아니면 웨슬리언대학의 교양과 관련이 있을 것이다. 선생은 아내가 영문 서적을 낭독하던 때를 떠올렸다. 벽난로가 활활 타오르는 겨울, 아내의 발음은 부드러운 미국의 남방 어감이었다. 그럴 때면 선생은 어김없이 끓어오르던 흥분을 참을 수가 없었다. 당시 선생은 상하이 조계에 있는 몰리에르 루 29호 저택에 고개를 파묻은 채 책을 저술하고 있었다. 이때가 선생 일생에 가장 저조한 2년이었다. 그런데 운조차 따르지 않았는지 그의 저서를 출판해 주겠다는 출판사가 없었다. 상우인수관(商務印書館)조차 '정부의 횡포가 심하여 언론출판이 너무나 자유롭지 못한 터라 맞서기 곤란하다'는 핑계를 대며 거절을 하는 바람에, 선생은 자기 돈을 들여 화챵(華强)서점을 찾아 인쇄를 해야 했다.

한편, 선생은 조계 내의 아파트에서 전에 누려보지 못한 자기만의 시간들을 보냈다. 집은 화교가 선물한 것이니 돈 들일 일이 없었고, 평소 식사는 아주 간단하게 했다. 어쩌다 손님이라도 방문하면, '샤오여우톈(小有天)'에 가서 푸저우(福州) 요리를 먹었다. 탕사오이(唐紹儀)가 식사하러 집에 올 때면, 소금물에 절인 살찐 오리에 야채를 더 시키면 충분했다. 오랜 고향친구인 우팅팡(伍廷芳)이 바둑을 두러 찾아오기도 하였지만, 그는 절대 폐를 끼치는 법이 없었다. 우팅팡은 항상 식사 전에 돌아갔고, 남아서 식사를 하는 일이 없었다. 당시 선생이 외출을 하게 되면, 차가 없었기에 먼 길을 나설 때마다 마차를 불렀다. 하지만 안전을 걱정할 필요는 전혀 없었다. 당시 선생은 이미

세력을 잃은 인물이었으니, 누가 선생을 찾아 귀찮게 굴겠는가? 선생
도 아내와 함께 한가롭게 산보를 하며 책 사 보는 걸 즐겼다. 어떤 때
는 쓰촨루(四川路)로, 또 어떤 때는 푸저우루(福州路) 치판졔(棋盤街)를
거닐었다. 그는 서점을 통해 영국에서 출판된 항운(航運) 연감 열람을
예약했는데, 이로 인해 수많은 배의 적재량과 흘수 상황 등에 대해 잘
알게 되었다.

　경제적으로 형편이 곤란하긴 했지만, 회상해보면 선생의 일상생
활은 그 프랑스 조계 내의 양옥집에서 그래도 처음으로 궤도에 올랐
다. 매일 아침 선생은 고정적으로 푹 삶은 제비집 수프를 마셨고, 점
심 후에는 뭉근히 고아낸 사과를 먹었다. 이리하여 오랫동안 앓았던
위장병은 눈에 띄게 호전되었다. 저녁이면 선생이 가장 좋아하는 일
은 탁자에 중국 지도를 펼쳐 놓고서 수로와 항구, 철로를 빨간 펜과
녹색 펜으로 동그랗게 표시하는 것이었다. 종이 아홉 시를 알리면, 아
내는 조카손주를 들여보내 잠자리에 들게끔 했다. 당시 아버지를 여
읜 쑨간(孫乾)과 쑨만(孫滿) 두 형제가 잠시 집에 머물고 있었다. 그때
선생은 아내가 허리를 구부려 아이들에게 잠자리를 펴주는 것을 바
라보며, 자기도 모르게 마르고 닳도록 오래오래 이렇게 사는 것도 나
쁘지는 않겠다 싶었다! 하지만 그 순간 선생은 마음속으로 이미 알
고 있었다. 자신을 속일 수는 없는 일, 결국 그럴 수 없다는 사실을!
스스로 '문을 닫아걸고 책을 저술하며, 바깥일에는 신경쓰지 않겠다'
고 자처했던 시간외에, 선생은 한시도 남북평화회담을 예의주시하지

않았던 적이 없었다. 당시 북방의 대총통은 쉬스창(徐世昌)이었고, 남방의 대표 가운데에는 선생의 대리인 후한민(胡漢民)이 있었다. 후한민은 국회가 반드시 직권을 행사해야 한다고 주장했는데, 이는 완전히 선생의 의중에서 비롯된 것이었다. 때문에 평화회담은 애당초 결렬될 운명을 지니고 있었다. 게다가 이 도박판과 같은 판세의 다른 한편으로, 직예파(直隸派)와 계파(桂派)가 몰래 결탁을 하고, 동시에 선생도 환계파(皖系派)인 돤치루이와 몰래 소식을 주고받았다. 이는 선생이 정치술수를 부렸던 몇 안 되는 일 중의 하나였다. 선생은 돤치루이와 선을 대기 위해, 시후(西湖)를 유람한다는 핑계로 부인을 대동하여 항저우(杭州)로 갔다. 당시 저장(浙江) 독군(督軍)인 루융샹(盧永祥)이 환계파 인물이었기 때문이다. 시후에서 경관이 가장 빼어난 리좡(李莊)에서 루융샹이 전하는 말에 따르면, 돤치루이는 선생이 광둥으로 돌아가시길 지지한다고 하였다. 이런 보증이 있었기에, 후에 선생은 가슴속에 속셈을 지닌 채 광둥으로 돌아가 천즁밍이 반란을 일으킬 때까지 비상대총통 노릇을 하였던 것이다.

생각해보면 죄다 부질없는 짓이었다. 참으로 절묘한 계책도 그저 쓸데없는 생각이 되고 말았다. 결국 천즁밍 그 자가 선생의 커다란 계획을 망쳐버렸으며, 그 교활하고 간사한 돤치루이는 끝끝내 선생을 농락하였다. 가장 아쉬운 일로는, 당시 정치적 실리 타산이 머리를 가득 메우고 있던 터라 시후의 경관을 건성으로 지나쳐버린 점이었다. 사실 아내와 함께 고즈넉한 명승지를 탐방하기란 참으로 얻기 어려운 기회였다. 이제와 애써 떠올려보니 가까스로 생각나는 것은 아내가 흰 양산을 펼쳐들고 있었던 모습이다. 호숫가에 서 있던 아내는 햇빛을 몹시도 꺼려했는데, 그건 아마도 오랫동안 그녀를 괴롭혀온 피부병으로 인한 고생 때문이었으리라. 그 나머지는 전혀 기억나지 않는다. 사실 선생은 평생 주변의 여자들을 무수히 소홀하게 대했다. 그는 늘 바빴다. 이 일에 신경쓰다가 또 서둘러 다른 일을 해야 했다. 동지들 사이의 조정해야 할 갈등이든, 육지에 확충해야 할 판도이든, 죄다 선생이 신경 쓰지 않으면 안 되었다. 때로는 선생 자신도 자기의 세심하지 못함을 자책했지만, 오래지 않아 앞으로 시간이 많으니 천천히 채워나가면 되는 일이라 자위하고 말았다. 정말로 만회할 기회가 있었을까? 이 순간, 선생은 부부가 혼례식 때 낭송했던 시를 문득 떠올렸다.

"당신이 사랑하는 건 봄, 내가 사랑하는 건 가을…… 당신이 한 걸음 전진하면, 나는 한 걸음 물러서네. 어느새 뜨거운 여름에 이르렀네!"

사람이 어찌 가는 세월을 붙들 수 있으랴? 선생은 떨떠름한 생각이 들었다. 가을을 거쳐 그는 생명의 겨울로 접어들었다. 하지만 그의 아내는 이제 막 여름으로 들어서려 한다. 비와 이슬에 촉촉이 젖어 매끄럽게 빛나는 아내로 말이다. 선생은 미안한 마음을 감추지 못한 채 건드리면 물이 배나올 것만 같은 아내의 피부를 바라보았다. 그녀에게 갈수록 남자가 필요한 시점에 그녀와 영원히 결별해야 할지도 모른다는 사실이 선생은 너무도 믿기지 않았다.

26

● ●

평생의 지나온 나날을 돌이켜 보면, 정치란 그녀에게 있어 부질없이 정력을 허비하게 한 방향 잃은 배였다! 좌익이나 우익의 노선은 그녀에게 이미 의미를 잃어버렸으며, 모든 항로는 겹겹의 안갯속을 가리킬 따름이었다. 더욱이 각양각색의 수정주의는 각종 비열한 거짓말들로 가득한지라, 그녀는 지금 몸과 마음이 극도로 지친 느낌을 벗어던질 수 없었다.

● ●

저택의 뜨거운 여름날. 선풍기가 돌아가지 않아 그녀는 하는 수 없이 법랑 욕조에 몸을 담갔다.

문득 그때가 생각났다. 남편의 사타구니에 수북한 털이 나 있었는데, 그건 어둡고 칙칙한 잿빛을 띠었다. 이렇게 오랜 세월이 흐른 뒤에야, 그녀는 머리카락만 회어지는 게 아니라, 몸의 모든 부위의 털도 죄다 변색되는 것임을 비로소 알게 되었다. 이게 나이를 먹어가는 과정이리라!

물결 속으로 그녀는 자신의 치골 아래쪽을 바라보았다. 어떤 욕망도 불러일으키지 않는 잿빛이 떠 있었다. 그녀는 자신의 부풀어 오른 거대한 몸이 이루 말할 수 없을 정도로 역겨웠다.

●●

물에 몸을 담근 채 그녀는 슬픔에 잠겼다. 이제 말라비틀어진 신체 부위 외에는, 여성화된 것은 아무것도 없었다. 일생에서 가장 소중한 것이 그래도 애정이라면, 이 애정의 용기(容器)는 과연 어디에 있을까?

기억 속에 있지! 문득 생각이 났다. 그러자 금세 입가에 환한 미소가 번졌다. 그녀는 분명히 알고 있다. 그녀의 사랑이 기억 속에 존재하고 있음을…….

잠깐 사이에 재난을 견디어 온 그녀의 얼굴에 무언가의 빛이 떠올랐다. 재난을 겪었음에도 그녀의 눈빛은 여전히 맑고도 밝다. 그녀의 눈앞에 마치 세속을 초월한 듯한 세계가 펼쳐지고, 지난 세월 수없이 모진 시간을 견디더니, 이제 또 사뿐히 강 건너편 언덕으로 건너가는 것만 같다.

그 세계는 시종 맑고 깨끗하다. 남자의 권력투쟁 속에는 늘 진하든 혹은 옅든 피비린내가 스며 있는 법이다. 평생토록 그녀는 누구에게든 일부러 해롭게 한 적이 한 번도 없다. 그녀의 손은 티끌 한 점 없이 맑고도 깨끗했다!

27

한 달이 지나는 사이, 베이징의 날씨는 달라졌다. 하늘엔 구름 한 점 없고, 땅엔 습기라곤 찾아볼 수 없었다. 그저 건조하고 매운 냉기만 감돌았다. 천장을 바라보며 선생은 열로 인해 바짝 마른 자신의 뜨거운 콧김과 혓바닥 주변의 씁쌀한 맛을 느낄 수 있었다.

열이 떨어지는 한두 시간 동안, 선생은 억지로 몸을 뒤척일 수 있었다. 두텁고 묵직한 창 커튼을 마주하고서, 선생은 힘겹게 냄새를 맡았다. 방 안 가득한 이 내음이 무슨 냄새인지 선생은 알 길이 없었다. 탕약 냄새인가? 아니면 진한 꽃향기인가? 다음 순간, 선생의 콧속은 군복에서 피어오르는 곰팡이 냄새로 진동했다. 평생의 만회할 수 없는 좌절과 실패를 생각하니, 후세 사람들이 자신의 어리석음을 얼마나 비웃을까? 선생의 기분은 이 순간의 체온처럼 극도로 불안정하였다. 자신이 민의를 오해한 게 아닐까? 옛 왕조는 무너져 내렸다. 선생은 이 강토에 제어할 수 없는 그 어떤 힘이 있어, 자신이 고취하기만 하면 호호탕탕한 민주의 물결 속에 그의 건국의 청사진이 이 땅에 곧바로 실현될 기회가 있으리라 생각했다. 안 될 일이 무엇이란 말인가? 이제 병들어 이 지경이 되었는데도, 선생은 여전히 그 분위기를 타고 있다고 믿었고, 민의가 자기편이리라 믿었다! 다만 한 번 실수로 중요한 시기에 실력에 차이가 났고, 결국 모든 게 어그러지고 말았다!

정신이 그래도 맑은 이 순간, 선생은 여전히 자기의 정치적 직감에 깊은 자신감을 갖고 있었다. 그는 민심의 향방을 느낄 수 있었다. 자기에게 약간의 시간만 주어진다면 그는 다시 식은 죽 먹기로 혁명의 역량을 그가 발명한 주의(主義)에 부어 넣을 수 있다고 생각했다. 솔직히 말해, 선생의 주의가 탁월한 점은 바로 모든 것을 다 받아들인다는 것이다. 민족과 민권, 민생을 정치사회의 세 가지 범주로 설정하기만 하면, 중국이 이후에 부딪힐 각종 문제야 이 세 가지 범주에서 벗어날 수 있는 것이 뭐 있겠는가? 하지만 다른 한편으로, 선생은 금세 기운이 쭉 빠졌다. 백성들의 지혜는 아직도 트이지 않았다. 설마 학설과 주의의 계몽역량을 헛되이 믿고 있는 건 아니겠지? 문제는 선생 자신이 학설 이외에는 달리 어떤 역량도 갖추고 있지 못하다는 점이다! 가련하게도 선생이 신뢰할 수 있는 부대는 고작 한 무리에 불과했고, 기껏해야 3만 명도 넘지 않았다. 이 숫자로는 창쟝(長江)을 넘어 북방군벌을 위협할 능력이 없어 보였다. 그런데도 거의 불가능한 군사모험을 유지하기 위해, 그의 조달청에서는 지금 모양만 바꾼 갈취를 진행하고 있었다. 현지의 크고 작은 군벌들이 세금을 긁어모으고, 정부는 도박장과 아편교역을 주요 수입원으로 삼고 있다. 그는 참으로 혼란스러웠다. 지난번에는 느닷없이 공개적인 장소에서의 도박은 합법화하는 것이 필요하다고 하지 않았던가!

　눈앞에 한 무더기의 검은 그림자가 어른거렸다. 선생의 머릿속에는 주마등처럼 갖가지 생각이 스쳐지나갔다. 그는 여전히 자기를 변호할 말들을 생각하고 있었다. 그의 호흡은 수시로 가빠졌다. 공공재산을 내다 팔지 않는다면 무엇으로 급료를 주며, 도박금지를 해지하지 않는다면 어떻게 출병하여 북벌을 진행할 것인가? 선생은 바닥에서 올라오는 냉기를 느꼈다. 물론 방 안에서는 난방 호스관이 우는 듯 소리를 냈지만, 찬바람은 미세한 바늘처럼 그의 뼈 관절 마디마디로 파고들었다. 그는 이빨을 위아래로 딱딱 부딪치면서 덜덜 떨었다. 이와 동시에 선생은 당시 타지의 군대가 광저우를 엉망으로 만들어 놓았다는 이야기를 떠올렸다. 그의 맥박이 어지럽게 뛰었다. 몇몇 부하의 얼굴을 마주하자, 머리를 벽에 부딪치고 싶은 충동을 참을 수 없었다.

공교롭게도 이날 오전, 선생의 오랜 친구인 우징헝(鳴敬恒)이 베이징호텔로 선생을 문안하러 왔다. 우징헝은 '청궁(清宮)선후회의위원회'의 초빙에 응하여 청궁에 보관된 보물검사작업에 참여하느라, 베이징호텔 근처의 난츠즈(南池子)*에 머물고 있었기에 자주 산보를 겸하여 병문안을 했다. 우징헝은 침상 곁에 앉았고, 선생은 잠꼬대 같은 소리로 상관없는 말들을 뱉어냈다. 중국은 통일되기 힘들다느니, 광둥은 온통 사지(死地)라느니, 또 장줘린(張作霖)은 애당초 합작할 의사가 없었다느니, 천줍밍 네 녀석이 나의 혁명을 가로막을 수 없다느니……. 우징헝은 고열에 시달리는 선생의 얼굴을 바라보면서, 더

---

* 난츠즈(南池子)는 베이징의 거리 이름으로, 남쪽의 둥안창제(東安長街)에서 시작하여 북쪽의 둥화먼다제(東華門大街)에 이른다.

이상 기다릴 것 없이 몇몇 의사의 건의대로 들것을 빨리 준비하여 환자를 왕푸징따제(王府井大街) 건너편의 세허(協和)의원으로 이송해야겠다고 생각했다.

28

••

저택 정원에 석류, 박태기나무, 차조기, 해당화와 월계화 등의 화초를 심고, 아름드리 새앙나무를 옮겨 심었다. 정원에는 한 무더기 만년청도 있었다. 문혁의 10년 재난도 지나갔으니, 경사스러운 느낌이 드는 만년청을 수(壽)자 모양으로 깔아 그녀의 생일을 축하하자는 상부의 지시가 있었다.

그녀는 아랫사람들이 정원 쪽의 커튼을 높이 올리는 걸 원치 않았다. 차라리 바로 앞쪽은 어둡게 하고, 화장대 위의 향수병만 고혹스럽고도 은은하게 광채를 내는 게 좋았다.

그녀의 좋았던 시절들은 하나같이 은은한 향기의 기억 속에 자리하고 있다…….

••

어린 시절을 떠올렸다. 그녀는 비로드 원피스를 입었고, 양털로

된 긴 양말을 신었다. 마치 서양 인형처럼 꾸미고서, 그녀는 플라타너스 나뭇잎이 춤추듯 온 하늘을 뒤덮은 조계 거리 모퉁이에 서 있었다.

마차가 딩동소리를 내면서 다가오면, 그녀는 아버지의 손을 꼭 붙들고 마차에 올라탔다. 아버지의 손은 부드럽고 따스했으며, 그녀를 늘 안전하고도 아름다운 세계로 데려다주었다.

●●

기억은 훨씬 더 이전으로 거슬러 올라갔다. 그녀가 상하이 홍커우(虹口) 위항루(餘杭路)에 살던 어린 시절이었다.

홍목 가구가 사방 벽을 쭉 두르고 있으며, 어머니와 아버지의 이층 침실에는 꽃을 아로새긴 홍목 침상이 놓여 있었다. 응접실에는 피아노가 한 대 놓여 있었고, 서양식 응접실 바깥에는 중국식 접대실 한 칸이 있었으며, 이층으로 올라가는 계단 위아래로 3개의 화장실이 있었다. 그 가운데 가장 기묘했던 것은 어머니 침실이었는데, 바닥에 푸른 풀빛의 욕조가 있었지? 어머니가 그 안에 앉아 계실 때면, 욕조 주변으로 마술처럼 짙푸른 초록빛 안개가 떠다녔던 걸 기억한다. 그녀는 살금살금 계단으로 기어올라 몰래 문틈 사이로 몇 번이고 들여다보다 번개처럼 달아나곤 했다.

아쉽게도 그녀는 되돌아갈 수 없었다. 틈새라곤 전혀 없던 80년 전으로는 되돌아갈 수 없었다. 그녀 집은 아들 셋에 딸 셋의 6남매였다. 피아노 소리와 웃음소리가 넘쳐흘렀던 집에서, 그녀는 여동생 메이링(美齡)을 안아주는 걸 무척 좋아했었다. 메이링은 태어났을 때 통통하고 복스러웠다. 안을 힘이 없어 둘이 침대에 넘어지면, 동생은 우스운 나머지 아픈 줄도 모르고 있는 힘껏 깔깔거렸다.

●●

이어 그녀는 길가의 강을 떠올렸다. 강 양쪽 언덕에는 유채꽃이 한창 노랗게 피어 있었다. 강물은 창문 아래로 찰랑찰랑 흘렀고, 창틀에서 뻗어 나온 대나무 줄기 끝에는 베옷들이 펄럭인 채 걸려 있었다. 이제 막 빨래한 베옷의 옷깃에서는 물방울이 뚝뚝 떨어져 내렸다!

당시 산이탕(三一堂)여자학교의 학생이던 그녀는 봄방학을 맞아 친구들과 고향집으로 돌아와 산보를 나가곤 했다. 돌다리 계단에 서서 그녀는 한참 동안 넋을 빼고 있기도 했다. 머릿속에 떠오른 생각으로 얼굴이 붉어졌다. 눈에 드는 멋진 청년을 찾아 죽도록 따라다니며 일평생 그를 위해 옷을 빨아주며 살아가는 것도 좋지 않을까?

그녀에겐 이런 기회가 한 번도 없었다! 열다섯에 바다 건너 미국으로 건너갔고, 일평생 중국어보다 영어로 글쓰기를 더 잘했다. 쑹씨 집 딸들은 눈에 드는 멋진 남자를 만났을지라도 평범한 부부로 지낼 운명은 없었으리라!

●●

아버지가 그녀에게 목걸이를 선물했다. 그녀는 언니나 동생처럼 진주나 보석으로 휘황하게 꾸밀 기회가 없었다. 칭링의 목걸이에는 K금으로 된 하트 모양이 달려 있었고, 위쪽에 넝쿨식의 꽃무늬가 새겨져 있었다. 이것은 그녀의 유일한 장신구였다.

이렇게 오랜 세월이 흐른 후에도, 그녀는 고요한 밤이면 목걸이를 화장대 서랍에서 꺼내보곤 했다. 금 하트를 뺨에 대어 보고서, 아버지가 도톰한 손바닥으로 그녀의 얼굴을 토닥이다가, 손을 들어 어린아이였던 그녀를 당신의 머리 위까지 높이 들어 올리시곤 했던 일들을 기억했다.

목걸이 장식이 왜 하트였을까? 십자가가 아니고? 언젠가 문득 깨달았다. 아버지가 성경을 인쇄하는 목적 또한 돈을 벌기 위함이요, 돈은 또 혁명을 돕기 위한 것이듯, 아버지가 신경 쓰고 관심을 가졌던 건 바로 세속적인 국가와 상하이에서 낳은 자신의 여섯 자식들이었음을. 그저 아버지의 지나치게 민감했던 직감을 탓했지만, 아버지는 자식들의 앞길이 중국의 미래와 실타래처럼 풀기 어려운 고리를 이루고 있음을 이미 알고 계셨다.

금 하트를 그녀의 얼굴 가까이 가져가니, 마치 아버지의 큰 손이 그녀를 어루만지듯, 막 문에 들어서서 꺼냈을 때만 해도 차갑더니 금세 따스한 온기가 느껴졌다.

사실 그녀는 이제껏 잘 알고 있었다. 여섯 자매 가운데 아버지의 사랑을 가장 크게 받았던 사람이 바로 자기라는 사실을.

• •

　유년의 어떤 시기는 기억 속에 유독 모호하다. 그녀는 그때가 그
저 기억의 한 자락인지, 아니면 꿈이었는지조차 분간하기 어렵다.
　…… 아버지가 그녀를 데리고 조계를 벗어나 성황묘 일대를 돌며
꽃등(花燈) 구경을 시켜줬던 일이 기억났다. 그녀는 대추색 모직 외투
를 걸쳤고, 외투 위에 반짝반짝 빛나는 브로치를 달고 있었던 것 같
다. 기억 속에 브로치는 서양 장난감이었던 것 같은데, 보기 드문 스
타일이었다. 위웬(豫園) 입구 쪽으로 다가갈수록 인파로 더욱 붐볐다.
마차가 오갈 수 없게 되자, 그들은 하는 수 없이 내려 걸었다. 그녀는
아버지의 손을 꼭 붙들었다. 아차 하는 순간에 브로치가 땅바닥에 떨
어졌다. 수도 없이 큰 발들이 브로치를 밟으려는 순간, 그녀는 급히
손을 뻗어 그걸 줍느라 아버지의 손을 놓치고 말았다! 다시 고개를
들었을 땐, 꾸물꾸물 죄다 낯선 얼굴들뿐이었다. 아버지는? 이미 인
파 속으로 사라져 버렸고, 그녀는 놀란 나머지 바짝 얼어붙고 말았다!
　아주 한참이나 지난 것 같았다. 아버지의 큰 손이 자기를 다시 붙
들자, 그녀는 그제야 왕 하며 참았던 울음을 터뜨리고 말았다.

• •

　후에 집안사람들과 곤란한 입장에 처하게 되었다. 결국 그녀는 집
을 나오고 말았다.
　그녀는 아버지의 기대를 저버렸다. 쑨원(孫文) 때문에 부녀간의

그토록 친밀했던 신뢰를 배신하고 말았다!

그녀가 결혼을 하자, 그래도 그녀에게 혼수 일체를 보내오셨다. 아마도 어머니가 그리 하신 일일게다! 2인용 침대와 서랍이 다섯 달린 낮은 옷장, 비단에 백자도(百子圖)*가 수놓인 이불, 정교하게 수놓인 혼례복 등, 있어야 할 건 모두 갖춰져 있었다. 사실 이건 어머니의 마음 씀씀이를 잘 보여주는 부분이다. 어머니는 화가 난 건 그저 화가 난 것일 뿐, 예를 갖추는 데 있어서는 부족함이 없도록 두루 갖추어 주셨다.

하지만 몹시 마음 아파하던 아버지의 눈빛은 잊을 수가 없다. 아마 아버지의 일처리가 전혀 융통성이 없었다고 할 것이다. 하지만 그녀는 아버지의 마음을 너무도 아프게 했다.

무의식중에 잡았던 손이 느슨해졌다. 다시 고개를 들었을 땐, 눈앞에 하나같이 낯선 이들이었다. 그녀의 아버지는? 그녀는 아버지의 손을 꼭 붙들지 못했다! 그녀는 주름진 얼굴을 외로 꼬며 생각에 잠겼다. 그렇게 손을 놓아버리면서 그녀의 슬프고도 곡절 많은 일생이 시작된 것일까?

* 백자도(百子圖)는 길상도의 하나로, 많은 아이를 그리거나 수놓은 그림이다.

29

26일 오후 3시, 선생은 들것에 실려 세허(協和)의원으로 옮겨왔다.

이튿날 북방의 신문 보도는 "쑨원 선생이 병원에 입원했으며, 체온과 맥박은 더 올라갔다. 전문의들은 병세가 위급하며, 바로 수술하지 않으면 안 된다고 단정지었다"라고 전했다.

국민당의 문서에 따르면, 선생의 수술 시간은 오후 6시였다. 수술의 과정에 대해《국부연보(國父年譜)》는 다음과 같이 기록하고 있다. "간 전체를 검사하니, 간 전체가 이미 나무토막처럼 딱딱해진 것이 육안으로도 확인되었다. 간암이 치료할 수 없을 정도의 병세인지라, 절제 수술도 할 수 없는 지경이다. 당일 저녁 독일과 미국, 그리고 소련 세 나라의 의사가 검사용으로 간의 극히 미세한 세 부분을 떼어낸 한편, 간장을 깨끗하게 세척한 뒤 봉인하고 싸맸다. 현미경으로 자세하게 관찰한 결과, 선생의 병은 확실히 간암이었고, 병은 벌써 10년 이상이나 된 말기였다. 암의 원인(遠因)은 10년 이상 되었고, 근인(近因) 또한 최근 2, 3년 사이로서, 사실 치료할 약도 없다. 당시 의학계에 초보적으로 라듐을 이용한 방사법의 사용으로 암의 진행을 멈추고자 했으나, 이것도 이미 때를 놓친 것으로, 서양의들은 속수무책인 상태였다."

2월 5일《신보(申報)》는 〈쑨중산(孫中山)의 입원 후의 증세〉라는 한편의 기사를 실어, 수술실 안의 상황을 매우 상세하게 기술했다. "절개 수술 부위는 몸의 좌측으로, 대략 5인치 정도를 절개했다. 국부 마취약을 사용한데다 혈관 유혈을 철저하게 금했기에, 시술할 때 본인은 통증을 전혀 느끼지 못했고 출혈도 거의 없었다. 절개한 뒤 피리 같은 도구를 사용하여 간 부위의 고름을 뽑아내어 그릇에 담았다. 그릇에 탈지면을 두고서 고름을 뽑아낼 때마다 탈지면에 놓은 다음, 수술실 밖으로 가져가 전문가들에게 이를 실험하도록 했다. 고름을 다 뽑아내고서 세척술을 시행하니, 과연 간 부위에 악성 종양이 발견되었다. 이것이 바로 암이었다. …… 뽑아낸 고름을 화학분석한 결과, 이 병이 벌써 10년 전부터 시작되었음을 확인했다. 기억컨대 민국 5년 전에 선생이 위장병을 앓았는데, 아마 이것이 간 부위의 암으로 발전했으리라 추정된다. 시술 뒤인 26일 밤에도 특별히 호전되는 기미를 보이지 않았다."

30

••

그녀는 너무 비대해져 움직일 수 없었고, 몸을 조금도 구부리지 못했다. 저택의 두터운 담벼락 사이로, 그녀는 침대 가에 앉아 향수병 속으로 최대한 고개를 숙였다. 늘 그녀를 빨아들이던 그 냄새가 있는 듯 없는 듯 풍겨왔다.

그녀는 알고 있었다. 오래 묵은 향기는 유리병 아래 말라붙은 흔적에서 풍겨오는 것이 아니라, 그건 듬성듬성 그녀의 지난 삶의 추억에서 비롯된 것임을.

• •

때로 그녀는 베갯잇에서 남편의 머릿기름 냄새를 떠올렸다. 결혼을 한 뒤 아무리 깨끗하게 씻어도 소용이 없었다. 그것은 도무지 사라지지 않는 냄새였다.

• •

그 익숙한 냄새를 따라 그녀의 마음은 소녀 시절로 되돌아갔다. 1913년, 우연히 도쿄 거리에서 그녀는 처음으로 쑨원 선생을 만났다. 언니 아이링(靄齡) 옆에 서 있던 그녀는 자기보다 서른 살 가까이 나이 많은 남자를 바라보았다. 여러 해 동안, 그녀는 선생에 관련된 일들을 수도 없이 들어왔다. 지금 일본에서 망명생활을 하는 그의 처지는 여전히 위험천만이었다. 남자의 옷소매에는 기름기가 번지르르한 머리카락 한 올이 떨어져 있었다. 그녀의 손은 본능적으로 언니를 넘어 그걸 떼어주고 싶었다!

쑨원(孫文)은 아버지의 막역한 친구였으며, 언니는 선생의 비서로 일하고 있었다. 고지마치(麴町) 8번가에 있는 아키야마 데이스케(秋山

定輔)의 주택 근처에 서서, 그녀는 몸을 비켜 골목에서 튀어나오는 인력거에 길을 내주었다. 막 신대륙에서 돌아온지라, 그녀에게 도쿄의 골목길은 좁게만 느껴졌다. 남자가 모자를 벗으니, 그 순간 머릿기름 냄새가 전해져 왔다. 기름기가 물씬 풍기면서도 산뜻한 머릿기름 냄새에, 그녀의 마음속에 돌연 기괴한 생각이 떠올랐다. 자기가 이 남자를 위해 옷맵시를 다듬어줄 유일한 방법은 그 사람을 차지하는 수밖에 없다는.

●●

며칠 뒤, 언니와 함께 쑨원이 머무는 아카사카(赤坂)에 찾아갔던 걸로 기억된다. 명패가 집 문 앞에 걸려 있는데, 일본어로 '중산(中山)'이라는 두 글자가 새겨져 있었다. 집에 들어서자마자 나무 층계가 나왔다. 쑨원은 이층에 세 들어 살고 있었다. 문을 밀치고 들어가니, 방 주인은 집에 없었다. 방 안에는 조그마한 다다미에 나무판자로 된 탁자 하나, 오래된 의자 세 개가 놓여 있을 따름이었다. 쑨원이 바삐 외출을 하느라 직전에 점심을 먹은 것이리라. 식탁에는 두 접시의 스시와 옆으로 절반쯤 펼쳐 본 책이 놓여 있었다. 그녀는 눈앞의 방을 대충 훑어보았다. 전형적인 홀아비의 방이었다.

그 뒤로 기억나는 건, 오후면 금세라도 쏟아져 내리곤 했던 그 빗줄기였다. 밖을 바라보니 빨랫줄에 널려 있는 솜옷이 비에 흠뻑 젖어 있었다. 방 안 침대 머리맡에는 기름종이우산 하나가 놓여 있었다. 그녀는 그 우산을 바라보며 입가에 미소가 떠올랐다. 하지만 한편으론 슬프고도 애잔한 마음에 가슴이 먹먹했다. 쑨원은 웬스카이를 몰아내고자 했기에 이렇게 실의에 찬 세월을 보내고 있는 것이다. 일 년 전만 해도 이 사람은 대총통이지 않았던가! 이제는 누가 그 사람을 돌아보기나 하는가? 실눈을 뜬 채 곰팡내 나는 눅눅한 습기를 느끼면서, 그녀는 사라지지 않을 것만 같은 그 머릿기름 냄새를 다시 들이켰다.

●●

그녀는 언니와 달랐다. 언니는 냉정한 두뇌를 지닌 사람이었으며, 수시로 득실을 따져보곤 했다. 그녀 눈에 비친 언니는 그저 자신의 직무에 충실한 비서였지만, 애초부터 쑨원을 진정으로 믿지는 않았다.

하지만 그녀는 진심으로 쑨원의 이야기가 듣기 좋았다. 진실하면서도 간절하게 구태의연한 것들에 맞서는 목소리는 마치 억누를 수 없는 절박함을 목구멍 안에 힘껏 삼키고 있는 것만 같았다. 그 절박함이란 바로 세상은 그래도 바뀔 수 있다는 간절한 믿음이었다.

쑨원의 맞은편에 앉은 그녀의 눈에 들어온 것은 약간 곱슬거리면서 윤기가 도는 그의 양쪽 귀밑머리였다. 그녀는 용감하게 손을 내뻗는 자신을 상상해보았다. 온갖 풍상을 겪은 이 남자는 쉰 살이 다 되었으며, 대총통을 지낸 적도 있었다. 그녀는 고양이의 귀를 쓰다듬듯이 사내의 귀를 어루만지는 것을 상상했다.

••

그녀가 제일 좋아했던 건 무대 아래에서 그 사람의 강연을 듣는
것이었다. 쑨원에게는 군중을 사로잡는 매력 같은 게 있었다. 그즈음
그녀는 자신의 가슴속에 부드러운 정이 벅차오르는 것을 느꼈다. 그
벅찬 감정은 봄물 마냥 사방으로 내달렸다. 그녀는 문득 뿌듯한 마음
마저 들었다. 자기가 저 남자의 친구라는 것, 오, 그것도 여자친구라
는 것을. 아, 어떻게 말해야 하나? 적어도 가장 친한 벗의 딸이지 않
은가. 강단에 오르기만 하면, 그의 손짓에는 눈에 띄게 힘이 실렸다.
'인민의 복지', '중국의 안위존망' 등 낭랑하게 울려 퍼지는 그의 목소
리를 그녀는 좋아했으며, 기이한 환각이 일어나는 듯했다. 벤치에 앉
아 있노라면, 마치 웨슬리언대학 캠퍼스에서 예배당의 장엄하고도
엄숙한 종소리가 들려오는 것만 같았다.

선생의 맺음말은 이러했다. "모두 다 뜻을 세워 나라를 구해야 합
니다. 그러면 중국은 금세 부강한 나라가 되어, 세계열강과 어깨를 나
란히 할 것입니다." 그곳에 앉아 강연을 듣고 있노라면, 그녀는 이내
그런 미래가 보이는 것만 같았고, 금방이라도 실현될 것만 같았다. 그
녀는 자리에서 일어나 있는 힘껏 박수를 쳤다.

그때 그녀는 얼마나 젊었던가!

••

당시 그녀는 둥근 모자를 쓰고 가장자리에 레이스를 두른 옷을 즐

겨 입었다. 우메야 쇼요시(梅屋庄吉)의 집에서 서둘러 치른 결혼식에서도 그녀는 모자를 썼었다.

사실 모자는 줄곧 그녀에게 신부를 연상시키는 것이었다. 미국에서 공부할 때, 친구들은 테가 넓은 모자 뒤쪽에 레이스 두 줄을 늘어뜨렸는데, 이건 그녀에게 순백의 예복 뒤쪽에 늘어뜨린 웨딩드레스를 연상시키곤 했다.

떠올려보면, 그녀의 혼례식은 다급하게 치러졌다. 나이 들어 움직임이 자유롭지 못한 시절이 되어서도, 그녀는 일생에 가장 성대하게 치러져야 할 의식에 부모님의 축복은커녕 어느 누구의 축복도 받지 못한 게 내내 마음의 한이 되었다. 결혼식 전날 밤, 우메야 쇼요시의 부인은 그래도 단념하지 않은 채 그녀의 남편이 될 쑨원에게 이렇게 충고했다. "부녀지간만큼 나이 차이가 나는 쑹(宋)씨 처자와 결혼하면 수명이 단축될 거예요!"

그날 밤, 그녀는 책상에 엎드려 당시 미국에서 공부하고 있던 여동생 메이링과 남동생 즈원(子文)에게 편지를 썼다. 그녀는 자신의 사랑의 도피를 이렇게 변명했다. "나는 쑨원을 위해 내가 할 수 있는 모든 일을 할 거야, 그 어떤 대가나 희생을 치루더라도!"

당시 그녀로 하여금 이런 글을 쓰게 한 것은 소녀다운 열정이었을까? 아니면 일종의 애국심, 숭고한 목표가 한데 어우러진 어리숙함이었을까? 그 사이 수많은 세월이 흘렀다. 그녀는 한숨을 포옥 내쉬었다. 가련케도 그녀는 똑똑히 생각나지도 않았다.

31

수술실 밖에서 기다리고 있던 인사들은 최악의 소식에 입을 다물
수 없었다. 수술 당일 밤, 왕징웨이(汪精衛)는 벌써 각지에 "동지들은
삼가 속히 돌아오시오"라는 전보를 띄웠다. 장차 있을 정치 무대에서
역할을 담당할 국민당 핵심분자에게 있어서 현재 가장 중요한 것은
자신의 역할을 어떻게 새로이 정할 것인가가 아니라, 갖가지 난관에
어떻게 즉시 대처할 것인가였다.

그날 밤 자정, 국민당 정치위원회는 티에스즈(鐵獅子) 골목에 위
치한 임시사무실에서 긴급회의를 열었다. 정치위원회는 본래 선생이
광저우에 있을 때 조직한 것으로, 주석은 물론 선생이 맡았다. 현재
후한민(胡漢民)과 랴오중카이(廖仲愷)는 아직 광저우에 있고, 사오웬
충(邵元沖)은 상하이에 가 있는지라, 베이징에 있는 동지 위여우런(于
右任), 우징헝(嗚敬恒), 리다자오(李大釗), 천여우런(陳友仁), 리위잉(李
煜瀛)이 그 자리를 대신했다.

모두들 몹시 상심에 잠긴 채 몇 시간째 토론에 토론을 거듭했다.
수술 상황을 과연 선생에게 알려야 할 것인지, 외부에 이 불치병의 진
단을 공표해야 할 것인지, 아울러 선생에게 유언장 작성과 계승자 위
촉을 여쭈어볼 것인지 등등에 대해 어떤 결정도 내리지 못하였다. 당
시 회의를 주재했던 왕징웨이 역시 시종 넋이 나간 듯, 기적을 기다리

는 간절한 심정으로 몇 마디 말을 내뱉고선 이내 주르륵 흘러내리는 눈물을 훔쳤다.

동이 틀 무렵, 방 안은 온통 담배연기로 자욱했고, 모두들 피곤에 지쳐 있었다. 주석인 왕징웨이가 단 위에 서서 결론을 낸 듯 중얼거렸다. "동지들, 선생의 정신은 강인하고, 저항력도 범인보다 탁월하시니, 설령 완치는 어렵다 하더라도 생명을 1, 2년 연장하실 수는 있을 것이오. 우선 선생께서 용기를 잃지 않도록 알리지 맙시다. 차후 정말로 어찌 할 방법이 없을 때 다시 이야기합시다!" 그는 동지들과 회의를 마친 뒤 선생의 주치의와 이렇게 약속을 했다. 정말로 위험해지면, 그때 바로 사실을 알리고, 그런 뒤 선생의 유언을 받도록 하자고.

32

••

사실 그녀는 이제껏 기억하고 있다. 혼례를 치룬 그날 밤, 일본식 잠옷으로 갈아입은 쑨원이 문득 낮보다 훨씬 왜소해 보이고 훨씬 나이 들어 보이는 걸 느꼈다. 목깃의 피부도 느슨하게 늘어져 있었고, 얼굴엔 검은 사마귀와 반점이 유독 두드러져 보였다.

당시 그녀는 살짝 놀랐다. 뭔가 일을 잘못 그르친 게 아닌가 하는 당혹스러움이 섞여 있었다. 쑨원은 정말로 그녀의 남편이 되었다. 그녀는 상하이에서 곧장 도망쳐왔고, 방금 전 혼인서약을 했다. 부모님이 여전히 반대하신 것만 제외하면, 모든 게 그녀의 뜻대로 된 셈이다. 그러니 그녀는 마땅히 만족스러워야 할 것이다. 그런데 당시 순간 당혹스러웠던 그 느낌을 내내 기억하고 있다. 이렇게 정말 결혼한 것이란 말인가……? 거울 앞에서 잠옷으로 갈아입고, 자신을 들여다보았다. 막 봉오리를 틔우려는 꽃송이 같았고, 풍만한 붉은 입술은 톡 건드리면 물이 배나올 것만 같았다. 그녀는 잠시 주저했다. 큰 꿈을 품은 아시아의 학우들은 여전히 무도회에서 젊은 남자들의 프로포즈를 받을 터인데, 그녀는 벌써 쉰 살 사내의 아내가 되어버렸단 말인가?

다시 얼마간의 세월이 흐르고서야, 그녀는 비로소 분명하게 알아차리게 되었다. 그건 아마도 S를 만나고서야 분명하게 알게 된 사실이 아닐까? 알고 보니 쑨원의 영웅적인 이미지 때문에 저울추가 한쪽으로 기울어졌던 것이다! 만약 그렇지 않았더라면, 나이 차가 그렇게 많이 나는 사람을 그녀는 몹시 못마땅하게 여겼을 것이다.

●●

자기 집 식구들과 비교해보더라도, 남편 쪽 사람들은 눈에 띄게 나이든 편이라는 걸 그녀는 아직도 기억하고 있다.

남편의 자식마저도 자기보다 나이가 더 많았다. 상하이의 하이환룽루(海環龍路)에 자리한 집에서 그녀는 처음으로 남편의 외아들을 만났다. 그의 아들은 그녀보다 한 살 남짓 많았고, 얼굴 표정도 그녀보다 더 노숙해보였다. 그녀는 정말로 얼굴이 빨갛게 상기되었다. 뭐라고 불러야 하나? 나에게 엄마라 부르라고 해야 하나? 아니면 이모? 아니면 앤티(Auntie)?

불러주지 않는 게 차라리 나았다. 전처의 아들은 머뭇머뭇하다가 자리를 떴다. 자기도 모르게 슬그머니 웃음이 나왔다. 자기는 이제 겨우 스물 셋, 아무리 애써본들 이 노숙한 아들보다 나을 수 있겠는가?

● ●

이렇게 수많은 세월이 흐른 뒤에도 그녀는 꿈속에서 남편의 그 얄팍한 입술이 위아래로 쉼 없이 움직이고 있음을 본다. 마치 무슨 최면에나 걸린 듯, 그녀는 너무도 쉽게 받아들이는 나이라서 그런지 남편이 하는 말이라면 뭐든 진지하게 믿곤 했다.

그녀의 입술은 윤기 있게 촉촉하고 풍만했으며, 오히려 조금은 도톰한 게 싫을 정도였다. 그녀는 자신이 감성이 풍부한 사람이란 걸 너무도 잘 알고 있다.

결혼한 후에야 알게 된 사실이지만, 남편은 매우 훌륭한 선생님임에 틀림없다. 하지만 혁명을 이끄는 지도자로서의 깊은 열정을 제외하면, 남편은 약간 거칠고 조급했으며 정신을 딴 데 팔고 있는 것 같았다.

전체적인 면에서 볼 때, 남편은 약간 우유부단한 사람이었다.

●●

상하이에 살던 그 몇 년 동안, 남편은 수많은 날들을 응접실에서의 강연으로 보냈다. 동지들과, 또 기자들과 이야기를 나누었고, 멀리서 온 손님들과 이야기를 나누었다. 그녀는 때론 의자를 끌어다가 남편 곁에 앉아 있고도 싶었다. 문 곁에 서서 듣고 있노라면, 늘 같은 문제들이었다. 북방의 군벌들, 남서쪽의 군벌들, 그리고 군벌들의 만행, 네가 나를 속이면 그가 너를 속이고, 네가 나를 농락하면 그가 너의 기지를 점령했고, 너는 협정을 준수했지만 그는 협정을 준수하지 않았다는 등……. 그녀는 어두운 그늘에 우두커니 선 채 대책을 찾지 못한 남편의 얼굴을 바라보았다. 그의 입술은 빠르게 움직이고 있었으며, 그 속도는 몹시도 빨랐다……. 마치 소리의 높낮이마저 잃어버린 것 같았다. 그녀는 문득 서글픈 마음이 들었다. 그녀의 생각은 온통 여기에 집중되었다. 정치적 인물로서 남편의 정신은 좀처럼 진척이 없는 혁명에 붙들려 있었다. 그럼에도 그녀의 민감한 마음은 처음 느꼈던 감미로운 감정에 부푼 채, 수초처럼 뭔가에 매이기를 원했건만, 시시로 밀려오는 잔잔한 공허를 느끼고 있었다!

●●

쑨원의 아내가 되어서야 그녀는 남편의 여성관을 깨닫기 시작했다.
화교로서 혁명에 일찌감치 투신했던 사람들이 응접실에서 과거의 여자 이야기를 심심풀이로 끄집어냈다. 그들의 말투는 완전히 혁명 너머의 여흥 같은 것이었다. 진정한 감정을 들먹이는 사람은 없었다. 감정이란 분명 남자들 세계의 주요한 부분은 아니었으니까. 만났던 여자들은 나중에 어디로 갔을까? 여자들은 무슨 생각을 했을까? 이런 건 그들의 관심사가 전혀 아니었다.

그들은 방을 빠져나오다 그녀와 마주치자 조심스럽게 입을 다물었다. 그녀를 바라보는 이들의 시선에는 양학당을 다니는 여학생을 바라보듯, 어떻게 반응해야 좋을지 모를 적의가 서려 있었다.

••

사실 남편을 따라다니던 연애사를 그녀도 수차례 들어 알고 있다. 그걸 그녀 입장에서 보자면 연애사라고 할 수는 없을 것이고, 그저 한 페이지 한 페이지의 풍류사라고 해야 옳을 것이다. 듣고 난 후 고심 끝에 그녀는 전혀 개의치 않는 척했다.

결코 그녀가 대범하기 때문은 아니다. 그녀는 스스로를 위로하며 말했다. 혁명의 길에서 편의상의 하룻밤 즐거움을 위하여 필시 조급하고 거칠었을 것이며, 그런 이유로 그저 도처에 정을 남기는 경솔함을 범하였으리라고.

그녀가 원했던 것은 그런 감정이 아니었다. 처음부터 끝까지!

••

기억하건대, 그녀는 자기와 남편 사이의 감정이 대단히 특별하며,

남편과 하룻밤을 보냈던 여자들과 다르다고 믿고 싶었다. 언젠가, 아마 결혼한 지 얼마 되지 않았을 때였는데, 책상에서 편지 한 통을 보았다. 그건 남편이 자신의 은사인 캔틀린(James Cantline)에게 보내는 글로, 이렇게 쓰여 있었다.

"제 아내는 미국 대학에서 교육을 받은 여성입니다. 그녀는 저의 가장 든든한 조수이자 저의 친구입니다."

마땅히 기뻐해야 할 일이었지만, 그녀의 마음속엔 뭔가 설명할 수 없는 실망감이 한 차례 일렁였다. 그녀의 교육 배경 때문에 그녀를 달리 보았다는 건가? 사실 남편이 보기에는 그녀 역시 또 다른 한 여자일 뿐이었다!

당시 그녀가 집안 몰래 도망치겠다는 계획을 알려왔을 때, 쑨원은 순간 어리둥절해 했다. 이건 남자에겐 뜻밖의 제의였음에 틀림없었을 테니까.

아, 내 마음속의 신비하고도 분방하며 낭만적인 세계로, 남편은 여전히 넘어오지 못했어!

33

마치 한바탕 긴 꿈을 꾼 것만 같다. 선생은 천근같이 무거운 눈꺼

풀을 겨우 떴다. 서로 어우러진 나무 그림자와 스치듯 보이는 녹색 기와를 바라보았다. 선생은 여기가 병원이며, 자신이 진즉 병원에 입원해 있음을 기억했다.

마취제가 그의 감각을 둔하게 한지라, 그저 상처 부위가 약하게 따끔거릴 뿐이고, 수술한 뒤 여전히 붕 떠 있는 듯한 느낌이었다. 선생은 귀 기울여 들어보려고 애를 썼다. 펄 하는 소리가 들렸다. 고드름이 창에서 갈라지는 소리 같기도 하고, 스팀 파이프에서 새나오는 수증기가 펑펑 솟구치는 하얀 연기와 함께 박자를 맞추는 것 같기도 했다.

바스락바스락, 안쪽에서 뭔가 약간의 움직임이 느껴졌다. 아마도 측근들이 교대를 하는 모양이다. 선생은 입을 열 기력조차 없었다. 멀리서 바람이 휭 불어왔다. 선생은 이내 비몽사몽간에 잠이 들었다.

34

● ●

그녀는 줄곧 거기에 앉아 있었다. 담배 한 개비를 피워 물다가, 저도 모르게 벽에 새로 걸어 놓은 액자 속의 사진으로 시선이 갔다. 참으로 별세계인 듯한 격세지감이 들었다. 그때 이 사람을 사랑했던가? 그건 너무도 오래전 일이다. 하지만 어쨌든 그녀는 인정해야만 했다.

그녀가 쑨원처럼 세상을 뒤바꿀 수 있다는 몽상에 빠져 있었던 이를 다시는 만날 수 없다는 사실을!

●●

수로를 계획하고 험난한 여울을 조사하여, 십 년 내에 20만 리에 이르는 철로를 건설하는 것뿐만이 아니었다. 남편은 제염법과 탄광 채굴법, 심지어 캔의 제작법에 이르기까지 세세히 연구하고 싶어했다.

"저의 이상은 장차 제한된 기간 내에 이 항구를 뉴욕만큼의 규모로 발달시키는 것입니다." 침대에 앉은 채 그녀는 해방 초기에 특별히 한 차례 가보았던 그곳, 실업계획 가운데 첫 번째 계획에 해당했던 북방의 대항구인 친황다오(秦皇島)를 떠올렸다!

당시 즈리만(直隸灣)*에는 세찬 찬바람이 매섭게 몰아치고 있었다. 눈앞의 경관은 황량하고 썰렁한데, 항구는 도대체 어디에 있단 말인가? 그녀는 쓴웃음을 지었다. 서투른 글씨가 몸 곁에서 무덤가의 종이돈처럼 나부낀다는 느낌이 들었다!

그녀는 그것이 도저히 실현 불가능한 계획임을 알았다. 남편에게는 너무도 많은 비현실적인 공상들이 있었음을 이제껏 알고 있었다. 하지만 그녀는 남편이 진심으로 온몸과 마음을 다해 중국의 부강을

* 즈리만(直隸灣)은 보하이만(渤海灣)을 가리키며, 황하(黃河)가 흘러나오는 산둥성(山東省) 북쪽에 위치해 있다.

열망하고 있음을 충분히 이해하고 있었다. "이렇게 본다면, 그 공급과 분배 구역은 마땅히 뉴욕보다 커야 합니다. 궁극적으로는 아시아 유럽 노선의 확실한 종점을 만들어 두 대륙을 하나로 연결시키고야 말겠습니다." 당시 그녀는 책상 앞에 앉아 속기사처럼 남편이 구술하는 계획의 대강을 써내려갔다.

● ●

'마오타이(猫態)표' 담배 한 개비를 손가락 사이에 긴 채, 그녀는 어두운 밤 별빛처럼 띄엄띄엄 기억을 되살렸다. 한 고비 한 고비 참으로 험난한 세월이었다. 1918년 초봄 당시, 광저우에는 비가 내릴 듯한 음울한 날이 이어졌다. 그즈음 그녀는 피부병에 걸려 있었다. 창문으로 보이는 주장(珠江) 상류는 지독한 안개로 아득히 뒤덮여 있었다. 그녀는 눈을 질끈 감았다. 문득 수면으로 동물의 부패한 냄새가 코를 찔렀다.

어느 누가 상상이나 했으랴만, 며칠 사이에 대원수부(大元帥府)는 일상용품 경비마저 지불하기 어려운 곤궁에 이르고 말았다. 아침저녁으로 그녀는 남편의 무거운 얼굴을 마주하면서, 러시아의 10월 혁명이 가져다준 동경은 이미 지난 일이 되어버렸음을 감지했다. 혁명이 성공했다는 소식이 광저우에 전해졌을 때, 남편이 러시아의 지도자 레닌에 비해 조금도 뒤질 게 없다고들 하지 않았던가! 사실 레닌 역시 외국에서 돌아와 무장봉기를 일으켰다. 이에 비하면 남편은 시기적으로 6년이나 앞섰는데, 그 6년의 시간이 그저 허송세월이었단 말인가? 게다가 그들은 현재 한 걸음도 나아가지 못한 채 광저우에 묶여 있지 않은가. 이번에 남편의 '나아가면 공격할 수 있고 물러서면 방어할 수 있다'는 전략은 또 어긋나버렸다. 말로만 군정부의 대원수일 뿐, 그저 군벌이 하는 대로 눈치를 봐가며 시간을 허송하고 있으니, 실제로는 진퇴양난의 어려운 상황에 빠져 있었다.

●●

그녀는 아직도 어렴풋이 기억하고 있다. 1921년 남편은 광시(廣西)에서 병력을 집결하여 후난(湖南)을 공격했다.

그게 국민당의 제1차 북벌이라 할 수 있을까? 그녀는 그렇게 단정할 수 없다고 생각했다.

그해 12월, 그녀는 남편을 따라 꾸이린(桂林)의 대본영 본부에 갔다. 그녀는 이제껏 이렇게 혼란스러운 성도(省都)를 본 적이 없었다. 길거리에는 '이야기방'이라 쓰인 걸개가 걸려 있었으나, 안쪽은 공공연히 아편을 피우는 소굴이었다. 거기다 군인들은 공개적으로 도박장을 열어 운영하고 있었다. 당시 꾸이린에는 쟝시(江西), 윈난(雲南), 꾸이저우(貴州), 광둥(廣東) 등 여러 성의 잡다한 부대들이 섞여, 아무 때나 기방을 출입하며 싸움질을 해대곤 했다. 매일 아침이면 어김없이 성벽 부근에 사병들의 버려진 시신들이 눈에 띄었다.

당시 그녀는 너무 놀라 얼이 빠질 지경이었다. 남편이 몽상가라는 사실은 진즉 알고 있었지만, 전선에 가보고서야 그 뜬구름 잡는 몽상 때문에 매번 남편이 품은 굳은 기백조차도 개똥이라 모욕받는 것을 감내해야 함을 깨닫게 되었다!

●●

어쩌다 더 공포스러운 악몽을 꾸다가 그녀는 문득 월수루(粵秀樓)에서 어떻게 도망쳐 나왔는지를 떠올렸다! 위기일발의 순간에 그녀는 야오(姚) 부관장의 밀짚모자를 쓰고 남편의 비옷을 걸쳤다. 앞쪽 건물 안의 사병들이 밖으로 뛰쳐나오려는 순간, 또 한 부대의 반란군들이 쳐들어와 노략질을 해댔다. 그녀의 시선은 흐릿해지고, 얼굴에는 콩알만한 땀방울이 흘렀다. 적의 탄알이 바로 월수루와 총통부를 이어주는 다리를 향해 쏟아졌다.

"쑨원을 죽여라! 쑨원을 죽여라!" 반란군의 미친 듯한 함성이 들려왔다. 천중밍(陳炯明)의 너무 심한 처사에 욕이 나오는 한편, 남편이 한 발 앞서 벌써 몸을 뺀 사실이 다행스러웠다.

다리를 지나자, 또다시 포화 소리가 진동했다. 그녀는 더는 앞으로 나아가지 못했다. 호위병 한 명이 어깨를 부축하여 나아가게 해주었다. 그런데 그녀는 참으로 기이한 광경을 목격했다. 두 사람이 골목에서 서로를 마주본 채 쭈그려 앉아 있었다. 그녀는 차마 눈을 뗄 수 없었다. 놀랍게도 그들은 이미 죽어 있었으며, 아마도 유탄에 맞은 것 같았다. 그녀의 입에서 울부짖는 신음소리가 터져 나왔고, 아랫배에 통증이 밀려왔다. 이후로도 꿈속에서 그녀는 몇 번이고 자신의 하체에서 흘러나오는 선홍색 피를 보았다.

●●

여러 해가 지난 후의 어느 비 오던 날, 그녀는 천쥬밍의 군사반란으로 잃어버린 태아를 생각하다가, 자기 몸 안에서 일어나는 몹시도 특별한 그 어떤 반응을 감지했다.

그녀는 무심결에 책 속의 칼라로 된 페이지 속에서 임신한 지 얼마 되지 않은 태아의 형체를 본 적이 있었다. 태아는 지나치게 큰 머리에 삐쩍 마른 꼬리 모양의 썩 어울리지 않는 봄통을 지니고 있었다. 태아는 자궁에 착상된 뒤 하루가 다르게 조금씩 모양을 갖추어갔다.

뭔가 몸 안에 어렴풋한 생명체가 있다는 게 감지되었다. 그런 후로 입에서 피비린내 같은 맛이 돌더니 목구멍에서부터 치밀고 올라왔다. 그녀는 피곤하고 나른한 상태에서 아랫배에서 계속 솟구쳐 올라오는 느낌을 받았다.

35

선생의 병이 나을 가망이 없다는 소식은 어떤 사람들에게는 오히려 희소식이었다. 사실 장줘린은 즉시 공개적으로 선포하였다. 손톱 밑의 가시처럼 굴던 쑨원이 사라지면, 통일의 길은 오히려 탄탄대로가 될 것이라고! 선생이 통일의 걸림돌로 간주된 건 이번이 처음이 아니었다. 쉬스창(徐世昌)이 1922년에 북양대총통을 사임했을 때, 사람들은 선생에게 남방에서의 총통 직함을 리웬홍(黎元洪)에게 이양하라고 압박했었다. 선생은 이를 받아들이지 않았다! 사람들은 선생이 법통을 파괴한다고 비판했고, 차이웬페이(蔡元培)조차도 그렇게 말했다. 당시 미국의 주중국대사는 아예 공개적으로 선생을 '통일의 커다란 걸림돌'이라고까지 표현했다.

수술 뒤 셋째 날, 선생의 체온은 정상이었고 맥박도 부드러워졌으며 상처도 염증의 흔적이 없었다. 사실 선생이 아침에 깨어 처음 들었던 생각은 수술 경과가 아주 좋으며, 자신의 몸이 차츰 회복되어간다는 느낌이었다. 창유리를 사이에 두고, 선생은 눈을 뜬 채 맞은편 건물을 바라보았다. 지면에서 그리 낮지 않은 높이였다. 지형적 판단에 근거해 볼 때, 자기가 대략 3층 정도에 있는 것 같았다. 창가에 해나무 한 그루와 측백나무 네 그루가 있었고, 그 주변에도 나무들이 꽤 많았다. 선생은 이 병원에 상당히 잘 갖추어진 중정의 화원이 있으리라 추측했다. 설마 난방시설까지 갖추고 있으려구? 선생은 병실 모퉁이에 분홍빛 큰 꽃송이를 바닥에 드리운 부상(扶桑)이 놓여 있는 것을 바라보았다. 병실은 그야말로 서양 같았다. 실내는 유럽의 분위기가 물씬 풍기는 장식물로 꾸며져 있었다. 벽의 조명등은 복잡하게 상감된 금테두리로 되어 있어, 선생에게 문득 광저우 샹산(香山)의 집을 연상시켰다. 그 집을 리모델링할 때, 선생은 손수 설계도를 그려 테라스에 반원형의 아치형 문을 만들었으며, 두 개의 층집이 완전히 대칭을 이루도록 했다. 선생이 취한 방법은 중국과 서양의 건축양식을 적절하게 잘 배합한 스타일이었다. 선생은 이 순간 두 눈을 감은 채 자기가 썼던 기둥 위의 대련을 떠올렸다. '서까래 하나 제 자리를 얻으니(一椽得所)', '오계산이 편안히 거하다(伍桂安居)'. 당시 선생은 자못 만족스러웠다. 적어도 분위기에 꽤 잘 어울렸기 때문이다. 다시 눈을 떴을 때, 마침 병원 상공으로 비행기가 지나고 있었다. 윙윙거리는 엔진 소리가 들렸다. 자기가 주재했던 비행기 명명 의식에서 술병이 비행기 프로펠러의 축에 부딪히던 순간을 떠올렸다. 선생은 일어나 앉으려고 몸부림을 쳤다. '로자몽드(Rosamonde)'. 선생은 중국이 처음으로 제조한 비행기에 아내의 이름을 붙였다.

구름 한 점 없이 맑은 날, 네 개의 비행기 날개와 바퀴에 칠해진 짙푸른 남색. 그중 사람을 가장 흥분시켰던 건 그날의 시험비행의 성공이었다. 비행기는 뜻밖에도 날수록 더 높이 날아올랐다!

그곳은 광저우 비행장이었다. 병석에 누워 있던 선생은 그날 샴페인을 터뜨려 비행기 날개에 뿌렸던 그 순간의 환희를 잊을 수가 없다. 그것은 이 빈곤과 전란의 땅을 벗어나 날아오름을 표상하였으며, 동시에 외부 세계를 기꺼이 맞아들임을 표상하였다. 당시 외부 세계는 어떠했던가……? 수술이 순조롭다면 머지않아 퇴원할 수 있겠지?

선생은 어떤 순간이든 혁명가의 타고난 자질 덕분인지 그렇게 쉽게 넘어지지 않았다. 아무리 절망스러운 환경에서도 그는 낙관적으로 미래를 상상했다. 아니, 오히려 이제껏 직면한 눈앞의 어려운 문제들보다 외부 세계에 대한 흥미는 한층 더했다. 생각해보면, 당시 그 외국인들도 똑같은 이유에서였으리라! 모든 것이 불안하던 시절, 극한 위험을 무릅쓴 채 국제모험가들이 너도나도 그의 광저우 근거지를 찾아왔다. 국제모험가들에게 광저우는 여전히 혁명이 가능한 지역으로 비춰졌다. 전날의 상서롭고 조화롭던 광경이 진통제 탓에 가물거리는데도, 선생은 오로지 자기가 온 힘을 기울여 창건했던 공군을 생각하고 있었다. 당시 로스앤젤레스에서 온 미국인 애버트(Ebert)가 군정부의 항공교관을 맡았었지. 선생은 애버트에게 생도들을 훈련시키도록 했을 뿐 아니라, 이를 정식으로 공군의 편제에 집어넣었다. 20여 세의 애송이 청년을 선생은 깊게 의지했으며, 그에게 중령의 계급을 부여하기도 하였다.

수술 경과는 결국 어찌되는 것일까? 선생은 직감적으로 순간 불안을 느꼈다. 그는 시험 삼아 목을 돌려보다가, 불현듯 명명식을 떠올렸다. 애버트가 조종석에 앉고, 아내가 2인승 좌석의 왼쪽에 앉아 시험비행을 했다. 비행기가 하늘 높이 날아오르던 순간, 선생은 의식용 모자를 꾹 눌렀다. 정신이 아찔했다. 비행기가 추락한다면 어찌 할 것인가? 아내는 갓 서른이다. 사실, 모든 이들의 반대를 무릅쓰고 맺어진 결혼이었기에, 부부 두 사람은 몇 번이고 이런저런 결별 장면을,

플랫폼에서의 자객을 포함하여 몹시도 놀랄만한 순간들을 생각해보았다.

이를테면 3년 전에 저격당한 광저우 군참조장 덩겅(鄧鏗)의 경우에는 탄알이 그의 위를 관통하였다. 이 일로 선생과 천중밍 사이에는 타협의 가능성마저 산산조각나고 말았다. 그렇지 않으면 13년 전의 유혈사건처럼, 기차역의 개찰구에서 당시 국민당 이사장직을 대리하던 쑹자오런(宋敎仁)이 괴한에게 살해당하기도 했다. 탄알은 심장을 겨누었다. 선생은 비록 거기에 있진 않았지만, 주변 사람들 말에 따르면 천치메이(陳其美)가 대성통곡했으며, 내내 "참으로 있을 수 없는 일이다!"라며 울부짖었다고 한다. 선생도 마치 그러한 치지를 몸소 당한 듯이 애통해 하였다. 피의 빛을 진 때문일까, 선생에게 웬스카이 타도는 피할 수 없는 수순이었다! 1916년 천치메이도 상하이에서 자객을 만났는데, 탄알이 그의 머리를 겨냥했다……

선생은 침상에 누워 이번 수술이 성공하지 못한다면 어찌될 것인가를 생각해보았다. 머릿속에서 웅 하는 소리가 들렸다. 나라를 위해 싸우다 희생된 동지들의 모습이 눈앞에 하나하나 떠올랐다. 민국이 성립하기 이전부터 죽음을 무릅쓰고 용감히 싸웠던 동지들이 하나 둘 잇달아 쓰러져갔다. 그의 고향 친구였던 루하오둥(陸皓東)으로부터 스젠루(史堅如), 양취윈(楊衢雲) 등…… 이 순간 선생의 머릿속에는 거사를 일으키기 전의 얼굴들이 하나하나 떠올랐다. 그들에 비하면 자신이 위험에 처한 경우는 많지 않다. 최근 몇 년 사이에 안

전 문제가 거론되면서 자기 주변에 권술에 정통한 부관들 한두 명이 늘 수행하였다. 하지만 그의 상상 속에서는 지나치게 낭만적일지 모르지만 언제나 여인의 팔에 안긴 피범벅이 된 자신을 떠올리곤 했다. 당시 비행기가 이륙하던 그 몇 초 사이에 선생은 찰나의 놀라움을 느꼈다. 자신이 이제껏 한 번도 생각해 본 적 없었던 일이지만, 혹시 아내가 먼저 세상을 떠난다면?

사실, 1921년 영풍함(永豊艦) 위에서 포성이 요란했을 적에, 선생은 죽음이 임박하였다고 여겨 젊은 아내의 손을 붙들고 함께 죽을 작정이었다. 포화가 빗발치는 어둠 속에서 가파른 바위 꼭대기의 흔들리는 한 점 불빛을 바라보면서, 선생은 더 이상 돌아갈 수 없는 월수루를 떠올렸다. 그들은 강호에 은거한 연인들처럼 그저 바다 위를 표류할 수밖에 없었다. 문제는 그의 장대한 뜻이 아직 실현되지 않았으며, 여지없이 패배한 음울한 그림자 아래 아무리 끈끈한 애정일지라도 아무 도움이 되지 않는다는 점이었다. 그의 군대는 해안에 댈 수 없는 함정 몇 척만이 남아 있을 뿐이었고, 육지에서는 그에게 반란을 도모하는 음모가 횡행하고 있었다. 두 달 동안 해도를 읽고 수뢰(水雷)를 피하면서 육지 쪽으로 몇 발의 포탄을 쏘아댄 일이 그들 함정에서 할 수 있는 모든 활동인 셈이었다. 어쩌다 영문판 신문 기자가 함정으로 찾아오기도 했다. 선생은 깊숙이 감춰진 상처를 드러내 보이지 않으려고 무던히 애를 썼다. 30년간의 참담한 경영이 이렇게 하루아침에 무너지는 것인가! 선생은 비분을 삼키면서 줄곧 어려움을 함께 해온 아내를 바라보았다. 아내는 도망하는 중에 태아까지 잃어버렸다. 당시 그는 그렇게 많은 생각을 할 여유가 없었으며, 아내도 물정을 아는 사람인지라 더 이상 이야기를 꺼내지 않았다.

마취제 약효가 점점 약해지면서, 선생은 날카롭게 찔러대는 통증을 다시 느끼기 시작했다. 여전히 위 아래쪽 그 자리였지만, 또 그도 아닌 것 같았다. 그도 알고 있었다. 자기를 속일 수는 없다는 것을. 수술이 성공할 확률은 지극히 희박했고, 앞으로 더 이상 아내에게 미안하다고 말할 기운조차 없을 수도 있다. 그는 평소에 자기가 그러지 말았어야 했던 우둔함에 눈물을 떨구었다. 수많은 시간들 속에, 특히 실망하고 낙담하던 세월 속에, 선생을 구할 수 있었던 유일한 것은 바로 사랑이었음을 선생은 잘 알고 있다. 하지만 슬프고도 쓰라린 건 자신이 그 어떤 여자도 사랑해본 적 없다는 사실이었다! 바로 이 짧은 순간, 수술에서 막 깨어난 이 순간, 선생은 따스한 온기가 남아 있는 담요를 어루만졌다. 아내는 필경 밤을 꼬박 새운 채 침대 가에 엎드려 있었을 것이다. 그는 그녀가 가장 즐겨 먹었던 치즈를 떠올렸고, 호전되었다 나빠졌다를 반복하던 그녀 몸의 유전성 습진도 생각났다. 선생은 부부 사이의 은애가 그래도 자신을 끌어주었던 힘이란 걸 깨달았다. 너무도 젊은 아내를 생각하며 그는 이제껏 느껴보지 못했던 차마 어찌 할 수 없음과 아쉬움을 느꼈다. 자기가 어떻게 아내를 버려둘 수 있을꼬?

통증이 또다시 격렬하게 몰려왔다. 그는 온몸에 진땀을 흘렸다.

영원히 이별하게 될 예감 속에서, 그는 꿈결 마냥 모스크바를 보았다. 수많은 웅장한 스탈린식 건축물들은 아직 준공되지 않았다. 그의 어린 과부는 제국의 영광으로 충만한 도시에서 미궁 속으로 스며든 양, 정원에 분수가 딸린 어느 술집에서 누구 하나 의지할 데 없이 술에 취해 고꾸라져 있었다. "쑨(孫) 부인." 누가 그녀의 팔을 흔드는 것일까? 이런 호칭이 문득 까마득한 느낌을 주었다. 이 순간 선생은 미망인으로 남을 아내에게 자기를 대신해 남겨줄 게 하나도 없다는 사실이 참으로 안타까웠다. 피붙이 하나 남겨두지 않았으니 말이다. 도망을 치던 중에 아내는 일생의 유일한 태아를 잃고 말았다. 예순 살의 사내로서 선생이 어찌 이걸 모르겠는가? 가슴 시린 슬픔이 아내의 앞날에 길게 드리울 것이다. 봄비가 쉼 없이 보슬보슬 내릴 때마다 모성의 정감은 그녀의 몸속에서 쉬지 않고 불어댈 것이며, 스산한 쓰라림은 못된 장난을 치듯이 공허한 느낌을 안겨주리라. 영풍함에서 지냈던 그때부터 선생 역시 무엇보다도 또렷이 알게 되었지만, 그 공허함은 그녀 혼자만의 것이었다. 죽음이 그들을 갈라놓을 것이기에, 또한 혁명가의 아내였기에, 그녀는 최대로 자제하여 입을 다문 채 임신 이야기를 입 밖에 꺼내지 않았다. 이 순간 선생은 아픔을 참을 수 없어 스스로를 위로했다. 훗날 그때를 기억한다면, 아내가 의심해보지 않을까? 당시 정말로 아이를 가졌던가? 아니면 빗발치는 포탄 속에서의 유혈에 대한 환각일까?

36

••

 그녀는 셰허(協和)의원 복도에 선 채, 도무지 믿을 수 없었다. 이렇게 빨리, 갑작스럽게 모든 것이 끝나려 하다니!

 이전에 그녀는 한 남자가 자신의 생명을 주재할 수 있으리라곤 생각조차 해보지 않았다. 자신은 충만한 자유의지를 지녔기에, 결혼은 자주적인 선택에 따르리라고 여겼다. 그런데 남편의 목숨이 경각을 다투는 순간에야 그녀는, 나이도 다르고 인생 경력도 상이한 두 사람이 어떻게 주종관계에 놓이게 되었는지 이해하게 되었다. 남편의 죽음조차도 주종관계를 지속시키는 방식이었다!

••

 당시의 그녀는 일에 전혀 도움되지 않는 의식 따위가 너무도 싫었다. 종이를 꼬아 만든 화환과 눈물 없는 곡성, 하늘을 뒤덮은 수많은 만련(輓聯), 그리고 그녀의 귀에 대고 '너무 상심하지 말라'던 가족들의 판에 박은 위로. 그녀는 케케묵고 불길한 느낌이 드는 마포(麻布)를 늘어뜨리고 있는 것이 본능적으로 싫었다. 마음 같아선, 그녀가 어린 시절의 습관대로 이런 겉치레에 몰래 침이나 몇 차례 뱉고 싶었다.

 사직단(社稷壇)의 대전(大殿) 중앙에 서서, 사람들은 세 번 허리 굽혀 절을 했다. 장례식 사회자는 우렁차고 낭랑한 목소리로 제문을 읽

고 있었다. 관 속에는 그녀의 남편이 누워 있을까? 관을 채우고 있는
건 포르말린에 푹 적셔 회백색이 된 몸뚱아리일 뿐이라는 걸 그녀는
너무도 잘 알고 있다. 그녀는 한시도 거기에 있고 싶지 않았다. 얼음
처럼 차가운 영구와 그렇게도 가까이 있다니!

특대 사이즈의 영구는 그녀에게 순장의 의미를 연상시켰다. 그녀
는 갑자기 무서워졌다. 선생의 오랜 동지들이 그녀 앞에 줄지어 늘어
서 있었다. 그들은 하나같이 그들의 혼인을 말렸으며, 선생이 일찍 세
상을 뜬 것조차 그녀와 적잖은 관계가 있는 것처럼 곡해했다. 장례식
장에서도 그들의 시선은 그다지 호의적이지 않았다.

영정을 모신 방의 썰렁한 분위기 속에서, 그녀는 상하이로 돌아가
고 싶었다. 자신의 집으로 돌아갈 수만 있다면! 하지만 그녀는 누구
보다 분명하게 알고 있었다. 정치 가문의 자녀에게는 더 이상 집이 없
다는 사실을. 하물며 자기를 가장 어여삐 여겨주시던 아버지마저도
돌아가신 마당에야. 아버지는 생전에 사람들에게 속았다고 여기셨으
며, 임종 때까지도 딸에게서 받은 충격을 끝내 잊지 못하셨다. 식견이
넓은 명문가의 규수였던 어머니가 지키려 했던 것은 늘 쑹씨 집안과
자기 자식의 기업이었다. 똑똑하고 영리한 그녀의 언니 아이링에 대
해, 그녀는 직감적으로 자신의 적이 되리라 느꼈다!

37

그들은 셰허의원에서 외부에 공개했던 검사 결과는 물론 아무것도 선생에게 알리지 않았다. 왕징웨이는 매일 한 차례씩 보고를 했다. 대개는 선별된 간단한 보고 형식이었다. 국제신문 내용도 천여우런(陳友仁)이 종합적으로 정리하여 보고했다. 보고는 매번 십 분씩이었으며, 시간이 지나면 바로 물러나왔다.

오늘 선생의 체온이 서서히 떨어졌고, 새벽녘에는 깊은 잠에 잠시 빠지기도 했다. 눈을 뜨니 자기 아들이 두 손을 드리운 채 침대 가에 서 있었다. 쑨커(孫科)는 광저우 요리회사로 돌아갔다가, 동지들의 급전을 받고 베이징으로 돌아왔던 터였다.

"왔느냐?" 선생이 기운 없이 입을 열었다.

선생은 눈을 감은 채 무슨 말을 해야 할지 잠시 망설였다. 자식의 생김새는 너무도 제 엄마를 닮았다. 자랄수록 쏙 빼닮아 가는데, 특히 지금처럼 눈썹을 찌푸릴 때면 더욱 그렇다. 선생은 자기도 모르게 본처의 화난 얼굴을 떠올렸다. 아들은 확실히 루(盧)씨 집안의 변통머리 없는 기질을 물려받았다. 측근들에게 에워싸인 채 광저우에서 태자파와 원로파의 정쟁(政爭)을 피해 나올 때, 그는 공개적으로 선생의 친러시아적 태도에 반대했고, 이로 인해 선생은 심기가 불편했다. 사실 자기도 아들한테 딱히 해줄 말이 없었다. "절대로 세월을 허송해서는 안 된다." 이건 선생이 편지에서 아들에게 늘 당부했던 말이다. 그렇지 않으면 아들에게 경서 읽기에 힘쓰라고 권했다. 젊은이들이 그저 처세와 무관한 세익스피어 작품과 같은 심심풀이 책을 즐겨 읽는데, 그게 무슨 소용이 있는지 선생은 도무지 이해가 되지 않았다. 편지에서야 점잔 빼는 게 습관이 되어 있었지만, 훌륭한 인재가 되기를 바라는 기대 외에 선생은 어떤 말을 해야 할지 알 수 없었다.

고개를 돌려, 선생은 자기를 빼닮은 큰딸을 생각했다. 다른 자식들보다 유달리 예뻐했던 건 줄곧 큰딸 진환(今鍰)이었다. 진환은 열여덟 살에 신장병을 앓다가 마카오에서 병이 도졌는데, 얼굴도 보지 못한 채 죽은 지 10여 년의 세월이 흘렀다. 지금도 선생에게는 그 일이 아련한 상처로 남아 있다. 선생의 혁명 생애는 파란으로 가득했다. 그래서인지 자식들도 그에 대해 그다지 깊은 인상을 갖고 있지 않았다. 난징에서 임시대총통에 취임했던 두 달이라는 짧은 기간, 세 자식을 데리고 즈진산(紫金山)에서 사냥을 한 차례 했었다. 기억하건대, 이때가 천륜의 즐거움을 누렸던 시절인 셈이었다. 이듬해 진환의 부고가 전해져 왔다. 선생은 당시 몹시 슬퍼했지만, 그 아픈 상처가 그를 침몰시키지는 못했다. 어떻든 선생은 늘 앞을 향해 나아갈 만반의 준비를 하고 있었다. 최근 몇 년 사이에, 사실 선생은 본처가 거의 기억나지 않았다. 본처에게 자발적으로 이혼서류에 서명하게끔 한 뒤, 본처는 역사 속으로 사라져 과거의 한 페이지가 되고 말았다.

아들이 침대 가에 서 있었다. 심신이 유약해진 탓일까, 선생은 루씨가 몸에 걸쳤던 검은 명주옷을 떠올렸다. 그 명주옷은 순더현(順德縣)의 특산으로, 세탁할수록 낡아지기는 하지만, 입기에는 더없이 시원하고 상쾌했다. 루씨는 대단히 검소한 여자였다. 아마 선생이 일찍부터 집을 떠나 소식조차 묘연했기에 세 자녀를 건사하느라 덜 먹고 아껴 쓸 수밖에 없었을 것이다. 나중에는 부족할 게 없었음에도 누추하게 지내는 게 이미 습관이 된지라, 여전히 자잘한 일에도 필요 이상으로 신경을 썼고, 하인이 시장에서 거슬러온 잔돈까지도 빠짐없이 셈하려고 했다. 그러니 그녀는 잘못한 일은 눈곱만큼도 없고, 더구나 남편에게 미안할 일은 추호도 없었다. 그런데도 선생은 굳이 새사람을 맞아들이려 했다. 선생은 두 눈을 감은 채, 본처와 이혼하지 않으면 안 되었던 결별 상황을 떠올렸다.

이 순간 아들에게 미안한 마음이 들었다. 눈앞에서 오고가는 사람들은 모두 핏줄이 다른 가족 신분의 인척들이었으므로. 중앙은행장인 쑹즈원(宋子文)은 일전에 베이징에서 온 급전을 받고, 서둘러 두 참모에게 업무를 맡긴 채 제부의 병상으로 달려왔다. 당시 더 주요한 역할을 한 인물은 바로 동서인 쿵샹시(孔祥熙)였다. 그는 손님을 맞고 배웅하면서, 엄연히 선생 집안 전체를 대표하는 역할을 했다. 동이 틀 무렵, 선생은 실눈을 뜨고서 동서를 바라보았다. 둥근 얼굴에 부잣집 나리 풍채를 지녔으나, 어딘가 영준하다고는 할 수 없는 생김새이다. 이 자가 처형인 쑹아이링(宋靄齡)이 선택한 배필이라는 생각이 들자, 선생은 저도 모르게 기량을 겨룰 마음이 생겼었다. 선생이 동생 칭링을 만나기 전에, 언니 아이링은 자기의 개인 비서였다. 두 사람만 있는 상황이면 몇 번이나 낭만적인 생각을 해보기도 했었지만, 물론 경솔하게 처신한 적은 없었다. 그는 마치 바둑판의 적수를 만난 양 은근히 흥분을 느끼면서도, 사냥감을 노리더라도 방아쇠를 당길 때에는 숨을 멈출 줄 아는 고수의 직감을 지니고 있었다. 그런데 쑹아이링은 지나칠 정도로 영리했다. 물론 아버지 찰리 쑹(Charlie宋)의 이상까지는 아니더라도 아버지의 능수능란함을 물려받았다. 특히 칭링을 만난 뒤로, 선생은 아이링과 날마다 함께 지낼 사람이 반드시 자신일 필요가 없다는 점을 진심으로 다행스럽게 여겼다. 물론 선생은 이 순간 자기가 역시 한 수 졌다는 생각에 떨떠름한 기분이 들었다. 아이링도 아마 자신과 함께 지낼 사람이 반드시 그녀일 필요가 없다는 점을 다행스러워 했을 것이다. 적어도 사람의 타산은 하늘의 운명만 못한 법, 그녀는 청상과부가 될 필요는 없었던 것이다.

"내 아내는!" 선생의 머릿속은 뒤죽박죽이 되었다. 문득 20년 전이 생각났다. 차이나타운에서 노점을 차려 놓고 점을 쳐주던 노인네가 있었는데, 그도 무심결에 장난삼아 점을 쳤다. 노인네는 선생의 생년월일을 묻더니, 손가락으로 짚어가다 이렇게 말했다. "병인(丙寅), 기해(己亥), 신묘(辛卯), 경인(庚寅). 이 팔자는 나무 기운이 너무 왕성하다네. 병화(丙火)는 뜨겁지만, 뭇 나무가 숲이 되는 법. 신금(辛金)은 부드럽고 약하나, 나무를 베고 몸을 상하게 한다네." 선생은 아무 말도 하지 않았지만, 오행설의 상생상극에 관련된 성어는 기억하고 있었다. 점쟁이 노인은 선생을 한 번 힐끗 보더니, 괴이한 말들을 주절주절 늘어놓았다. "재물은 넘치나 몸은 약하고, 아내가 무리를 모으매, 미모 출중하여 재앙을 부르지 않으면 결국 땅을 잃고 전쟁에 패하리라."

이제와 생각하니 얼마간 일리 있는 말 같기도 하다. 그에게는 정계와 재계에서 활약하고 싶어하는 인척들도 확실히 있었다. 당시 그는 이곳 차이나타운에서 또 다른 도시의 차이나타운으로 떠도는, 피로에 지친 혁명가였다. 행인들은 어깨를 스치며 지나가고, 선생은 우두커니 길거리에 서 있었다. 비록 몇 마디 말을 기억한다 해도 들은 뒤엔 이내 웃어넘길 일이니, 노인네가 내키는 대로 지껄이는 말을 어찌 믿겠는가? 하물며 차이나타운 주변의 조그마한 여관에서 비밀결사의 동지들의 호의를 물리치지 못한 채 이 여자 몸에서 저 여자 몸으로, 동지들이 큰형님에 대한 존경의 예물로 여자를 바치고, 선생은 이튿날 아침이면 풍진 세상길로 바삐 오르는 신세임에랴. 그러니 고향의 본처 생각은커녕, 어젯밤 여인의 얼굴조차 분간하지 못했다. 그나마 그가 기억할 수 있는 것은 기껏해야 따스한 여인의 품이었다.

당시 모든 것이 요동치고 뒤집어지는 세월 속에서 선생의 여성에 대한 탐닉은 끝이 없었다. 선생의 마음속에 이것은 남성의 왕성한 정력의 표징이었으며, 그렇게도 많은 사람들을 흥분시키는 에너지였다! 또 남양(南洋)에 있을 적에 파초이파리에 훈풍이 피어오를 때면, 뜨거운 공기 속에서 동물처럼 헐떡이면서 끓어오르는 욕정을 견딜 수 없었다. 다만 후세 사람들이 선생 스스로 별일 아니라고 생각하는 생동적인 발자취를 역사책에서는 볼 수 없다는 것이 애석할 따름이다. 국민당의 정사(正史)에서는 선생이 비밀결사나 회당에 가입했거나 도움을 받았다는 사실조차 가능한 한 언급하지 않으며, 그저 별일 아니라는 듯 "공화원리나 민권주의에 대해서는 거의 들은 바가 없다. 때문에 공화혁명과의 관계는 실로 깊지 않으니, 비밀회당사를 따로 엮어야 할 듯하다"라고 말할 따름이다. 그러니 민국사에서는 더더욱 선생의 낭만적이고 자유로운 사생활을 기록할 엄두조차 내려 하지 않는다. 설사 어느 소설 작가가 선생의 진솔한 면모를 서술하는 이 순간에도, 마음속의 또 다른 장엄한 소리와 끊임없이 맞서지 않으면 안 된다. 그 소리는 바로 선생의 기일과 탄신일에 타이완의 초등학교와 중고등학교 운동장에 널리 울려 퍼지는 '아, 우리의 국부시여, 혁명을 처음으로 일으키시니, 그 혁명 꽃처럼 붉네!'라는 '국부기념가'이다.

38

••

지금 그녀의 기억 속에 비록 희미하게 자리하고 있지만, 1920년대 그녀 자매는 상하이 상류사회에서 가장 주목받는 여성들이었다. 동생 메이링은 당시 유행하는 스타일로 앞머리를 길게 빗어 내리고, 꽃가지를 꽂는 스타일의 귀걸이를 했으며, 알록달록한 화려한 옷을 차려입었다. 그녀의 큰언니인 쿵씨 부인 아이링은 상하이의 전설로, 번쩍이는 단추 하나하나가 다이아몬드로 만든 것이었다.

청상과부인 그녀는 뒤쪽으로 머리를 빗어 넘겨 쪽을 졌고, 늘 흰색이나 잔꽃무늬의 긴 치파오를 입었다.

기억하건데, 외국에서 온 기자들은 그녀를 처음 본 인상을 다음과 같이 썼다. "쑨(孫) 부인은 성녀 잔다르크 이래 국가마다 존재하는 성녀에 가까운 인물이다."

●●

이들 세 자매 사이의 숙명은 참으로 기묘했다. 그녀가 가장 불운할 때마다 언니와 동생은 해가 중천에 떠오르듯 전성기를 맞이했다.

1927년 그녀의 정치 노선은 완전히 궤멸되었다. 우한(武漢)정부는 허둥지둥 끝장이 나고 말았다. 그녀는 어쩔 수 없이 우한에서 철수하여 상하이로 돌아왔다. 그즈음 상하이에서는 동생 메이링이 그녀의 정적과 뜨거운 열애에 빠져 있었다.

그녀는 이제껏 여동생을 한 번도 탓해본 적이 없었다. 동생은 그저 응석받이로 자랐고, 이제껏 늘 큰언니 아이링의 말에 따랐다. 어려서부터 메이링은 늘 떼를 쓰듯 이렇게 말했다. "큰언니, 언니가 결정하면 되잖아. 나한테 물어볼 필요 없이."

••

그녀는 꼼꼼하게 물건을 간직하는 사람이다. 그토록 오랜 세월이 흘렀지만, 그녀는 아직도 당시 미국의 벗에 관한 신문기사를 간직하고 있었다. 그녀는 기사를 바로 눈앞에 가져다 놓고서 돋보기를 걸쳤다. 프롬(R. Prohme)의 장례식 상황이 그림을 보듯 생생하게 기억났다.

"러시아 외교부에서 쑨(孫) 부인에게 제공한 장례용 차가 인파 뒤를 따랐다. 적어도 차 안은 조금이라도 따뜻했다. 나는 그녀에게 차 안으로 돌아가시라고 권했지만, 그녀는 그렇게 하려 하지 않았다. 그녀는 걸어서 도시를 돌았다. 그녀의 아름다운 얼굴은 가슴 앞에 포개진 두 손을 주시하고 있었다. 당시 그녀는 병에서 치유된 지 며칠 되지 않기에 얼굴색은 창백하기 그지없었다. 그날의 자욱한 안개가 모든 것을 뒤덮어버렸다곤 하지만, 나는 쑨 부인이 지금 가장 고독한 유랑자임을 알아차렸다. 그녀는 그녀가 가장 경애했던 벗의 영구를 뒤따르면서 일찍 찾아온 어둔 밤을 뚫고 지났다."

그녀가 지닌 옷은 충분치 않았으며, 여비도 넉넉지 않았다. 설상가상으로 친한 벗 프롬이 죽었다. 프롬은 미국의 잡지사 여성 편집장인데, 그녀와 함께 상하이에서 비밀리에 배편으로 블라디보스토크까지 갔다가, 다시 기차편으로 모스크바에 도착했다. 프롬은 중국에서 치명적인 뇌염에 걸렸으며, 모스크바에 도착한 지 얼마 되지 않아 세상을 뜨고 말았다.

그 전에, 그녀는 가장 곤혹스런 상황에 놓여 있었다. 그녀는 상하이에 더 이상 머물러 있기 싫었다. 동생 메이링과 장제스의 연애 소식으로 말미암아 자기와 우파 정부 사이에 모종의 타협이 이뤄졌다는 소문이 무성하게 나돌았던 것이다. 그녀는 떠밀리듯 해외로 망명할 수밖에 없었다!

●●

모스크바는 온통 꽁꽁 얼어붙었다. 그녀는 신문을 통해 상하이를 떠들썩하게 뒤흔든 여동생의 결혼 소식을 접했다.

그녀의 가족, 집안의 친구와 친척, 그리고 그녀의 어린 시절부터 낯익은 교회 친구와 목사 등이 모두 전에 없던 성대한 결혼식에 참가했다. 새해 벽두에 그녀는 정말로 외톨이가 되고 말았다. 온 식구들이 자기와 맞은편에 서 있었던 것이다. 신문에서는 이렇게 보도했다. 결혼식장 한가운데에는 쑨중산의 사진이 걸려 있고, 신랑 신부는 총리의 사진을 향해 절을 올렸다. 사진의 양쪽 가장자리에는 홍색, 남색과 흰색으로 이루어진 국민당기가 교차되어 있었다.

●●

몇 년이 흐른 뒤, 유럽 각지의 미술관에서 그녀는 발레하는 배우를 그린 유화를 보았다. 그런데 그녀가 보았던 건 무녀들의 사뿐거리는 발레복과 부드럽고 아름답게 춤추는 자태뿐만이 아니라, 그녀들의 피곤에 지친 몸과 상처로 아픈 발뒤꿈치, 으스러질 듯 연약해 보이는 허리, 그리고 은은하게 심금을 울리는 첼로 연주 소리 가운데 바닥에서 스멀스멀 다가오는 죽음의 그림자였다.

●●

하얀 발레복 차림의 그림자가 반짝이는 원을 그렸다. 그것은 모스크바 극장 안의 발레 배우였다. 차이코프스키의 음울하고도 부드러운 무도곡이 연주되기 시작하였다. 그 순간 그녀의 운명도 반짝이는 빛처럼 비틀거리는 느낌이 들었다. 그녀가 누구인지 알아보는 이 아무도 없는 망명의 세월 속에, 잠시나마 모든 시름을 내려 놓고 붉은 빌로드 의자에 앉아 그녀는 덩옌다(鄧演達)와 어깨를 나란히 기대고 있었다.

발레 관람을 마친 후, 그들은 늘 그랬듯 도심지 호텔에서 술 한잔을 나누었다. 볼셰비키혁명을 거친 뒤, 레닌이 총본부로 사용한 적이 있는 호화로운 호텔은 여전히 아리따운 여인들로 가득차고, 적잖은 귀부인들이 어깨에 모피를 걸친 채 자리하고 있었다. 그들에 비한다면, 그녀의 검은색 치파오는 시골아가씨마냥 촌스러웠다.

무도회장에서 사람들은 바이올린 연주에 맞추어 날듯이 춤을 췄다. 그녀는 덩옌다의 널찍한 어깨에 바짝 기댄 채, 그지없이 낭만적인 사내라고 생각했다. 낭만적 기질은 덩옌다의 정치적 견해에도 드러나 있는데, 그는 한때 황포군관학교 교육부장을 지냈는가 하면, 또 농민부 부장을 지내기도 했다. 이번에는 원래의 좌파노선을 떠나 '제3

의 길'에 심취해 있었다. 솔직히 말하자면 양쪽 모두로부터 좋은 소리
는 듣지 못할 것이고, 영원히 실권파의 편에 설 수 없는 노선이었다.

기억하건대, 모스크바에서 지냈던 나날은 그녀 일생에 가장 즐거
웠던 시간이었다. 그들 두 사람은 나이도 비슷한데다, 모두 권력에서
밀려나 이국땅까지 왔으니, 하늘 가 벼랑에 몰린 동병상련의 느낌이
그들을 자연스레 묶어주었던 것이다.

"두렵나요?" 당시 그녀는 실눈을 뜬 채 덩옌다에게 물었다. 너무
도 많은 유혈의 음모를 보았기에, 얼음과 눈으로 뒤덮인 이국땅에서
도 정치적 암살은 그녀의 마음에 무거운 그림자를 드리웠다.

덩옌다가 밝게 웃으며, 손가락으로 그녀의 둥글고도 윤기 흐르는
코를 만져주었다. 그는 입에서 흘러나오는 대로 그녀에게 바이런의
시 한 수를 읊어주었다.

"면도칼을 손에 든 적 없으니, 그대는 생명의 은사(銀絲)가 얼마나
쉽게 끊어지는지 이해하지 못하리."

39

다음 날, 쑨커가 장징쟝(張靜江)을 모시고 문병을 왔다. 선생은 비
쩍 말라 뼈가 앙상한 노혁명가를 바라보았다. 틀림없이 상하이에서

서둘러 베이징으로 올라온 것이리라. 선생이 힘겹게 입을 열었다.

"당신 병이 이 지경인데, 뭐 하러 오셨습니까?"

가까스로 이 말을 마친 선생의 안색은 금세 창백해졌다. 이때 맥박은 128에서 140까지 올라갔고, 체온도 39도까지 급상승했다. 선생의 병상 앞의 비상등이 켜지자, 당직 의사가 병문안차 찾아온 이들을 내보낸 후 서둘러 선생에게 수면제를 주사했다.

선생의 꼭 쥔 주먹이 서서히 풀렸고, 목구멍에서는 연신 평온치 않은 소리가 났다. 의사는 선생의 눈가에 벌써부터 눈물방울이 방울져 흘러내리는 걸 보았다.

저녁이 되자, 선생은 고개를 끄덕여 그에게 한약을 마시게 하려는 아내의 요청을 허락했다. 하지만 선생은 한약을 먹기 전에 반드시 퇴원을 해야 한다고 생각했다. 그의 두뇌가 아직 작동하는 한, 서양 병원에서 한약을 먹는 것은 자신의 원칙을 저버리는 것이자, 그가 과거에 선택했던 직업을 모욕하는 것이었기 때문이다.

40

••

문화대혁명이 지나가자 아주 좋은 점이 있었다. 그녀가 다시 돋보기를 쓰고서, 기일에 덩옌다를 추도하는 글을 발표할 수 있게 되었던 것이다.

그녀에게 소중했던 것은《덩옌다문집》을 마침내 인쇄하게 되었다는 점이다. 그녀의 주름진 얼굴에 마치 소녀와도 같은 잔잔한 미소가 번졌다. 그녀는 단정하게 앉아 붓으로 한 획 한 획 써 내려갔다. "덩옌다 동지는 엄혹한 고난 속에서도 굳게 투쟁하고 용맹스럽게 분투하였는 바, 그분을 위해 문집을 출판하여 기념하고자 한다."

● ●

베이징의 집 아래층에 새로 만든 영화상영실에서, 그녀는 옛 영화 〈푸른 천사〉*를 관람했다. 여자 주인공 말렌느 디트리히(Marlene Dietrich)는 1차 세계대전 이후의 베를린을 떠올리게 해주었다. 적막하고 스산하기 짝이 없던 도시는 오히려 무언가 데카당스한 즐거운 분위기를 띠고 있었다. 그곳에서였다. 1929년부터 1931년 사이에 다시 한 번 유럽 여행을 떠났던 그녀는 포테이토칩을 좋아하게 되었고, 유달리 슬프고도 애잔한 분위기의 독일 민가를 즐겨 들었다. 그리고 그녀는 그녀 마음속에 영웅적 의지로 충만한 남자를 아득히 멀리까지 뒤쫓았다.

당시, 덩옌다는 아주 먼 곳까지 떠돌다가 우연히 베를린에 잠시 머물렀다. 얼마 되지 않아 폴란드와 리투아니아, 그리고 불가리아로

---

* 〈푸른 천사(Der blaue Engel)〉는 1930년 요셉 폰 스테른베르크(Josef von Sternberg) 감독에 의해 제작된 독일 영화로서, 하인리히 만(Heinrich Mann)의 소설《Professor Unrat》를 각색하였다.

갔으며, 다시 터키와 인도로 여행을 떠났다. 그 2년 동안 덩옌다는 북극권에 한 차례 올랐으며, 스피츠베르겐(Spitsbergen)섬에 발자취를 남겼다. 아시아인으로는 처음으로 북극탐험을 한 셈이었다.

●●

겨울이 찾아왔다. 영화를 상영할 때면 그녀는 화로를 피워 놓았다. 하지만 합판이 너무 얇아 쌩쌩 부는 바람소리가 들렸다. 그녀는 옛 영화 〈포효하는 산장〉*을 반복해서 보았다. 침울한 흑백의 화면 속에서 그녀가 멍하니 떠올렸던 사람은 죽은 남편이 아니라, 바로……하늘만이 알 것이다. 당시 그녀가 덩옌다의 안위를 얼마나 미친 듯이 염려했는지.

그녀는 말라붙은 입술을 떨면서 영화 속의 대사를 중얼거렸다. "날 따라오세요. 나를 이 심연에 내팽개쳐 당신을 찾지 못하게 하지는 말아주세요!" 집 바깥을 스쳐가는 북풍에, 쉴 새 없이 뛰노는 집 안의 마음은 밖으로 뛰쳐나가고만 싶었다!

그녀는 결코 영생을 믿지 않는다. 스크린을 바라보면서, 그녀는 눈을 붉힌 채 생각했다. 죽음을 넘어서는 게 있다면 그것은 오직 사랑뿐임을…….

---

* 〈포효하는 산장(Wuthering Heights)〉은 1939년 윌리엄 와일러(William Wyler) 감독에 의해 제작된 흑백영화로서, 에밀리 브론테(Emily Bronte)의 동명소설을 각색하였다.

●●

　　한밤중에 깨어난 그녀는 상하이에서 난징으로 가는 도중의 격동의 순간을 기억해냈다. 그녀는 하염없이 떨었다. 온몸이 하나의 메아리처럼 온통 덩옌다의 이름을 부르고 있었다.

　　그건 드문 경우였다. 그녀는 자신을 낭떠러지로 떨어뜨릴지라도 오직 그 사람만을 구하고자 했다. 그녀는 자신의 신분이나 지위는 전혀 돌보지 않았으며, 심지어 자신을 위해 뒤돌아볼 여지조차 남겨두지 않았다!

　　하지만 결국 그녀는 상하이로 돌아왔다. 눈물도 흐르지 않았고, 그저 넋이 나간 것 같았다. 수많은 세월이 흐른 뒤, 그녀는 모든 기대가 물거품이 되어버린 망연했던 순간을 떠올렸다.

　　●●

　　그녀는 후에야 덩옌다가 어떻게 죽게 되었는지를 듣게 되었다. 덩옌다는 밀실에서 붙들려 끌려간 뒤 전선에 목 졸려 죽임을 당하였다.

　　들리는 말에 따르면, 범인의 목을 조를 때 조금씩 몸부림치게 하면서 서서히 명을 끊는다고 한다.

　　서둘러 난징으로 가고서야 참극이 이미 벌어졌음을 알게 되었다. 자기가 이렇게 정신없이 온 것은 이미 살해당한 사람의 살 길을 모색하기 위함이었는데, 온갖 모욕적인 비아냥까지 듣게 되었다. 반동분자를 처결하고 부인 당신의 명예를 보호하기 위함이었다는 등의 말이 떠돌았던 것이다!

다시 상하이로 돌아와, 그녀는 《신보(申報)》에 통탄해 마지않는 심정으로 공개 전보를 썼다. "……충성스러운 혁명의 믿음은 갖가지 잔혹한 수단에 의해 이미 사망을 선고받았다. 가장 분명한 예증이 바로 덩옌다의 모살이다. 그는 굳세고 용감하며 충성스러운 혁명가였다. …… 나는 쑨중산이 이룬 40년 혁명의 성과가 이기적이고 음험한 한 무리의 국민당 호전분자들과 정객들의 손에 훼멸당하는 꼴을 두 눈으로 차마 볼 수가 없다……."

●●

덩옌다가 죽은 사실은 알고 있었지만, 자신이 그해 어떻게 살아남았는지는 그녀도 기억하지 못했다.

때로 침대에 잠들어 있다가, 분명 하룻밤을 잔 것일까? 그녀는 자신이 아직 호흡하고 있다는 사실에 경이로움을 느꼈다.

이어지는 날들 속에, 그녀는 덩옌다에 얽힌 추억을 잊으려고 쉴 새 없이 분주히 움직였다. 그저 그 상처와 아픔을 조금이나마 잊어보려고 그녀는 병원을 운영하고, '민권보장동맹'을 조직했다. 이후로도 좌파의 비밀요원으로 찬조출연하거나, 무기와 약품을 공산당 근거지로 보내는 등 그녀가 할 수 있는 일은 뭐든지 다 했다. 그녀는 자신이 이렇게도 연약하고 무력한 존재라는 사실을 받아들일 수 없었던 것이다.

••

1933년, 그녀는 인권보장사업이 자못 진전이 있음을 느끼면서 덩
옌다를 추억하는 심정으로 일련의 의미 있는 일들을 진행할 생각이
었다. 그런데 그때 '민권보장동맹'의 핵심 인물인 양싱퍼(楊杏佛) 동
지가 피살당하는 사건이 또 발생했다.

비분강개하긴 마찬가지였지만, 그 감정은 또 다른 것이었다! 서
로 간에 좋은 동지 사이일 뿐, 그들 사이에는 이성간의 감정은 없었
다. 덩옌다가 죽었을 때 왜 자기도 함께 죽지 않았을까를 생각했던 때
와는 달랐다.

그녀는 살아갈수록 너무도 자명하게 알게 되었다. 생명의 끈이란
이다지도 쉽게 끊어지지 않는다는 사실을!

41

병원 들것에 실린 선생은 거의 눈을 감은 채 병원 복도를 지났다.
그의 얼굴에는 수난에 처한 선지자의 절망스러움이 묻어났다. 동지
들은 옆방에서 비밀스레 이야기를 주고받았다. "선생 안색이 이미 죽
은 사람마냥 참 말이 아닐세."

선생을 실은 차는 병원을 떠나, 선생이 사무실로 쓰려던 티에스즈

(鐵獅子) 골목길로 향했다. 차가 가는 동안 내내 선생의 마음은 붕 떴다 가라앉기를 반복했다. 며칠 내내 고열이 계속되었는데, 선생의 머리에 놓인 얼음주머니 덕분에 선생은 잠시 정신이 또렷해졌다. 그때 문득 차창 밖으로 바라보이는 목조 가옥이 눈에 들어왔다. 선생은 순간 타이베이 기차역 부근의 우메야시키(梅屋敷)가 생각났다. 단수이(淡水)에서 상륙하면 곧바로 기차편으로 위청팅(御成町)의 유명한 여관에 닿았다. 선생은 우메야시키 여관의 우아함과 정갈함을 무척 좋아했다. 다만 애석하게도 타이완은 일본에게 할양된 곳이었는데, 당시 일본인들은 혁명 선전에 갖은 의구심을 지니고 있었다. 그런지라 당시 관청에서는 여러 차례 선생의 육지에서의 자유로운 활동을 허락하지 않았다.

다음 순간 선생의 생각은 날듯이 내달려, 문득 런던에서 지내던 날들을 떠올렸다. 문창살에 철책이 겹겹으로 둘러 있는 청나라 주영사관(駐英使館)은 선생이 젊은 시절에 어려움을 겪었던 곳이다. 이 순간 선생의 마음은 허허로웠다. 당시 선생 자신이 썼던 영문 《피난기(被難記)》는 거리에서 사람들에게 붙들려 영사관으로 끌려들어갔던 일*을 과장해서 기록했고, 거기에 극적인 줄거리를 적잖게 덧붙였다.

---

* 1895년 광저우기의(廣州起義)가 실패한 후, 쑨원은 청 정부의 체포령을 피해 국외로 망명하였다. 망명 중에도 혁명선전활동을 계속했던 쑨원을 제거하기 위해, 청 정부는 각국의 공사에게 쑨원을 감시하도록 명령을 내렸다. 쑨원은 감시망을 피해 1896년 9월 30일 런던에 도착하였으나, 10월 11일 동향이라고 속인 밀정에 의해 주영사관에 감금되었다. 쑨원은 영사관 청소부의 도움으로 자신이 체포당한 사실을 홍콩의학교 재학 시절의 스승인 제임스 캔틀린(James Cantline)에게 몰래 전하였다. 캔틀린에 의해 쑨원이 불법 체포된 사실이 언론에 널리

이를 꼼꼼하게 읽어본 후세 사람들이라면 뭔가 딱 들어맞지 않는 점을 찾아낼 수 있을 것이다. 그가 방심하다가 영사관에 들어서서 자진하여 올가미에 걸린 것일까? 아니면 그들이 그를 어르고 속여 데리고 들어간 것일까?—당시 혁명을 선전할 목표 아래 그의 임기응변의 특성이 마음껏 발휘되던 터였으니, 한 가지 일에도 다양한 설명이 나올 수밖에 없을 것이다. 그의 생명을 구해준 은사는 이 제자에 대해 "잔혹한 죽음이 코앞까지 닥쳐왔다고 여기지 않은 적이 없었다"고 술회하였다.

천길 외로운 망명의 위기감 때문이었을까? 그는 혁명을 위해서라면 아무리 사소할지라도 물불을 가리지 않았다! 이세 그는 가능한 한 그렇게 하지 않으려 했다. 물론 부득이한 때도 있을 것이다. 오로지 정세 때문이었지만, 그가 소련 쪽으로 마음을 돌린 경우처럼. 누구나 선생이 다른 나라들과 연합하고 싶어한다는 사실을 알고 있었다. 이런 면에서 선생은 늘 융통성을 보여왔다. 사실 얼마 전에도 일본과 손을 잡을 것인가, 아니면 영국과 손을 잡을 것인가의 사이에서 방황했었다. 재작년 봄, 그는 잘못된 판단이었지만 원조 문제를 영국에 의탁했었다. 당시 그의 속셈으로는 '태자당'의 개입을 통해 그의 아들이 일을 처리하고, 우차오수(伍朝樞), 푸빙창(傅秉常) 등의 중재에 의해 홍콩쪽 상인들의 현금을 끌어내면 될 일이라 여겼다. 그런데 뜻밖에

알려지고 런던 시민의 항의 여론이 들끓자, 영사관은 결국 10월 22일 쑨원을 석방하기에 이르렀다.

도 차관을 공여하는 측에서 광둥 지역의 재정통제권을 달라고 터무니없는 요구를 하였다. 보아하니, 어떤 나라도 호의로 선생에게 원조할 나라는 없었고, 소련을 제외하면 선생에게 판돈을 걸 나라는 전무한 상황이었다. 현재 선생에게는 소련이 유일한 출로였다!

윙윙거리는 세찬 바람 소리 속에서 고개를 모로 돌리자, 과연 선생에게 반대하는 소리, 소련과의 연합에 반대하는 소리, 그의 적화에 반대하는 소리, 좌익 쪽으로의 전향에 반대하는 소리가 똑똑히 들려왔다. 아니야, 선생은 소리 없이 항변했다. 그가 원하는 건 그저 소련의 원조뿐이야! 선생의 목표는 오로지 중국 대륙을 완전한 자주국가로 만드는 것 그뿐이었다. 선생이 온 힘을 다해 이루고자 하는 그 소망을 위해, 그는 한 번도 게으른 적이 없었다. 에돌아서라도 반드시 달성해야만 하는 그 목표를 위해, 선생은 시종 분명하게 알고 있었다. 선생은 언변이 뛰어났던 소련 공산당원인 보로딘을 떠올렸다. 그는 코민테른에서 파견된 공산당 활동가로, 선생 입장에서 보자면 개인적인 우의를 이야기할 정도는 아니었다. 갈릭이나 싼우(三伍)표의 줄담배를 피워가면서 보로딘은 늘 그랬듯 담배연기로 인해 눈물을 줄줄 흘렸다. "선생님, 도대체 어떤 결정을 내리실겁니까? 선생님, 절대로 이리를 집으로 끌어들일 수는 없습니다!"—장지(張繼), 셰츠(謝持), 덩저루(鄧澤如) 등은 선생께 여러 차례 상황을 보고했고, 선생은 동지들의 경고성 편지에 반박성 메모를 남겼다. 선생은 소련과의 연합에 가장 반대했던 덩저루를 냉담하게 힐끗 쳐다봤다. "당신이 예상하고 있듯이, 지금은 대단히 중요한 시기요. 하지만 최근 몇 년 동안 우리 당에게 생사존망의 위급한 시기가 아니었던 적이 있었소?"

하지만 그럴 만한 가치가 있을까? 그는 끝내 소련과의 연합으로 말미암아 원로격의 혁명동지를 포함하여 반 너머 동지들의 분노를 샀다. 국민당의 분열은 마침내 피할 수 없게 되었다. 동지들은 그에게 경고했다. 군벌들은 이것을 빌미삼아 선생을 더욱 무너뜨리려 할 것이고, 북방의 민중들도 선생을 용납하지 않을 것이라고. 선생의 마지막 나날에 곳곳에서 자기를 반대하는 구호 소리가 들려왔다! 그럼에도 선생은 이를 믿지 않았다. 그는 현재 눈앞의 이 잡음들이 한 달 뒤 선생의 죽음을 애도하는 장송곡만큼 혼백을 울리지는 않으리라 믿었다. 갖가지 민중 단체들은 만련(輓聯)을 높이 치켜들고, 어린 학생들은 그의 영구가 지날 때 대성통곡할 것이다. 베이징대학의 학생들은 근조 화환을 바치고, 연도의 중파(中法)대학 학생들은 '중산 선생은 죽지 않으리'라고 쓰인 흰 깃발을 내걸 것이며, 슬픔에 잠긴 애국자들은 아직 실현되지 않은 건국의 청사진 때문에 정성껏 인사를 올릴 것이다. 틀림없이 호소력 짙은 종소리가 울려 퍼지겠지! 선생의 유체가 시단파이루(西單牌樓)를 지날 때 어떤 이들은 선생의 마지막 순간을 눈에 담기 위해 전봇대에 매달릴 것이고, 길 왼편 입구의 백기는 경한(京漢)철로노동조합의 깃발일 거야. 그들은 선생이 생전에 철로에 대해 가졌던 깊은 정을 기억하겠지.

지금은 선생이 지도상에 그렸다 지우기를 반복했던 날들로부터 이미 오래되었지만, 그때는 선생이 한창 활동하던 시기였다. 대총통의 자리를 내놓고 물러나오자마자, 선생은 걸핏하면 철로부설에 관한 말들을 쏟아냈다. 철로부설 계획은 선생의 몽상가로서의 기질을 유감없이 드러낸 부분이었다. 한 자루의 펜과 지우개만 있으면 언제라도 중국 지도 위에 남로와 중로, 그리고 북로 이렇게 세 갈래의 간선을 그릴 수 있었다. 남로는 꼬불꼬불한 오솔길을 따라 인적 드문 티베트 지역에까지 이르는 것으로, 신장(新疆)의 톈산(天山)이 최종 종착지였다. 10년 내에 20만 리의 철로를 건설하여 중국을 빈곤에서 벗어나게 하는 것이 당시 선생이 자나깨나 입에 달고 다니던 강연 내용이었고, 이것이 현실로 이루어진 나라가 바로 미국이었다. 철로 이야기만 나오면, 선생은 기분이 고조되어 방문한 기자에게 들뜬 목소리로 이렇게 말했다. 철로가 있기 전에 미국은 원래 중국과 별반 다를 게 없는 가난한 나라였지만, 자금을 빌려 20만 리에 이르는 철로를 부설한 뒤 세계에서 제일가는 부강한 국가가 되었노라고!

천천히 움직이는 승용차에 앉아 선생은 억지로 눈을 떴다. 아, 얼마나 가슴 아픈가. 석탄재로 매캐한 거리의 풍광. 북방의 겨울은 선생에게 익숙한 푸른빛 한 점도 보여주지 않았다. 다음 순간, 선생은 다시 일본의 철로를 떠올렸다. 석양을 맞아 달리는 열차가 산골짜기로 들어서자 순식간에 날이 저무는가 싶더니 한 무리의 나무 그림자가 눈앞으로 불쑥 다가왔다. 차창은 반사거울인 양, 선생의 얼굴은 나무 그림자 사이로 떠돌았다. 골짜기를 빠져나오자, 차창으로 비쳐 들어

온 석양빛 한 줄기가 열차 바닥을 반짝반짝 비추었다. 차창 유리창에는 아직 주름 없는 얼굴이 흐릿하게 어리었다. "언제쯤일까? 중국 각지에 철로가 드넓게 깔려, 어디든 이렇게 편안하고 쾌적한 기차가 다니게 될 날은?" 선생은 당시 몹시도 부러웠다.

온몸에 통증이 느껴지는 이 순간, 선생은 기억 속의 아름다운 선율 속에 차라리 머물고 싶었다. 선생은 물속에 되비치던 교토의 킨카쿠지(金閣寺), 텐주안(天授庵)의 고요한 정원을 떠올렸다. 이제 곧 인생의 여정을 마감하려는 이 순간, 그가 자신을 보살피는 측근 동지에게 어찌 말할 수 있으리오. 자신이 진정으로 한 번 더 가보고 싶은 도시는 교토라고. 도쿄의 유흥가인 아사쿠사(淺草)도 있지. 그곳의 해질녘의 화장터엔 수많은 지장보살상과 석탑이 쌓여 있었지. 겨울날 땅거미가 내려앉을 무렵이면 그곳을 혼자서 걷곤 했었어. 그의 생명 또한 일본 민족의 애상조에 물들었던 것일까? "일본의 조야는 최근 우리 당을 몹시도 얕보았지." "그대 나라 정치가들의 안목은 너무도 근시안적이야. 무조건 할 수 없다고만 말하지. 먼저 행동한 다음에 이야기하는 러시아와는 달라." 선생은 강연할 때면 이렇게 반복해서 말하곤 했지만, 그럼에도 불구하고 일본의 많은 곳들이 선생에겐 여전히 익숙하고도 친근했다.

"슬프도다, 늘그막에 정을 잊고자 하네." 누가 쓴 하이쿠(俳句)더라? 에도(江戶) 시기일 거야! 선생의 눈앞에 선연히 떠올랐다. 선생이 어찌 그 정분을 잊을 수 있겠는가? 그 요코하마(橫濱)의 오쓰키 가오루(大月薰)는 당시 15세의 나이였다. 가슴은 막 부풀어 오르기 시작했고, 접힌 깃의 세라복을 즐겨 입었었지. 말을 할 때면 맑고도 낭랑한 여운이 남았으며, 얼굴엔 때때로 홍조가 피어났어. 솜털이 채 가시지 않은 여리고 아름다운 모습에 선생의 마음은 뒤흔들렸다. 그녀를 처음으로 품에 안던 날, 오쓰키 가오루의 손발이 움츠러들었다. 비록 애써 반항하진 않았지만 다다미 위에 그녀를 눕히기까지는 적잖은 공을 들여야만 했다. 발가벗어 봉긋 솟은 유방은 후지산에 쌓인 눈처럼 새하얗게 빛나고 있었다. 선생은 자기 인생에 이렇게 어린 여인을 품을 수 있다는 사실에 찬탄을 금할 수 없었다. 그녀를 품고서 선생은 소녀에게서 전해지는 달콤한 향내에 감동되었다. 그건 여성 자신이 자기 몸을 기꺼이 허락할 때 발산되는 기운이었다. 이제껏 남성의 손길이라곤 한 번도 닿아 본 적 없는 소녀의 피부에 선생은 자신의 입을 가져다 댔다. 스무 살 때의 아무 물정도 모르던 첫 경험을 제외하면, 그건 일찍이 느껴보지 못했던 유혹이었다. 그는 손과 발을 가볍게 움직였다. 여자의 겨드랑이에선 땀이 배어나왔다. "선생님, 선생님, 다카노(高野) 선생님." 여자가 선생의 가명을 부르자, 선생은 순간 상당히 당황했다. 그녀가 자신의 진짜 이름조차 모른단 말인가. 하지만 그녀는 자기 몸을 짓누르고 있는 이 남자를 존경했다. 그 순간 욕망의 갈증으로 가득한 몸에 요동쳐대는 건…… 뭐든 아낌없이 바치고 싶은 영웅에 대한 숭배였다. 여자의 사모하던 눈길을 생각하자, 선생은 차를 타고 가는 내내 황홀한 투지가 끓어올랐다. 오랜 세월 동안의 경험이 선생에게 증명해주었지 않는가. 어떤 실패든지 다음 번 재기의 서곡에 지나지 않음을. 그렇다면? 선생은 골똘히 생각에 잠겼다. 어쨌든 내게도 반드시 기회가 올 거야. 패배하지 않을 가능성도 있어!

42

••

이후 그녀의 차가운 여성 기질은 남자로 하여금 쉽게 사랑의 늪에 빠지게 하였다. 아무 느낌이 없는 듯한 그녀의 얼굴은 거부할 수 없는 매력을 더해주었다. 특히 갓 세상에 나와 무언가 순결한 신앙을 품고 있는 지사에겐 더욱 그러했다. 이런 남자들의 눈에 그녀는 진흙탕에서 피어났으나 더러움에 물들지 않은 꽃과 같은 존재였다. 다만 운명적인 결함은 그녀가 가까이 했던 남자들이 하나같이 모두 죽었다는 점이다.

그녀의 매력 가운데에는 꽃피는 호시절이 오래 가지 못한다는 절박감도 있었다. 당시 그녀의 나이 40여 세, 꽃망울을 터뜨린 꽃이 이제 바야흐로 활짝 피어올랐던 것이다……

마찬가지로 시간의 핍박 속에서, 이상사회에 대해 특별한 동경을 지닌 사내들은 뼛속 깊이 잘 알고 있었다. 가장 두려운 위험은 적과의 대치 중에 찾아오는 좌절과 실패가 아니라, 언제일지 예상하지 못하는 어느 순간 자신이 품은 믿음이 모질도록 자신을 속인다는 것임을.

●●

실제로 그녀는 진즉부터 알고 있었다. 운명이 자신을 살아가게 한다는 것을! 당시 그녀의 얼굴에 어려 있던 미혹의 치기(稚氣)는 곳곳에 위기가 몰려드는 정세하에서 그녀의 가장 효과적인 보호색에 다름 아니었다.

그렇다, 그건 바로 보호색이었다! 그녀의 인생 노정이 제아무리 험난하고 고달플지라도, 그녀의 얼굴에는 세파를 겪어본 적이 없는 듯한 순진함이 자리하고 있었다.

●●

당시 '민권보장동맹'의 구조활동이 최고조에 이르렀을 때를 생각하다가, 그녀는 상하이 난징루(南京路) 한가운데 있던 커우커우뎬(蔻蔻店)을 떠올렸다. 그곳은 미국식으로 운영되던 아이스크림 가게였는데, 감시하는 눈길이 적어 자기와 한 길을 가는 친구들을 그곳에서 자주 만나곤 했었다.

세월이 한참 흐른 뒤에도, 그녀는 눈을 감은 채 에드가 스노우가 커우커우뎬의 유리문을 밀치며 들어오던 순간을 선명히 기억했다. 목에 넥타이를 느슨하게 맨 스노우는 깨알 같은 주근깨 얼굴로 갈색 눈매에 시원스런 웃음을 달고 있었다. 당시는 스노우가 공산당 근거지로 아직 취재를 가기 전인데다가 《중국의 붉은 별》 또한 집필하기 전으로, 상하이에서 활동하던 인사들을 취재하던 참이었다. 만난 지 며칠 되지 않아, 그녀는 자기보다 열두 살이나 어린 미국 기자가 자기의 우아한 풍모에 대해 칭찬하는 기사를 신문을 통해 읽게 되었다. "쑨(孫) 부인의 모습은 실제 나이보다 열 살은 젊어 보인다"로 시작하는 기사는, 기자로서 발견한 가장 경이로운 면모를 "그녀의 외모와 그녀의 운명 사이에 놓인 절대적인 모순!"이라고 서술했다.

● ●

흔들의자에 앉아 있던 그녀가 말없이 눈을 떴다. 늙었어! 이젠 확실히 늙었어! 옛 벗이 다시금 생각났다. 스노우의 전처인 헬렌(Helen)이 중국을 다시 방문했기 때문이었다.

문혁이 지나간 후 감시와 통제는 느슨해졌다. 이상하게도 그녀는 헬렌을 다시 만나고 싶은 생각이 전혀 들지 않았다.

그녀는 주름진 얼굴을 만져보았다. 예전만 못해! 마음속으로 소리 없는 탄식이 흘렀다.

에드가 스노우도 이미 이 세상 사람이 아닌 마당에, 그녀는 자신의 침실 문틈 사이에 끼워져 있던 메모지에 회견 요청을 거부한다고 써버렸다. 그러나—만약 헬렌이 아니라, 에드가 스노우가 중국에 다시 왔다면? 만나게 되었을까? 만나려고 했을까? 그녀는 머뭇거리면서 펜을 내려 놓았다.

조심스레 일어난 그녀는 한 걸음 한 걸음 어렵게 발걸음을 뗐다. 안간힘을 쓴 뒤 겨우 서가에서 책 한 권을 뽑아들었다. 그녀는 침침한 빛 사이로 누렇게 바랜 종이를 어루만졌다. 책 앞장엔 이렇게 새겨져 있었다.

S·C·L
그녀의 불굴의 굳센 용기와 충성, 그리고 그녀의 정신적 아름다움에 바칩니다.

43

단층집 안채에 누워 있는 선생에게 마샹(馬湘)은 한의사 루중안(陸仲安)의 처방을 들려주고 있었다. "석곡 세 돈, 산삼 세 돈, 더덕 세 돈, 산유 세 돈, 맥문동 네 돈, 생지황 네 돈, 사원자 세 돈, 감초 두 돈." 무슨 흥미가 있으랴. 선생은 내내 고개를 가로젓고 싶었으나, 안타깝게도 말할 기운조차 없었다. 선생은 모르핀이 절박하게 필요했다. 그는 낮은 신음소리를 토해냈다. 이 순간 모르핀만이 그를 편안하게 해줄 수면제였다.

진통제가 주사되었다. 선생은 마음속으로 웅얼거렸다. 자기가 이제겟 후스(胡適)에게 깍듯하게 대했기에 지금 이렇게 바람처럼 달려와 한의사를 추천한 모양이군. 확실히 선생은 서양 학문에 정통한 사람을 받들었다. 그런데 서양에 능통한 학자인 후스는 자신이 절박하게 지지를 원할 때마다 늘 그의 뒷다리를 걸었다. 후스는 북방의 신문에 선생을 비판하는 글을 여러 차례 썼던 것이다. 천중밍과의 충돌이 가장 격렬했을 때 그는 〈구도덕의 주검〉이라는 글을 써서, 삼강오륜(三綱五倫)의 명분으로 정당을 조직해서는 안 된다고 선생을 책망했다. 후스는 '주인에게 패역하다'나 '윗사람을 범하다'라는 점으로써 천중밍을 처벌하는 것은 선생의 잘못인 양 기술하였다. 하는 수 없이 선생도 강연 자리를 빌려 다음과 같이 반격을 가했다. "신문화에 심취된 사람들은 구도덕을 배척하고, 신문화만 있으면 구도덕은 없어야 된다고 생각하는 것 같다." 아! 각박하게 논쟁하기를 좋아하는 학자들에게 끌려다녀서는 안 되지. 사실 선생은 이미 마음을 굳혔다. 침상 앞에 서 있는 후스를 절대로 보지 않겠노라고. 후스 옆의 천하에 이름난 의사 또한 절대로 보지 않겠노라고. "후스, 그대도 알다시피 난 서양 의학을 공부한 사람이네!" 선생은 눈을 감은 채, 딱 한 마디, 후스의 호의에 감사하다는 말은 건네고 싶었다.

옆에 있던 아내가 겁먹은 목소리로 입을 열었다. "사람들이 모두 모였어요. 의사께 맥을 짚도록 해주세요!" 그 애걸하는 듯한 말투에 선생도 어찌할 수 없었던지, 한숨을 내쉬며 마지못해 몸을 안쪽으로 돌려 하얀 벽을 바라보았다. 의사가 병상 쪽으로 다가가 앉았다. 써

늘한 기운이 느껴지더니, 의사가 선생의 팔목관절을 손가락으로 눌렀다. 그런 다음 '아래와 같이 처방하오니 드시기 바랍니다'라고 쓰인 처방전을 꺼내, '놀라움과 분노로 인해 이미 간이 손상되었다'고 적었다. 정말 진맥으로 알아낼 수 있단 말인가? 선생 스스로도 잘 알고 있었다. 치명적인 근심이 마음속에 또아리를 틀고 있다는 것을! 최근 몇 년 사이에, 사람들은 잘 알지도 못하면서 비판들을 쏟아냈는데, 이로 인해 선생의 불굴의 투지는 확실히 상처를 받았다. 수십 년 동안의 혹독한 세월 속에 진정으로 그를 동조했던 이는 몇 사람이나 될까? 사람들은 그저 덮어놓고 선생이 '좌로 갔다 우로 갔다'고 탓했고, '쓸데없이 외양만 따지다가 결국 실속은 아무것도 없다'고 책망했다. 사람들은 또 과장해서 이렇게 말하기도 했다. 대단한 권력과 재능이 있어야 중국이 강성해질 수 있다면 중산이 거리낌 없이 독재주의자가 되어야 하고, 사회주의를 필요로 한다면 최대한 신속하게 레닌 같은 통치자를 모델로 삼아야 한다고 했다.

그러나 차이를 조정하기 위한 선생의 고심을 그 누가 알아주랴?—좌우파 동지들의 분열을 막기 위해 선생은 이미 있는 힘을 다했다. 러시아의 혁명 정세가 크게 호전되는 것을 두 눈으로 보면서, 혹 너무 촉급하여 민생주의 등을 사회주의로 억지로 갖다 맞췄을 수도 있다. 하지만 다른 한편으론 수구파 지식인들의 의구심을 덜어내기 위해 선생은 삼민주의와 전통사상 사이의 관계를 최대로 연관시키고자 했다. 아울러 민본(民本)과 민(民)을 귀하게 여겼기에, 유가의 공자, 맹자를 함께 끌어들였던 것이다! 선생은 친구에게 보내는 편지에 이렇게 썼다. "무릇 소비에트주의란 공자의 이른바 대동(大同)이다. 나라를 세우는 소련의 이념 역시 바로 이것이니, 무얼 두려워하겠는가?" 사실 선생의 본의는 중서(中西)를 융합하는 것이었다. 일찍부터 의학을 전문적으로 배우고 훈련해왔기에, 선생은 지나친 추상적 사유가 늘 마음에 들지 않았고, 그 대신 실용적 철학을 선호했다. 전반적으로 두루 알 수 없는 일에 맞닥뜨릴 때마다, 선생의 원칙은 늘 절충하여 처리하는 방식이었다. 여러 해 전에 선생은 사실 예지 넘치게 이렇게 말했다. "북방은 한결같이 음력에 바탕을 두고 남방은 양력에 바탕을 두고 있으니, 반드시 신구를 병용해야 한다. 완전한 음력 혹은 완전한 양력은 모두 적합하지 않다."

이 광대한 대지에 음력과 양력이 같지 않으니, 마치 시각이 다른 몇 개의 시계가 똑딱거리는 소리를 제각각 내는 것과 같다. 현상을 최대한 융합하기 위해 선생은 자주 이곳저곳으로 달려가 타협을 추구했다. 그런데 결국 이로 인해 이 지경으로 오해를 받았으니, 그가 치른 대가가 너무 큰 셈이었다. 그중에서도 가장 심각했던 것은, 소문으로 떠돌던 말에 따르면 당시 선생이 일본인과 거리낌 없이 타협을 했다는 것이었다. 이른바 대동아주의의 기치 아래 서양 열강에 대해 중국과 일본이 함께 항거한다면 중국에서의 일본인의 권익을 인정하겠다는 내용이었다. 이 일로 인해 황싱은 뜻밖에도 펑즈여우(馮自由)에게 부탁하여 선생에게 권고하였는데, 그 편지에서 "소소한 폭동을 일으켜 조급히 공을 세우려 하지 말고, 정분을 멀리하여 풍속을 해치는 일을 하지 말라"고 요청하였다.

아, 선생은 마음속 깊이 탄식했다. '떠들고 싶은 대로 떠들어대라지! 어쨌든 황싱과 비교해 볼 때, 어떻게 말하든 자신은 늘 세상을 놀라게 했지. 뭐라 말하든 수구파 지식인들은 문장에 능한 황싱을 가까이 하고자 했으며, 차라리 그의 '평온한 얼굴과 온화한 모습'을 믿었지.' 황싱의 장례식장에서 다른 사람들이 쓴 추도문에는 곳곳에서 선생을 향한 도전적인 말투가 감지되었다. 이를테면 '공이 떠나시매 그리워하지만, 공이 계실 적엔 받아들여지지 않았네'라느니, '친근하기는 쑨원만큼이며, 어진 이를 마주하여 물리치지 않았네'라느니, '신해년에는 공훈을 말하더니 계축년에는 과오를 말하네' 등이 그러한 예이다. 그들의 눈에 비친 황싱은 영수의 자리를 자신에게 양보한 군자이자, 그들에게 익숙한 선비 문화에 더욱 가까운 인물이었다.

선생은 순간 생각할수록 기운이 빠졌다. 자신은 안팎으로 남의 비위를 맞추려 하지 않았다! 오히려 후스처럼 서양 학문을 공부한 학자뿐만 아니라 서양인들이 자신을 높게 생각해준 적이 있었던가. 그들은 민주정치의 가장 엄격한 잣대로 선생의 가부장제적 태도를 비판하지 않았던가. 동지들이 자신을 '선생'이라 일컫는 것조차도 그들은 지도자를 신성시한다면서, 선생이 동지들을 생도로 여기고, 스승을 존경하고 도를 중시하는 공자의 제자로 여긴다고 말하지 않았던가. 사실 선생의 직감이 옳았다. 설령 후세로 내려간다 해도 선생을 연구하는 외국 학자들은 여전히 그에 대한 공정한 평가에 인색할 것이다!

그런대로 예의를 갖추었던 미국의 역사학자 윌부르(C.Martin Wilbur)는 선생을 '좌절한 애국자'라 일컬었으며, 후에 출판한 책의 정식 제목으로 이걸 사용하기도 했다. 미국의 역사학자인 쉬페린(Harold Zvi-Schifferin) 역시 직설적으로 "그에게 일관된 재능이 있었다면, 그건 바로 실패하고 또 실패하는 재능이다"라고 말했다. 미국의 여작가인 샤만(L. Sharman)은 선생을 "수완이 졸렬하고 판단이 주도면밀하지 못하며, 남과 보조를 잘 맞추지 못하고 처신이 매끄럽지 못한" 지도자라고 단언하였다. 또 선생과 함께 일했던 소련의 군사전문가 보로딘은 선생이 "자신을 영웅으로 여기고, 남을 무지한 군중으로 간주하였다"고 평했다. 사실 이 견해는 코민테른의 보편적인 견해였으며, 당시 레닌조차도 선생을 "규방의 숫처녀마냥 순진하고도 무지하다"고 비웃었다.

하지만 그들이 자신의 국가 차원에 서서 부진을 면치 못하는 허약한 타국을 바라보고 있음을 잊어서는 안 될 것이다. 그들은 진심으로 중국에 관심이 있었던 것이 아니었기에, 중국을 이야기할 때마다 비웃는 말투가 배어 있었던 것이다. 그런 그들이 과연 중국의 빈곤과 질병이 얼마나 심각한지 안중에나 두었을까? 하지만 이 순간 병상에 누워 있는 선생에게는 이게 참으로 심각한 문제였다! 인민들의 고난은 선생에게 가장 큰 좌절과 낭패감을 안겨주었다! 중국의 헐벗음, 군인조차 신을 군화가 없는 참상을 선생은 두 눈으로 똑똑히 보았고, 도도

한 제국주의의 능멸하는 기세도 선생이 몸소 겪었다.

　바깥은 북방의 엄동설한이 몰아치고 있었다. 모르핀의 효과 때문인지 정신이 아득했지만, 선생은 제국주의와 표리를 이루는 군벌이 수단과 방법을 가리지 않고 자신을 공격하여 선생의 모든 것을 집어삼키려 했던 행위들을 떠올렸다. 하지만 선생은 끊임없이 북벌(北伐)이라는 군사 목표에 온 힘을 쏟았다. 결코 굽히지 않는 성격 외에도, 그의 실업계획의 청사진이 하나의 성이나 한 구석에 국한된 것이 아닌, 허약한 국토 전체였기 때문이다. 그런데 지금 선생은 권력의 무대에서 처량하게 물러나올 터였다. 북방의 대지에 다시금 흰 눈이 내리고, 필생의 노력도 결국 말끔히 덮이고 말 것이다. 인정하고 싶진 않지만, 그가 틀린 것일까? 안타깝게도 그는 강력한 군대를 장악하거나 독재를 행하지 않았고 다만 군사력이 부족했을 뿐이었는데, 이제 남겨진 건 실패의 형국이었다. 그는 자립자강의 중국을 도모했건만, 이제와 보니 그가 일을 시작하던 때의 판도로 축소되어 있지 않은가!

　바깥에 사람 그림자가 어른거렸다. 선생은 간신히 소리를 내어 침상을 지키던 부관에게 누가 문병을 와 있느냐고 물었다. 마샹은 선생에게 군영에서 이미 조를 나누어 군대막사에서 문병인을 전문적으로 접대를 하고 있노라고 말했다. 사실 최후의 순간에 이르도록 선생의 병상을 지켰던 측근 동지들 외에는, 선생도 누가 예의상 왔는지, 누가 진심어린 숭앙에서 문병을 왔는지 제대로 알지 못했다. 며칠 전 선생은 북방의 실력파가 베이징호텔로 자신의 병세를 살피러 왔던 걸 눈

여겨보았다. 그러나 이제는 조금도 개의치 않는다. 다음 순간 선생은 어렴풋이 문밖에서 들리는 말소리를 들었다. 선생은 눈을 부릅뜨고서 커튼 뒤쪽의 햇빛을 바라보았다. 그는 이어 방 안 벽에 걸린 괘종시계를 돌아보았다. 그는 자기가 할 수 있는 일을 떠올렸다. 할 수만 있다면 시간을 멎게 하는 일이다. '시간아 잠시 멈추어다오.' 그는 다급하게 소리지르고 싶었다!

오랜 벗이었던 우팅팡(伍廷芳)이 죽은 뒤, 그는 바둑판에 앉아 본적이 없었다. 하지만 다 죽었다가도 살아나는 바둑의 이치를 아직 기억하고 있었다. 그에게 장고할 기회가 조금이라도 더 주어지기만 한다면…….

애석하게도 이 순간, 그의 육체의 시계는 조금도 기다려줄 기미를 보이지 않았다. 갈수록 똑딱거리는 소리가 빨라지면서, 훗날 식목일로 지정될 기념일을 향해 숨가쁘게 달려갔다.

44

••

그녀는 한층 노쇠해졌다. 때로는 자기가 이렇게 오래 살게 되리라고는 진정 꿈에도 몰랐다. 책꽂이의 책을 훑어보니, 상하이에서 옮겨온 것들은 대부분 남편의 유물들이다. 두터운 먼지를 뒤집어쓴 책을 보노라니, 그것들과의 거리감이 한층 더 느껴졌다.

그녀는 기분 전환을 해줄 만한 물건들을 떠올려봤다. 우스갯소리? 아무리 보고 또 보아도 싫증나지 않는 젊은 남자의 얼굴? 외국에서 보내온 초콜릿? 정신을 번쩍 들게 해주는 논쟁이라도 괜찮지!

여러 해 전만 해도 그녀에게 익숙한 것은 날이 선 대화였으며, 사실 줄곧 재치있는 사람을 좋아했다.

틀니가 맞지 않아 아주 부드러운 음식만 먹을 수 있으니, 음식은 그저 심심하고 맛이 없었다.

그녀는 수영과 승마, 운전을 할 줄 알았다. 자신조차도 믿기지 않는 일이지만, 그녀가 젊었을 적에는 그랬다.

사진 속의 쑨원을 바라보노라니, 늘그막까지 살면서 갖은 시련을 겪을 필요가 없는 남편이 부러웠다!

●●

생각할수록 울적하게 만드는 건, 이렇게 나이 들도록 여전히 자기를 이용하는 사람들로부터 벗어나지 못한 채 살아가고 있다는 사실이었다!

그녀는 자기 주변을 둘러싸고 맴도는 이런 인간들이 정말로 싫었다. 그녀 앞에서는 공경하는 말투로 '어르신'이라고 부르면서, 그녀 뒤에서는? 그녀는 신중국의 양순한 백성들 모두 두 얼굴을 지니고 있음을 알아차렸다! 그녀를 속일 수 있는 사람은 없다. 주변 사람들 앞에서 그녀의 목소리는 준엄하면서도 피로에 젖어 있었다. 그녀는 얼음같이 차가운 얼굴로 일관했다.

그들도 그녀의 잘못을 찾아낼 생각은 하지 않았다. 그녀의 편지에는 이제껏 수신자의 성명도, 보내는 자기의 이름도 없었다. 그녀가 쓴 메모는 언제고 즉시 그 흔적을 없애버렸다. 이전에 좌파지식인들의 구원활동을 하면서 적잖게 지하공작의 습관을 익혀두었던 것이다.

●●

그녀의 아랫사람은 줄곧 종소리에 맞추어 일하고 쉬었다.

중요한 임무 가운데 하나는 그녀와 함께 옛날 영화들을 반복하여 보는 것이었다. 1층의 영화 상영실에서 그녀는 거듭 거듭 영화를 봤다. 그 영화들은 보고 또 봐도 감동적이었다.

항상 베이징호텔에서 사람을 불러와 안마를 받았다. 일주일에 적어도 세 번은 오전 중에 안마를 받았다. 그래도 어쩔 땐 안마를 끝낸 뒤에도 온몸이 저리고 아파왔다. 그녀는 망연히 S의 힘차고도 민첩했던 두 팔을 기억했다.

그녀는 눈을 깜박이며 기억을 떠올리려고 애썼다. 상하이에서 생산되는 오향두(伍香豆)와 백토탕(白兎糖)이 그녀가 떠올릴 수 있는 가장 즐거운 일이었다. 그녀는 영화가 끝나기 전 때맞춰 잠에서 깨어난 아랫사람들에게 사탕을 상으로 나눠주었다.

• •

　　치아도 없는 그녀의 입을 벌려 웃게 만드는 건 그래도 위위(郁郁)
와 전전(珍珍) 두 자매뿐이었다. 대단한 호의와 인정 덕분에, 문혁이
끝나고서부터 지금까지 두 자매는 그녀 곁으로 돌아와 이 저택에 머
물고 있다.

　　언니인 위위는 깨알 같은 점들이 유독 많았는데, 갖가지 잔꾀로
어머니를 기쁘게 해주었다. 사진을 찍거나 손님을 접견할 때, 위위는
재빠르게 어머니의 틀니를 감추곤 했다. 그리고선 찾아도 못 찾는 척
하다가 마지막 1분을 남겨 놓고서야 어머니의 입 속에 틀니를 끼워드
렸다! 그러면 어머니도 장난스럽게 웃으셨다. 위위와 전전은 아직도
자라지 않은 어린애인 양, 그녀 주위를 맴돌며 술래잡기를 하곤 했다.

　　위위는 밖에서 남자친구를 사귀느라 늘상 여우이(友誼)백화점을
드나들고, 또 커피숍에서 노닥거리곤 했다. 그러면 말 많은 사람들이
그녀에게 입방아를 찧었다. "뭘 그만한 일로 야단이야!" 그녀는 다
듣기도 전에 참을 수 없다는 듯 손을 휘휘 내저었다.

　　그녀는 자기 가까이 있는 사람들에게 알리고 싶었다. 자기가 비록
이렇게 늙었지만, 아직은 바깥사람들에게 좌지우지될 만큼 늙지는
않았다는 사실을.

　　　　　　　　• •

　　그녀의 진정한 느낌을 알아줄 사람은 아무도 없었다. 그러니 이

자매가 그녀에게 어떤 존재인지 바깥사람들이 어찌 이해하랴!

쓸모 있는 인물이 되고 안 되고는 별개의 일이었다. 위위와 전전은 최소한 그녀의 무릎에 기댈 줄 알았고, 그 아이들의 부드러운 손은 산전수전 다 겪은 어머니의 얼굴을 어루만져줄 줄 알았다.

"어르신을 속이고 있어요! 하지만 우리들은 못 속이죠!" 그녀에게 일러바치는 아랫사람들은 하나같이 위위가 밖에서 얼마나 방종하게 놀아나며 함부로 돈을 써대는지 고자질하였다.

그녀는 갑자기 화가 치밀었다. 평생토록 수도 없는 속임을 당해왔지만, 이번 일만큼은 차라리 눈을 질끈 감은 채 자기 자신을 속이고 싶었다!

●●

해외에서 온 먼 친척이 그녀에게 미국의 롱아일랜드(Long Island)에 살고 있는 동생의 근황을 알려주었다.

그 친척은 밑도 끝도 없는 말을 했다. "쓸쓸하네요, 얼굴도 말이 아니구요. 우유로 목욕해보아야 소용없는 때이지요."

그런 뒤 그 친척은 또 입을 함부로 나불거렸다. 이전의 하녀가 전해주었던 이야기라면서, 여동생이 화장을 지우고 머리를 풀어헤친 채 잠이 들면 무시무시한 귀신 같았다는 것이다.

친척의 의도야 아마 그녀의 환심을 사려는 것이었겠지만, 듣고 있자니 묘한 아픔 같은 게 느껴졌다. 네 살 어린 동생이지. 그녀는 잠자리에 들기 전 머리카락을 풀어헤친 자신의 모습을 떠올렸다……. 사실 그녀 나이 또래의 여자들만이 비슷한 연령대의 여자들을 진심으로 연민할 수 있는 법이다.

●●

밖에는 뭐가 있지? 스차하이(什刹海)? 인딩챠오(銀錠橋)? 다샹펑(大翔鳳) 골목과 샤오샹펑(小翔鳳) 골목? 그녀는 망연히 생각에 잠겼다. 바깥은 높다란 담 훌쩍 너머로 한 조각 하늘이겠지!

이번엔 오랫동안 앓아누웠다. 다리가 퉁퉁 부어 땅바닥을 딛을 수조차 없으니, 더더욱 차가운 궁전 속에 놓여 있는 느낌이 들었다. 그렇지 않은가? 그녀는 버려진 왕궁에 살고 있었고, 자신은 선왕이 돌아가신 뒤 인간 세상에 남겨진 나이 든 왕비였다. 창밖에는 여전히 비가 내리는 듯한데, 자신은 이렇듯 황당한 생각에 빠진 채 메말라 윤기 없는 실눈을 뜨고 있었다. 그녀가 웃을 때면, 낮게 울려 퍼지는 웃음소리에 몸을 함께 떨었다. 발갛게 달아오른 그녀의 얼굴에 눈물 자국이 언뜻 비쳤다. 비가 내리는 앞쪽 높다란 담 너머로 그녀는 알록달록 형형색색의 유리기와를 바라보았다.

45

1925년 2월 28일 홍콩 《중국신문보(中國新聞報)》에는 다음과 같은 기사가 실렸다. "선생의 병세는 별다른 변화를 보이지 않았다. 어젯밤에는 편안히 주무셨고, 정신도 약간 맑아졌다. 한약을 드신 뒤 약한 설사기가 있었다."

국민당 당사관(黨史館)에서 편찬한 《국부연보(國父年譜)》에는 이 시기를 회고하고 있는데, 빈번하게 언급하고 있는 인물은 쟝중정(蔣中正), 즉 장제스(蔣介石)였다. 그는 수시로 전승 소식을 급전으로 알려왔는데, 선생 곁에서 병상을 지키던 왕징웨이(汪精衛)가 황푸(黃埔) 군관학교의 교장인 장제스에게 회신 전보를 띄웠다. "장제스 교장께: 단수이(淡水)전투의 승리 급전을 받아 총리께 글자 그대로 아뢰니 기쁨을 금하지 못하였습니다. 아울러 전보로 대신하여 각 장군들과 병사들을 격려하오니, 힘을 다해 적을 퇴치하여 삼민주의를 실행하기를 기대하오. 자오밍(兆銘)."

46

••

그녀를 찾아온 방문객들은 꾸준히 있었다. 이번에 국무원을 통해 그녀를 꼭 한번 만나기를 요청한 사람이 있었으니 바로 옛날 친분이 있었던 이삭스였다.

오래전의 일이었다. 상하이의 프랑스 조계인 몰리에르루 29호에 스메들리 여사가 미국계 유태인을 데려온 적이 있었는데, 그녀의 뜻에 공감하고 있다는 것이었다. 처음 본 순간, 그녀는 벌써 자기를 유심히 관찰하는 파란 눈을 느꼈다. 당시 이삭스는 갓 스물을 넘긴 나이였고, 자기는 어느덧 마흔을 넘은 청상과부였다.

그때 그녀는 그냥 모른 척했다. 지금 마치 까맣게 잊어버린 양 하듯이. 그녀는 당연히 기억해냈다. 바로 눈앞에 서 있는 은발의 노교수가 촉촉한 눈빛으로 떠올리려 하는 것이 무엇인지. 그때 당시 그녀를 진심으로 우러러보는 깊은 정을 금방 알아차렸듯이.

그녀의 부드럽게 드리운 눈빛 속에는 전과 다름없는 웃음이 감돌고 있었다. 차분하면서도 냉정하게 극도로 자제하고 있었지만, 여전히 마음을 잡아끄는 무언가가 있었다.

그해 그녀의 정갈하고도 아늑한 집에서, 사실 그녀는 전례없이 천진난만하기 그지없는 이 젊은이에게 경고했었다.

"베이징에 가면 그자들을 조심해야 해요!"

"국민당을 조심하라는 뜻인가요?"

"국민당뿐만 아니라, 우리가 친구라고 생각하는 사람들도 마찬가지로 이해하지 못할 거예요." 그녀는 심상찮게 진심어린 말로 간곡히 당부하듯 말했다. "정치권은 그렇게 단순하지 않아요. 그들은 뭐든 저지를 사람들이라구요."

이제, 베이징 저택의 응접실에서 그녀는 아랫사람의 부축을 받으면서 접견을 했다. 지금까지 그녀는 곁의 두 여자애와만 이야기를 나누고자 했다. 그녀는 옛일을 들먹이는 이삭스의 이야기를 자르더니, 빙그레 웃으며 말했다. "내 말 좀 들어보오. 내가 최근 함께 살게 된 가족이 생겼다오, 위위와 전전이라고."

● ●

외국에서 영문 서적이 왔다. 헬렌 스노우가 미국으로 돌아가 새로 쓴 《중국으로 다시 돌아와》*였다.

그녀는 천천히 책을 펼쳤다. 책 안에는 이번 중국 여행길에 그녀를 만나지 못해 유감스러웠다는 내용 외에도, 상하이 프랑스 조계에서의 그녀의 지난 삶과 그들이 40년 전에 만났던 소소한 일에 대해 너무도 자세히 기록해 놓았다. 그녀가 에드가 스노우와 자기에게 은제 커피주전자를 결혼예물로 주었던 일까지 기록되어 있었다. 특히 그

---

* 이 책은 헬렌 스노우가 1972년부터 1973년 초까지 중국을 재방문하여 여행기의 형식으로 지은 《Back Home after Ten Years in China》이다.

녀를 묘사한 부분에서 헬렌 스노우는 찬탄하듯 이렇게 썼다.

"쑨(孫) 부인은 그녀의 일생에서 무엇이든 원하는 대로 선택할 수 있었음에도, 위험스럽고 스스로를 고립시키는 황량한 길을 선택했다. …… 왜 그랬을까?"

그녀는 손 안의 책을 어루만지면서 곰곰이 생각에 잠겼다. 자기에게 얼마만큼의 선택권이 있었던가?

회상해보건대, 그녀가 걸어갔던 길은 확실히 사람의 발자취가 닿지 않는 지경이었다. 유감스러운 점은 바로 그녀에게 어떻게 해야 쉬운 길을 갈 수 있는지 아무도 알려주지 않았다는 사실이다!

●●

정책이 좀 더 너그러워졌다.

정부 측의 뜻에 따라, 그녀는 자신이 죽은 뒤 중국 국적의 외국인인 엡스타인(I. Epstein)이 전기를 쓰도록 결정했다. 문혁 이후 앱스테인은 《중국건설》이라는 선전 잡지의 편집장을 맡았다. 생각에 잠겨 있던 그녀가 슬며시 웃음을 지었다. 자신의 전기를 쓸 때 이 오랜 벗이 망자를 위해 무엇을 피할지 틀림없이 잘 알고 있으리라. 그녀는 그를 믿어 의심치 않았다.

몇몇의 외국 출판업자들이 각종 관계를 통해 그녀에게 연락을 취했다. 미국의 어느 출판사는 자전을 집필하도록 허락해주기만 하면 그녀에게 50만 달러를 주겠노라고 했다. 그녀는 위위와 전전에게 홍미롭다는 듯 말했다.

"생각해 보렴. 50만 달러라잖니!"

그녀도 잘 알고 있다. 자신은 어떤 글도 남길 수 없다는 걸. 실망이 너무나 큰 탓인지 그녀는 이 세상에 대해 더 이상 어떤 환상도 갖지 않았다!

47

이 순간 오직 선생만은 죽음의 신이 지척에 와 있음을 믿지 않았다. 그의 목 부위는 말랑말랑 힘이 없고, 발등은 퉁퉁 부어올랐다. 팔은 모로 누워 잘 때 그의 허리춤에 놓여 있었지만, 곧바로 미끄러져 내렸다. 선생을 바라보며, 마샹은 아무리 편안한 자세일지라도 체력이 받쳐주어야 한다는 것을 비로소 알게 되었다. 그래도 자기 주인은 아직 말은 할 수 있었다. 마샹이 선생의 입 가까이로 바짝 다가가자, 정말이지 믿을 수 없게도 "쓰꾸(四姑)*"라는 소리가 들렸다. "쓰꾸", 선생은 갈라진 음성으로 불렀다. 이때 유일하게 손상되지 않은 것은 지난날의 후각이었다. 선생은 쓰꾸의 몸에서 나는 땀 냄새를 맡았던

---

* 쓰꾸(四姑)는 쑨원의 측실인 천추이펀(陳粹芬, 1873-1960)을 가리킨다.

것이다. 설마 여태껏 옛날의 동지를 위해 옷을 빨고 요리를 만들고 있었던 것은 아니겠지? 송글송글 맺힌 땀방울이 뺨에 젖은 머리카락을 따라 흘러내리는데, 땀방울에는 달콤하면서도 끈적거리는 암내가 섞여 있었다. 아, 아니지, 이건 은정에 얽힌 추억이 아니야. 너무도 절절하게도 자신이 저지른 잘못에 대한 회한이지. 자신은 그녀에게 아무것도 해준 것이 없어. 선생의 본처였던 루(盧)씨는 장녀가 죽은 뒤 그래도 아들 하나와 딸 아이 하나를 남겼다. 그래서 그 아이들은 아버지보다 어머니에게 훨씬 친근하였다. 또 젊은 아내인 칭링만 해도 비록 남편의 비호를 잃긴 하겠지만, 그래도 교육을 제대로 받은 여성이요, 의탁할 수 있는 가족이 있어. 하지만 쓰꾸만은 그에게 어떤 도움도 받지 못한 여성이었다.

"쓰꾸", 가벼운 탄식과도 같은 소리였다. 마샹은 얼른 선생의 펄펄 끓는 손을 잡았다. 그는 건조하고 바짝 마른 후끈한 열기에 깜짝 놀랐다. 선생은 신음하듯 그녀의 이름을 불렀다. 쓰꾸, 샹링(香菱), 천추이펀(陳粹芬). 그건 너무도 오랜 지난날 남양에서, 일본의 요코하마(横濱)에서, 선생이 혁명을 위해 동분서주하던 가장 암담했던 시절이었다. 선생의 기억 속의 그녀는 두 손이 거칠고도 튼실했다. 엉덩이는 풍만했고, 젖꼭지조차 흑갈색의 주름으로 가득 차 있었다. 마음에 들었던 점은 선생이 시키는 대로 할 뿐, 한 번도 사내의 가는 곳을 캐물은 적이 없었다. 딱 한 번, 진남관(鎭南關)으로 떠나기 전날 밤 송별주 몇 잔을 들이키고선, 쓰꾸의 눈자위가 붉어지면서 취기가 오르는 것 같았다. 그러더니 마침내 선생의 팔을 붙들고서 끝끝내 놔주지 않았다. 그게 언제였던가? 기억이 가물거렸다. 그들 두 사람이 훗날 다시 만났던가? 그것도 생각나지 않았다. 다만 쓰꾸가 평생 시집가지 않았다는 사실만 기억한다. 그렇다면 자신은 그녀에게 무엇을 남겨주었는가? 오, 선생은 은사인 캔틀리(James Cantlie)가 선물한 금시계를 쓰꾸에게 남겨주었던 사실을 떠올렸다. 듣자 하니, 쓰꾸는 수시로 그걸 꺼내 남들에게 보여주었다지. 쓰꾸, 쓰꾸. 선생은 거듭 거듭 소리 내어 되뇌었다. 그의 인생 가운데 활기에 넘쳤던 시절과 하나가 되었던 이름을 잊지 않겠다는 듯!

선생의 병상 앞에 서서, 마샹은 선생의 팔을 자세히 들여다보았다. 푸르스름한 정맥이 피부 바깥으로 튀어나와 있었다. 여러 해가 지난 뒤 마샹은 회억의 글을 쓰면서, 자신은 선생의 대변 색깔과 처리를 거친 주검의 텅 빈 몸까지도 기억하고 있다고 했다. 하지만 이 순간에도 마샹은 선생이 금방이라도 훌훌 털고 자리에서 일어날 것만 같았다. 두 달 전만 해도 선생은 멀쩡하지 않았던가! 최근 몇 년간 선생을 모시고 적잖은 곳을 다녔고, 선생과 수많은 진귀한 추억을 함께 했다. 마샹은 원래 팔괘검(八卦劍)에 뛰어났던 해외비밀결사의 동지였다. 선생을 호위하느라, 그는 몇 번이나 생사의 고비를 넘나들었다. 마샹에게 가장 흥미진진한 기억으로 남아 있는 건 선생이 우저우(梧州)를 지나던 때였다. 선생이 왕푸산(望夫山)에 올라 정세를 시찰하러 죽간 가마를 타고 가는데, 산허리쯤에서 죽간이 뚝 끊어져버렸다. 후에 선생은 마샹의 팔을 베개 삼아 산에서 내려왔다. 그는 팔에 몇 군데 찰과상을 입었지만, 선생은 터럭 하나 다치지 않았다. 이 일화는 훗날 날이 갈수록 부풀려졌다. 선생을 모실 기회를 가졌던 그 몇 년이 마샹의 일생에 가장 의미 있는 만남이었다.

이때, 기적처럼 선생의 목소리가 들려왔다.

"날 안아 일으켜주게!"

마샹이 선생을 안았다. 그때 마샹은 선생의 몸이 너무도 가벼워졌다는 사실을 깨달았다. 마샹은 선생을 안아 창턱으로 간 다음 고개를 숙였다. 선생의 왼쪽 발을 어깨 위에 놓고서 가볍게 어루만졌다. 선생의 다리 부종은 가라앉지 않았고, 복부에도 복수가 찼으며, 근육은 이미 탄력을 잃어버렸다. 만져보니 그저 미끈거리는 느낌만 들었다.

그날 오후, 선생의 체온은 며칠 전 정오처럼 급격히 올라가지 않았다. 선생의 안색을 살피던 사람들 모두 한약이 효험을 보여 마침내 기적이 일어난 것이라고들 했다. 더욱 기적과도 같았던 것은 선생이 직접 입을 열어 포도를 먹고 싶다고 했다는 사실이다. 후에 마샹은 자동차로 온 베이징을 찾아 헤매다가, 저녁 무렵에야 겨우 몇 송이를 구해 돌아왔다.

껍질을 벗겨 포도알을 선생의 입 속에 넣어드리자, 선생의 입가 근육이 실룩거렸다. 한바탕 사레가 들리는 바람에 채 삼키지도 못한 채, 위 속의 쓴물을 토해냈다.

48

••

언젠가 한 번은 꿈속에서 탐조등의 불빛이 갑자기 교차하더니 이내 나뉘는데, 그녀의 부어오른 얼굴에 비정상적인 홍조가 나타났다. 또 한 번은 소나기가 창을 때리듯 쏟아지는데, 그녀가 알아들을 수 없는 잠꼬대를 했다. 한밤중의 번쩍이는 섬광의 번갯불 속에 그녀는 바들바들 떨면서 자기 얼굴의 침을 훔쳤다.

비몽사몽 속에 그녀의 눈길이 벽에 걸린 쑨원의 사진으로 향했다. 번갯불이 번쩍 하는 순간, 그녀는 자기 얼굴이 갈수록 남편의 얼굴을 닮아가는 것만 같았다. 평평한 오관과 둥근 아래턱. 도무지 성별을 구분할 수 없을 정도였다. 결국 입언저리까지 훑어 내려왔다가, 맥이 빠져 그만두고 말았다. 그녀의 용모상의 우세도 고령의 나이 앞에서는 모두 사그라지고 말았다. 노년이란 원래 한데로 나아가는 과정인 법……

••

떠날 시간이다! 중풍으로 침상에서 지냈던 날들을 그녀는 자신의 늙음의 시작으로 여겼다. 발은 움직일 수 없었지만, 머리는 아주 말짱했다. 그녀는 내내 자신의 배역을 되새겨보았다. 젊은 시절, 사람들은 그녀를 쑨중산과 연관된 행사의 꽃병으로 만들고자 했다. 심지어 더욱 잔혹스럽게도 그녀를 비단 상자 안에 넣은 순장품이나 액자 안의 핀에 꽂힌 나비 표본으로 간주했다. 하늘만은 알 것이다. 그녀가 얼마나 몸부림치며 반항했는지, 자신이 결코 선생의 과부에 불과하지 않다는 사실을!

최근에 그 신세가 바뀌었을까? 참으로 웃기는 일이다. 그녀는 스스로에게 자문해보았다. 문혁이 지난날의 역사가 되었다고는 하나, 남편의 지위는 회복될 기미를 보이지 않았고, 그녀가 과부의 배역을 기꺼워하든 말든 마치 망부의 수호신처럼 해마다 네 명의 사내들로 하여금 아래층으로 들려 내려와 행사를 치르는 전당으로 모셔졌다. 그곳에서 그녀는 형식적으로 치러지는 기념회에서 강연 원고를 읽었다.

●●

강연 원고의 말들은 사실 그녀가 망자의 입장을 대신하는 뜻을 지니고 있었다!

그녀는 멍하니 생각에 잠겼다. 남편은 시종 깨닫지 못했다. 이 세상이 황량하기 그지없다는 것을.

그녀는 아직도 기억하고 있다. 남편은 별로 내키지 않는 표정으로 죽음을 코앞에 두고서도 요행을 바라는 마음을 버리지 못했음을. 남편은 이길 수도 있으며, 판이 아직은 끝나지 않았다고 여겼다!

남편에 비해, 오히려 정치투쟁에서 승리의 편에 설 기회가 있었던 것은 그녀였다. 사회주의 신중국의 건설에 그녀 역시 도움을 주었으니까. 그해 10월 1일, 그녀는 앞장서서 천안문(天安門) 성루에 올라 개국 행사에 참여하였다. 지금은? 그녀는 병상에 앉아 멍하니 생각에 잠겨 있다. 문혁을 한바탕 겪고 나니, 이런 말로 모든 걸 종결지을 수 있을 것 같다. 최후의 승리를 거둔 자는 아무도 없다!

그녀는 얼굴 여기저기 핀 검버섯을 어루만졌다. 승리는 거짓이다. 그렇다면 무엇이 진실일까? 그녀처럼 진심으로 사랑했던 사람에게 끝까지 마음을 변치 않는 것!

그녀는 남편과 다르다. 그녀는 이제껏 역사가 자신을 어떻게 기록할 것인지에 대해 근심하지 않았다.

49

"내가 뭐라, 말할 필욘 없겠지만, 혹 병이 낫는다면 우선 온천에 가서 요양한 다음에 앞으로의 일은 여러분들과 천천히 이야기해보겠소. 만약 정말로 몸이 뜻대로 되지 않는다면, 자네들, 하고 싶은 대로 하게. 난, 더 이상 할 말이 없네."

간신히 말을 마치더니, 선생은 눈을 뜬 채 수년간 얻은 소중한 교훈, 즉 자신이 내뱉은 말이 곧바로 자신을 칠 수 있다는 것을 떠올렸다. 그는 자신의 병상을 지키고 있는 동지들을 둘러보았다. 이들은 선생이 위독하다는 소식을 듣고서, 서로의 이견을 접은 채 공손하게 그의 병상 앞에 서 있었다. 심지어 선생께 유서를 쓰라고 안달복달하는 이도 있었다. 그들은 선생의 정신이 조금 나아지면 죽을 때가 되어 정신이 반짝 돌아오는 현상이 아닌가 싶어 선생에게 훈시를 내려달라고 더욱 채근했다.

선생은 유서를 들고 있는 손을 바라보았다. 그의 회고 가는 손은 절대 모반할 손이 아니다! 병상을 지키는 몇몇의 간절한 얼굴들은 선생이 눈을 감는 순간, 경계의 눈빛을 교환했다. 선생은 그저 동지들 사이에 빚어질 수 있는 게 뭔지 생각하고 싶지 않았으며, 자신이 죽어 조정 역할을 해주던 자신이 사라지면 얼마나 다른 권력투쟁이 벌어질지 생각하기 귀찮았다! 최근 몇 년 동안, 당내 좌파와 우파 사이의 투쟁은 선생을 몹시도 지치게 만들었다. 이 헐벗은 대지를 어떻게 부강한 나라로 변모시킬 것인지에 대해 깊이 고민하는 이가 없다는 게 안타까울 따름이었다.

선생은 자신이 고심 끝에 깨달은 '단세제(單稅制)'를 떠올렸다. '고가의 땅은 반드시 세금을 많이 내게 해야 한다.' 이 얼마나 간단명료한가. 20년 전에 처음 접한 후부터, 그는 헨리 조지(Henry George)의 학설의 옹호자가 되었다. 토지독점은 모든 분배 문제의 핵심이며, 빈부 문제는 곧 분배 불균등의 문제라고 그는 거듭 밝혔다. 동지들은 이를 집중적으로 연구할 흥미를 느끼지 못한데다, 이게 오히려 계파간 알력의 빌미가 되어버렸다. 아, 그는 더 이상 생각하고 싶지 않았다. 지금의 정신 상태로는 아무리 애써본들, 국민당이 장차 어떻게 분열될지 예측할 수 없었다! 최근 몇 년간, 선생은 자신의 위엄과 명망에 의지해 당내 분란을 단단히 눌러 놓을 수 있고, 북벌을 통해 당내 결속을 강화할 수 있으리라 생각했다. 그런데 이것은 그저 눈앞의 상황일 따름이다. 앞으로는? 선생은 쑹쟈오런(宋教仁)과 황싱이 주장했던 내각책임제를 포함하여 예전부터 해결하기 곤란했던 난제를 억지로 떠올렸다. 내각책임제는 자신이 찬성했던 총통제에 결국 좌절되고 말았지. 선생은 장차 재기하게 되면 또 한 차례의 풍파를 빚어내리라 예상했다. 그래도 의사당 안에서의 논쟁으로 그치고, 동지들 사이의 전쟁으로 번지지 않기를 바랄 뿐이었다.

"수많은 적들이 여러분을 둘러싼 채 그대들이 약해지길 기다리고 있소. 내가 너무 많은 말을 남기면 공연히 여러분에게 평지풍파를 불러올 것이오. 차라리 말하지 않는 게 나을 것 같소. 그저 여러분이 상황에 잘 대처해 나가는 게 더 쉬울 테니까." 선생은 천천히 신음하듯 말을 이었다.

자신은 장차 무엇을 남길 것인가? 사상을? 주의를? 혁명정신을? 그 순간 방 건너에서 흐느껴 우는 아내의 울음소리가 들려왔다. 자신은 또 무엇을 남겼는가?—선생은 아득하게 자신이 서명해야 했던 집안 유서를 떠올렸다. "내가 국사에 전념하느라 가산을 관리하지 못했소. 내가 남기는 서적과 의복 및 주택 등 일체를 내 아내 쑹칭링에게 주어 기념으로 삼고자 하오." 사실 이건 매우 적절한 표현이었다. 가산을 관리하지 않았다 함은 사실 자신의 재산에 대해 이제껏 그냥 대충 처리해왔다는 뜻이다. 일찍이 그가 마련한 돈은 기껏해야 차비나 뱃삯을 충당할 정도였고, 지금까지 유일한 상하이의 거처는 화교가 기증한 것이었다. 참으로 아이러니하게도 그는 평생의 대부분을 돈을 모으는데 바쳤는데도, 거의 매일 돈을 모금하지 못한 근심 속에 지내왔다! 절망스런 고통 속에서 그는 그림자처럼 따라다니던 압박감을 느끼며 살아왔다.

그는 영원히 잊지 못할 그날 밤을 요행히 떠올렸다. 미국의 콜로라도주 덴버(Denver)시에서의 일이다. "신군(新軍)이 필히 움직여야 하니, 속히 자금을 보내주십시오." 선생이 무창(武昌)기의 소식을 알기 전에 받은 전보였다. 그의 전보 암호문은 자기 짐 속에 함께 있었는데, 짐이 먼저 덴버에 도착했다. 그 바람에 10월 10일 밤 덴버시에 도착한 그는 늦은 밤에야 전보를 읽게 되었다. 선생은 그 밤새 내내 어떻게 답신 전보를 보내야 할지 고심했다. 10월 11일 아침식사 자리에서 선생은 무창혁명군이 그곳을 점령했다는 소식을 접하였다. 그에게 맨 처음 들었던 생각은 일이 잘되어 회신해야 할 문제가 해결되었다는 것이었다. 사실 자금 문제는 이전에도 선생의 골치 아픈 두통거리였다. 1907년 동맹회 시절, 공금의 용도가 분명치 않아 거센 공격을 받게 되었다. 《민보(民報)》 주편이던 장빙린(章炳麟)은 선생이 혁명기금을 집어삼켰다고 공개적으로 비난하면서, 선생의 당적을 박탈해야 한다고 주장했다. 얼마나 억울한 일인가. 선생은 한숨을 내쉬었다가 눈을 감은 채 쓴웃음을 지었다.

이후로 훨씬 운수 사나웠던 해는 광저우로 가서 군정부를 세웠던 1917년이었다. 그의 정부는 수입이 전혀 없었으며, 양곡도, 병사도, 무기도, 땅도 없었기에 외지의 군대에게 의지하던 형국에서 벗어날 길이 없었다. 선생은 남에게 얹혀사는 허수아비 대원수 신세였다. 원수의 저택뿐 아니라, 정부의 위아래 직원들에게도 고작 매월 푼돈 20원을 지급할 정도였다. 궁색하기가 이 지경에 이르고 보니, 군정부는 그를 쫓아버렸다. 이 순간 선생은 저도 모르게 아내의 궁색함을 떠올리지 않을 수 없었다. 아내더러 남에게 손을 내밀어 살림할 돈을 구하라 해야 한단 말인가? 2천여 권의 낡은 책과 남이 기증한 집 한 채말고, 아내에게 돈 한 푼 남겨줄 수 없다니!

…… 아내의 흐느끼는 소리가 계속 들려왔다. 물려줄 유산은커녕, 유감스럽게도 지금껏 사실 아내에게 살가운 말조차 해준 적이 없었다. 그저 아련하게나마 아내를 생각하니 슬픈 생각이 밀려왔다. 앞으로 바깥세상은 더욱 빨리 돌아갈 텐데, 그 속에 우두커니 홀로 남겨질 사람이 바로 아내라는 사실을 선생은 익히 알고 있었던 것이다. 선생이 미처 예견치 못했던 게 있다. 그건 바로 아내의 곤경이 결코 돈의 중압감도, 현실생활에서의 험난함도 아닌, 지난날의 혁명동지들이 선생이 택해 걸었던 길을 떠나 뿔뿔이 흩어질 것이라는 점이었다. 물론 아내가 해외로 망명할 수도 있다. 사람들의 비웃음을 샀던 동지

들과의 갈등을 겪은 후, 그녀는 단호하게 이렇게 말했다. "저는 혁명에 대해 결코 낙담하지 않습니다. 나를 가장 실망시킨 건 혁명을 이끌었던 사람들이 벌써 다른 길로 가버렸다는 사실입니다."

이 순간, 부인은 방 건너에서 흐느껴 울고 있었다. 극도의 자제와 지나친 슬픔 때문에!

50

••

그녀는 베이징에 갔던 그해를 떠올렸다. 그녀의 남편은 한두 달만에 기름이 다해 꺼져가는 등불 같았다. 위급해지면 남편은 아내를 병상 곁으로 부르곤 했다. 목소리는 담이 많아 제대로 들리지 않았다. 그녀가 미처 알아듣기도 전에, 입을 벌려 말을 한 탓에 남편은 벌써 가쁜 숨을 몰아쉬었다.

환자의 입술은 쉬지 않고 들썩거렸다. 그녀는 울었다. 점점 그녀의 울음소리만 귓전을 맴돌았다. 그녀가 환자의 손을 붙든 순간, 환자의 손가락 끝으로 죽음의 전류가 흐르는 것 같았다. 그녀는 두려워 온몸으로 진저리를 쳤다…….

그녀의 담배가 손가락 사이에서 타 들어갔다. 지금 그녀는 끝없는 어둠 속에 앉아 있다. 집안에는 스멀스멀 죽음의 기운이 가득 찼고,

문 틈으로 비집고 들어온 죽음의 기운이 방 안을 휘감으며 요동쳤다.

그녀는 다시 음악을 들었다. 그녀가 이제껏 즐겨 들어왔던 진혼곡 레퀴엠을.

51

••

홀로 말없이 침침한 어둠 속에 누워계시던 어머니가 늘 생각난다. 죽음을 가로질러 어머니가 보았던 것은 한 세기의 비상시국이었다.

비상시국에는 집안도, 외모도, 애정도 하나도 믿을만한 게 없다. 결국 뻣뻣해진 어머니만 덩그러니 큰 집에 남아 뭘 기다리고 계셨을까? 한밤중 희미한 한 줄기 빛이 비치면, 어머니는 문득 무엇에라도 부딪친 듯 몸을 떨었다. 피아노에 손을 얹고서 어린 시절 익숙하게 연주했던 악곡을 눌렀다. 손에서는 마오슝(猫熊)표 담뱃불이 타들어가고 있었다. 아, 이건 소설 속 장면이다. 나는 지금 소설을 쓰는 중이다. 그렇다. 만약 나의 어머니가 아니라면 그 얼마나 소설에 적합한 인물인가. …… 이미 출판된 쑹칭링 전기 같은 글은 절대로 쓰지 말아야지. 하나같이 관변식 어투 일색인 그런 전기는. 그런 글은 읽어봐야 어머니에 대해 어떤 인상도 남겨주지 못해.

어떻게 쓸까? 사실 나는 소설은 쓸 줄 모른다. 하물며……곳곳에 분명치 않은 실마리 투성이요, 그나마 애써 지워져버린 흔적뿐인 바에야!

놀라움에 간담이 서늘해진 듯한 모습의 노부인이 곱게 단장한 채 경축행사에서 포즈를 취하는 일 외에는, 외부 사람들은 늘 어머니를 금빛 새장 속의 카나리아라고 묘사했다. 새장에 살면서 소식이 끊긴 채, 자유를 잃어버렸다. 내 기억 속의 스차하이(什刹海)는 최후의 몇 년간 더욱더 쪼그라든 자그마한 새장이었다!

고개를 들어보니 심슨의 어머니가 골동품으로 수집한 새장이 눈 앞에 걸려 있다.

가엾은 어머니. 어머니는 거기서 사는 걸 싫어하셨지만, 그렇다고 스차하이의 넓은 뜨락을 나오지도 못하셨다. 마치 새장을 나오면 이내 길을 잃어버리는 사육된 새처럼…….

52

또다시 선생은 혼수상태에 빠졌다!

목으로 넘기는 건 소고기즙과 인삼탕이 고작이었다. 선생은 이미 미각을 잃은 상태였다. 게다가 선생의 시간관념은 엉망이 되었다. 낳아주신 부모님은 벌써 사당의 먼지 낀 위패가 된 채, 너무도 아득한 기억이 되었다. 선생은 오히려 끊임없이 그의 큰형 쑨메이(孫眉)를 떠올렸다. 늘 그를 엄하게 책망했던 큰형. 자신의 혁명사업을 위해 쑨메이는 가산의 거의 모두를 탕진하였다. 눈을 뜨자, 선생은 방금 잠깐 잠들었던 순간을 기억했다. 설마 꿈속에서 자신이 손수 설계한 그 집을 돌아다녔단 말인가? 그의 도깨비 같은 그림자가 긴 복도 사이를 가로질렀고, 남국의 훈훈한 바람이 불어왔으며, 야자수 하늘빛이 돋보였는데? 고드름이 매달린 눈앞의 사합원 처마와는 완연히 다른 모습이었다.

그가 혼수상태에 빠져 있던 며칠간, 남방의 그의 근거지에는 틀림없이 민국의 대총통인 그가 이미 죽었다는 소문이 나돌았으리라. 아니야, 그냥 손 놓고 있을 수만은 없는 일이야. 그는 주장(珠江)의 지류인 둥장(東江)의 군무에 관심이 있었고, 북벌군이 승리했다는 소식을 여전히 기다리고 있었다. 숨 쉴 기운만 있어도, 민국의 연호만 있을 뿐 민국이 존재하지 않는 현실을 그냥 가만두지 않을 텐데! 그의 잘못이 아니야. 자신은 어떤 시기도 놓친 적이 없지 않은가. 환각 속에서 그는 입을 벌려 자신을 변호했다. 그는 무슨 말을 하려는 걸까? 다만 시운이 함께 하지 않았을 뿐이야! 아쉽게도 너무나 힘을 다 써버린 탓에, 이렇게 산 것도 죽은 것도 아닌 혼수상태에 빠진 거라구. 그다지도 남북통일의 목표에 목숨을 걸었건만, 5년 이상을 꾸려온 결과가 광둥성의 지위조차 확고히 하지 못했다니!

갈피를 잡지 못한 채 이리저리 떠도는 생각들이 그의 머릿속을 어지럽히고, 미약한 숨결을 더욱 힘들게 했다. "나는 군벌이 아니오. 나는 의사요. 전쟁이란 독으로 독을 공격하는 것이지요." 선생은 오해를 말끔히 해소하기 위해 미국공사 셔먼(J. G. Schurman)과 나누었던 이야기를 떠올렸다. 도대체 누가 선생을 자꾸 오해하게 만드는가? 때는 1923년, 광저우였던가? 그는 사람을 잘 알아볼 줄 모른다. 아니 오히려 잘못 보는 편이다. 남서군벌을 '의사(義師)'로 잘못 보았던 시절이 있었다. 봄이었으며, 기억 속에 상황은 굉장히 어려웠다. 선생은 한숨을 내쉬었다. 다음 순간 자기 자신에게 소리 없이 묻는 소리가 들려왔다. "내가 마침내 귀족이 되었는가? 아니면 코르시카(Corsica)의 세상물정 모르는 빈털털이가 되어버렸는가?" 아, 벌써 정적들에게 쫓겨나 외로운 섬으로 내몰리게 되었는가? 선생은 나폴레옹 전기에 나오는 한 단락의 독백을 거듭 읊조려 보았다. 예전 같으면 여기까지 읽으면 깊은 감동을 느끼곤 했었지.

이 순간 그는 한 마디 신음소리를 냈다. 날카롭게 찌르는 듯한 통증이 그의 생각을 다시금 몽롱하게 만들었다. 선생은 자기가 무엇을 이루었는지조차 분명히 기억나지 않았다. 하지만 이 곤혹스러운 여정 후에 분명 도움을 얻었으리라 스스로를 위로하였다. 그토록 수많은 실패 후에도 반드시 뭔가를 창조했듯이! 그래서 결국 무엇을? 한 국가를 창조했지! 아니면 이 또한 국가에 관한 몽상일까? 하지만 그는 확실히 이 국가가 앞으로 나아가야 할 청사진을 짜려고 힘썼다. 교통 개발, 무역항 개발, 10만 마일의 철로와 100만 마일의 자갈길 등

등. 또한 중국의 중부와 북부, 그리고 남부에 각각 뉴욕과 같은 대항구를 만들고, 해안을 따라 상업항과 어항을 더 건설하며, 아울러 조림과 제철제강, 몽고와 신장에서의 관개시설 확충, 동북3성으로의 이민 등의 정책을 세웠지. "상술한 계획이 점진적으로 실행될 수만 있다면, 중국은 각국의 잉여 재화를 끌어들이는 곳이 될 뿐만 아니라, 실로 경제를 빨아들이는 큰 바다가 될 것이다……."

선생의 머릿속에는 필묵의 잔상이 어슴푸레 남아 있었다. 아내도 자신의 '건국책략'을 기록했지? 다음 순간, 맑고 시원한 작은 손이 자신의 이마에 놓이는 느낌이 들었다. 선생은 눈을 뜨고서, 자기 곁에 한 발자국 정도 떨어져 선 아내를 바라보았다. 그녀가 움직이면 고운 향기가 은은하게 전해지고, 말을 하면 경쾌한 기운이 느껴졌으며, 몸이 마르면 더욱 청초한 느낌이 들었지. 아, 자신의 목숨을 그녀에게 얼마나 바치고 싶었던가! 로자몬드.

선생은 너무도 깊은 정을 느끼는 순간, 다시 현실적인 생각으로 되돌아왔다. 남겨질 사람은 그녀만이 아니다. 무려 세 명의 과부다. 쑨(孫) 부인과 루(盧) 부인이 있고, 그리고 자기를 위해 오랜 세월을 버텨온 쓰구(四姑), 아니 마땅히 천(陳) 부인이라 불러야 하리라. 게다가 얼굴조차 분명하게 기억나지 않는 여인이 있으니, 예명이 시즈코(靜子)라는 무희도 있다. 그녀는 타이완 우메야시키(梅屋敷)의 요리점에 있던 게이샤(藝妓)였다. 다다미 위에 앉아 자기 곁에 무릎을 꿇은 채 술 한 잔을 넘실넘실 따라주던 그녀의 모습이 문득 떠올랐다. 선생은 실로 피로와 수고에 지친 혁명가였다. 동지들과의 연락 외에도, 선생은 늘 끝없는 흥분 상태를 요구하였다. 지금도 아마……그런 상태이어야만 스스로를 도와 난관을 헤쳐나갈 수 있었으리라. 아주 오랜 옛날 일이 되어버렸지만, 차이나타운 부근의 작은 여관. 그는 갓 벗겨낸 듯 오들오들 떠는 젖가슴을 생각해냈다. 그는 젖가슴을 향해 격정적으로 달려들었다. 이 순간 그는 힘없이 눈을 감았다ㅡ.

별안간 모든 것이 정지되었다. "쑨(孫) 선생이 돌아가셨다!" 선생은 놀란 울부짖음 사이로 소란스런 발자국 소리를 들었다. 아마도 응급 구호조치를 하는가보다. 곧이어 의사가 선생의 팔을 병상 곁의 낮은 탁상에 놓고 주사를 놓았다. 자신의 몸이 마치 허공에 붕 뜬 채 서 있는 듯하였다. 높이 바라보니, 나지막한 탁자에 자기의 팔이 가로놓여 있었다. 마치 털 뽑힌 가늘고 말라빠진 돼지의 허벅다리 같았다.

그런 뒤 선생은 12시를 치는 종소리를 들었다. 또 하루가 갔다. 선생은 한숨을 내쉬었다. "아직은 시간이 남아 있어." 선생이 소리 없이 중얼거렸다. 선생은 어제 유서에 서명하지 않으려 했던 것이 옳은 결정이었다고 생각했다.

53

••

그녀는 즈진산(紫金山)*에 묻힐 뜻이 없었다. 합장되고 싶지 않았다! 반평생의 비상시국을 거쳐오면서, 이제껏 그런 바람을 품은 적이 없었다.

••

그녀는 영구에 누운 채 사람들의 우러름을 받는 남편을 생각해보았다. 기다란 마고자를 걸친 조형은 마치 노년의 유생 같았다. 만약 죽음이 아래로 푹 꺼져 내리는 곳이라면, 남편은 날이 갈수록 그 깊은 타성 속으로 깊이 빠져들 것만 같은 직감이 들었다.

그러나 여자는 남자와 다르다. 여자는 일단 원래의 규범을 벗어던지면 그저 멀리 멀리 떠나갈 따름이다. 그녀는 길게 한숨을 내뱉었다. 그녀처럼 다시는 고개를 돌리지 않을 것이다!

••

그녀는 생각했다. 몸에 가해진 모든 규칙을 배반하겠노라고.

일찍이 가장 무기력한 방법으로……세상을 뒤집은 적이 있었지!

---

* 즈진산(紫金山)은 일명 중산(鐘山)이라 하며, 장쑤성(江蘇省) 난징(南京)에 위치해 있다. 이 산에 쑨원의 분묘인 중산릉(中山陵)이 있다.

54

혼례를 치루기 전날 밤, 나는 어머니의 장례를 다시금 떠올렸다. 그 원망스러움을 풀어낼 길을 제대로 찾지 못했기 때문이다…….

특히나 무서웠던 건 기념 화보집의 사진이었다. 사진 속의 어머니는 곱게 화장을 한 채 유리관 안에 누워 있고, 그 앞쪽에 눈물을 머금은 수많은 어린 친구들이 줄지어 경례를 드리고 있었다. 사진에는 이러한 설명이 붙어 있었다. "어린아이들이 자애로운 쑹(宋) 할머니께 작별인사를 드리고 있다." 당시 사진을 보던 나는 잔뜩 화가 치밀었다. 어머니에게 할머니라는 배역을 주었군, 좋아. 앞줄에 서도록 지시받은 아이들은 밤에 어떤 악몽을 꾸게 될까?

누가 알아주랴? 단언컨대 어머니의 속마음을 알아줄 사람은 아무도 없으리라!

요란스런 것을 좋아하지 않는 분이신데, 눈물을 흘리면서 '쑹 할머니'라고 부르도록 하셨을까?

사실 '가정'이라는 이 이미지도 줄곧 나를 어리둥절하게 만들었다. 내가 후에 이리저리 떠돌다가 뉴욕에 왔을 때, 제일 두려웠던 시기는 12월이었다. 거리마다 크고 작은 선물꾸러미를 든 사람들로 넘쳐났고, 집집마다 크리스마스의 작은 등불로 반짝였다. 내가 세들어 사는 부르클린(Brooklyn)의 낡은 집에는 오래된 가구 몇 점이 있었다.

나는 방 안의 장식물을 이리저리 옮겨보았으나, 멀리 가까이에 보이는 등불 빛 속에서 아무리 보아도 장례식장 같은 느낌을 떨쳐버릴 수 없었다.

심슨을 만나고서야 집에 대한 동경이 생기기 시작했다. 사실 나는 뭘 어찌 해야 좋을지 잘 알지 못했다. 이제 몇 시간이 지나면 정말로 전통적인 출로로 발걸음을 내딛는단 말인가?

55

그들은 한 숟갈 한 숟갈 선생의 입 속으로 탕즙을 흘려 넣었다. 선생이 입을 다물면 탕즙이 죄다 입가로 흘러나왔다.

그즈음 부종이 빠지기는커녕 부어오르기만 하였기에, 의사는 여러 날 해오던 식염수 주사를 멈추기로 했다.

56

••

이지(理智)를 잃기 전, 그녀는 시종 조용히 사색에 잠겨 있었다.

죽음은 마치 하나의 기묘한 수문과 같다. 조금도 두렵지 않다. 죽음이 임박하니, 오히려 몹시 홀가분한 기분까지 들었다. 마치 마지막 약속을 기다려왔거나 한 것처럼. 그녀는 이미 진즉에 지난날과의 관계를 끊어버렸는데, 죽음에 기대어 오히려 과거와 하나로 합쳐질 수 있었다.

그녀는 과거의 어느 시점으로 돌아가고 싶었다. 뭐든지 할 수 있었던 과거의 그 어느 시각으로. 쑨원을 처음으로 만난 날, 그녀는 순백의 서양식 원피스를 입고 있었다. 옷깃에는 자그마한 연꽃잎 레이스가 달려 있었다. 죽음이 임박한 이 순간, 당시 입었던 옷의 향긋한 내음이 한 올 한 올 풍겨왔다.

그녀는 향기 속에 방긋 미소지었다. 당시의 남편과 달리, 그녀에게는 이루지 못해 마음을 놓지 못하는 미완의 사업 같은 건 없었다. 아, 위위와 전전. 그녀의 침상 곁에 나란히 잠들어 있는 어린 두 자매. 순간 그녀는 죽음이란 생각에서 빠져나왔다. 그녀는 뭘 부탁해야 할지 생각했다. 아이들 하자는 대로 해야지! 그녀는 자신의 부모를 떠올렸다. 천신만고 끝에 자식들을 키우고 하나같이 앞길을 계획했을 터인데, 결과는 어떠했던가? 전혀 예상치도 않게 가족들이 뿔뿔이 흩어지고 말았으니…….

나이 어린 아이들에게는 나름의 미래가 있기 마련이다. 그녀는 너무 피곤했다. 마음 놓지 못할 일이야 아무것도 없지!

57

●●

어머니는 정말로 마음을 놓으신 걸까?

어느 누구도 만나고 싶지 않으셨던 어머니였지만, 마지막 한두 해 동안은 외국의 옛 친구들과 연락을 취하셨다. 어머니는 편지를 쓸 때마다 나와 언니에 대한 관심을 표현하셨고, 최대한 남들에게 당신 마음속 깊이 걱정되는 사람이 바로 우리들임을 암시하셨다.

어쩌면 어머니는 당신의 장례식이 우리 자매가 여지없이 쫓겨날 날임을 미리 아셨을지도 모른다!

막 출국을 할 즈음, 어떤 사람이 나에게 외부 사람들에게 이러쿵저러쿵 말하지 말라고 경고했다. 사실 경고할 필요도 없었다. 나 자신이 과거와의 모든 관계로부터 단절하고 싶었으니까.

●●

하지만 난 끝내 철저하게 단절할 길이 없었다. 심슨에게 시집을 간 것도 아무 소용이 없었다. 심슨은 내 얼굴에 너무도 많은 과거가 감춰져있기에 날 좋아한다고 말했다.

꿈속에 나는 다시 그 거대한 저택으로 돌아갔다.

언니는 내게 어머니가 사시던 저택을 담은 비디오테이프를 부쳐주었다. 나는 주인의 흔적조차 찾아볼 수 없는 관광 기념 테이프를 보았다. 카메라 렌즈가 실내의 가구 사이를 천천히 비추었다. 관광객들은 양탄자를 밟은 채 벽난로를 바라보고, 나무 그늘 아래서 기념사진을 촬영했다. 상하이와 베이징 두 곳의, 어머니가 지내셨던 옛집은 이미 전국 주요 문물보호단위가 되었다. 금방이라도 졸리울 것만 같은 음악, 그리고 높낮이가 유장한 내레이션이 끄트머리에 이르자, 여자 내레이터가 돌연 격앙된 음성으로 이렇게 외쳤다. "날자! 날갯짓하여 높이 날자! 드넓은 푸른 하늘로 날아오르자!"

너무도 많은 무거운 비밀을 싣고서, 어머니의 육중한 몸이 과연 날아오를 수 있을까? 도대체 어디로 날아오르란 말인가?

58

선생은 가슴을 꽉 가로막고 있는 가래 덩어리를 느꼈다. 하지만 그것을 뱉어낼 힘이 없었다. 동시에 자신의 생명을 담은 화면이 머릿속에서 점점 멀어지고 있었다. 그저 자기 기억 속에 남아 있는 조각난 인상들만이 그와 현실세계의 유일한 끈이 되어주었다. 선생은 혁명의 훌륭한 동지들을 떠올렸다. 그의 눈에 선연히 떠오르는 사람들은 루하오둥(陸皓東), 쑹쟈오런(宋敎仁), 주지신(朱執信) 등이었다……. 하지만 선생은 이내 이들 모두가 이 세상 사람이 아님을 깨달았다. 장인인 찰리 쑹(宋)도 생각났다. 이들 망자들이 하나하나 눈앞에 나타났다. 찰리 쑹은 여러 해 동안 가장 의지했던 지지자였건만, 죽는 순간까지도 자신을 용서해주지 않았다. 마지막 순간까지 찰리 쑹은 다른 사람에게 이렇게 저주했다고 한다. 내 평생 이렇게 큰 상처를 받아본 적이 없어. 나는 내 딸과 가장 친한 사이였는데.

이어 선생이 눈을 부릅뜨자, 황싱의 거칠 것 없는 얼굴이 눈에 아른거렸다. 언젠가 선생은 그를 부러워하기도 했었다. 일찌감치 세상을 떠나 이후의 암살과 모반, 그리고 암살 기도를 목도할 필요가 없었으니. "쑨(孫)씨는 이상을, 황(黃)씨는 실천을." 이러한 견해에 언젠가 선생은 크게 화를 낸 적이 있었다. 일단 두 사람이 나란히 거론될 때면, 황싱은 실천가요, 자기는 그저 꿈이나 꾸는 몽상가, 심지어 꿈꾸는 걸 즐기는 그런 사람으로 비추어졌다! 이제 생사를 넘나드는 경계선에서, 그의 의지와 기개는 죄다 소진되어버렸다. 선생은 의기소침한 나머지 이런 생각마저 들었다. 혹 정말로 황싱이 없었기에 그의 이상은 볼수록 공상처럼 보였던 게 아닐까? 황싱이 자기를 탓하지는 않겠지! 너무도 절박한 당시 상황에서, 웬스카이 토벌이 몇 개월만 더 일찍 결정되었더라면, 승부는 크게 달라졌을 거야. 이 의기를 둘러싼 다툼으로 인해, 훗날 도쿄에 중화혁명당을 조직하였을 때 황싱과 서로 왕래조차 하지 않게 되었지. 이제와 생각해보니, 황싱이 옳았어. 당시 웬스카이를 반대하던 병력은 분명코 믿을 만하지 않아. 이제와 헤아려 보니, 희망의 빛이 어디에 있었는지 도무지 알 수 없구먼!

평생토록 손목을 불끈 쥐게 만든 실패를 떠올리자, 선생은 까닭 없이 다시 화가 치밀어 올랐다. "쑨중산 선생께 전하시오. 호랑이를 내쫓는답시고 이리를 끌어들이지 말라고." 이건 황싱이 다른 사람에게 쓴 편지글인데, 정말로 자신이 일본 사람과 비밀협약을 맺었다고 생각했던 걸까? 이런 오해는 사실과 너무 동떨어진 것이었다! 사실 두 사람은 동맹회 시절부터 의견이 맞섰었다. 도화선은 루하오둥이 설계한 깃발을 선생이 굳이 국기(國旗)로 삼고자 한 데에서 비롯되었다. 루하우둥은 생전에 혁명을 함께 한 동향의 벗이었고, 첫 번째 기의에서 스물여덟 살에 목숨을 잃었다. 이런 구구절절한 마음을 황싱은 이해하지 못한단 말인가? 그 일에 대해 모두들 황싱의 편을 들면서, 오히려 자신이 고집스럽게 제멋대로 판단하고 과신하여 불손한 말을 내뱉는다고 질책하였다. 과연 누가 옳고 누가 잘못한 것일까? 누가 시야가 더욱 정확한 애국자일까? 누구야말로 후세에 유일하게 기억될 이름일까?—옛일을 회상하는 이 순간에도, 선생은 이 마라톤이 자신의 사후에도 계속되리라고 생각했다. 하지만 안타까운 점은 자신이 더 이상 어떤 일도 할 수 없다는 사실이었다. 이후로 새로이 하는 어떤 일도 과거의 잘못을 덮을 수는 없을 터이니, 이 노릇을 어찌한단 말인가? 이 순간, 선생은 지난날의 잘못을 바로잡을 수 없다는 사실에 깜짝 놀랐다.

선생은 또한 지금까지의 자기의 습관을 떠올려보았다. 선생은 늘 손 가는대로 쪽지를 찾아 당시의 느낌을 기록하였다. 대개는 그걸 손으로 만지작거리다 어디론지 사라져버렸다. 어쩌다 쪽지가 다시 보이면 새삼 읽어보지만, 왕왕 왜 그렇게 기록했는지조차 기억하지 못했다. 선생은 또 일기를 쓰는 습관이 없었다. 아니 아마 일기를 쓰지 않으려 했는지도 모른다……. 후세인들로 하여금 우러러보게 하려는 심모원려(深謀遠慮) 때문이었으리라. 그렇다면 후세 사람들은 그를 이해할까? 사람들이 진정한 그의 모습을 이해할 수 있는 기회라도 있을까? 그는 자신을 위해 어떻게 변호할 수 있을까?—쑨 선생은, 그가 혁명을 일으킨 사실도, 건국의 청사진도 모두 있었던 일이며, 다만 결정적인 순간에 실력이 모자란 바람에 패배한 바둑판을 남기게 되었노라고!

이 순간, 선생은 모든 것에 도무지 흥이 나지 않았다. 이것저것 생각하다가 자신이 도쿄의 작은 술집에서 술잔을 부딪치며 읊조렸던 일이 문득 떠올랐다. "세상사 인정이란 깨고 나면 모두 일장춘몽일세." 과연 모든 게 의미가 없었다. 이제 모든 것이 끝났어, 끝났다구. 누가 쓴 사(詞)인가? 순간 선생은 무대 위에서 부채를 들고 창을 하는 미야자키 도텐(宮崎滔天)이 보이는 듯하였다. 당시 도텐은 막다른 상황에 내몰린 나머지 '나니와부시(浪花節)*'의 배우가 되었다. 그때 "칼과 검을 내려놓고 손에 부채를 잡았네, 종소리와 함께 지는 것은 벚꽃이라네"라고 읊었지. 만면에 수염이 덥수룩한 사나이를 떠올리자, 선

* 나니와부시(浪花節)는 샤미센(三味線)의 반주에 맞추어 의리·인정 등을 주제로 낭창한 대중적인 일본의 예능이다.

생의 미간이 퍼지면서 마음속에 감미로운 느낌이 솟구쳤다. 처음으로 도덴을 만났던 건 요코하마였다. 몇 해나 흘렀나, 그때부터 도덴은 그들의 우정을 배반한 적이 없었고, 장소를 가리지 않고 선생을 옹호했다. 일본 경찰당국과 외무성, 그리고 웬스카이까지 도덴을 매수하려 했지만, 아무리 힘들고 곤궁해도 시종일관 요지부동이었다. "아무리 목이 말라도 도둑의 샘물은 마시지 않는다"라고 했듯이, 도덴은 그렇게 행동했다. 생각해보면, 애당초 도덴은 사실 마음속으로 영웅을 찾고 있었다.

그날 아침……선생은 이 순간 통증이 차츰 느껴지지 않았다. 오히려 기이하리만치 지난날 벗들과 교유하였던 희열감 속으로 빠져들었다. …… 그날 아침 창을 열자, 우람한 체구의 사내가 정원 안에 서서 기다리고 있었다. 그는 흥분된 채 아래층으로 내려갔다. 훗날 도덴은 솔직하게 선생께 고백하였다. 처음 선생을 보고선 좀 실망했었노라고. 당시 선생이 잠옷 차림에 세수도 하지 않은 얼굴로 만나러 나왔기 때문이었다. 도덴의 눈에 이건 예의에 벗어난 행동이었다! 하지만 선생은 자신이 본성적으로 자질구레한 것에 구속받지 않는다는 걸 잘 알고 있었다. 몇 해 전, 그의 옛 동지도 편지에서 선생이 "정신을 차리지 않아 경박스럽다"고 나무란 적이 있다. 그래도 어쨌든 도덴은 선생을 받아들였고, 그에게 사나이 세계의 진심어린 우정을 베풀었다. 하지만 도덴마저 세상을 떠나고 말았어! 저 세상에서 도덴은 그가 찾아 헤매던 절대적 자유를 얻었을까……?

그 순간, 여기저기서 그의 사망을 알리는 조종(弔鐘)이 울리는 것 같았다. 생각해보니 자신이 죽은 뒤의 일들도 아직 제대로 마무리하지 않았다. 선생은 흐릿하게 흩어지는 정신을 한데로 모았다. 선생은 난징의 즈진산(紫金山)을 떠올렸다. 자기가 아이를 데리고 사냥을 했던 곳이다. 커다란 잿빛 서양 말 몇 필이 있었지. 포대를 시찰하러 산에 오를 때마다 그는 가장 말을 잘 듣는 7호를 탔었다. 당시 선생의 얼굴에서는 빛이 났다. 그가 막 임시대총통에 부임했던 때였다. 물론 얼마 후 그 직함을 내려놓아야 했지만, 훗날과 비교해보면 그래도 그때가 그의 일생 가운데 가장 순조로웠던 시절이었다……

방 안이 차츰 어두워졌다. 선생은 시간이 없다는 것을, 신의 뜻이 곧 자기에게서 멀리 떠나가려 함을 직감했다. 순간 선생이 입을 열어 들릴락말락한 소리로 부탁했다. 자신이 사냥했었던 난징의 즈진산 기슭에 장사지내달라고! 그는 눈을 크게 뜨려고 안간힘을 썼다. 아직도 많은 일들을 제대로 처리하기엔 시간이 부족했다. 그가 벌인 판은 아직 끝나지 않았고, 그의 자리를 대신할 사람은 없었으며, 그의 주의도 아직 실행되지 않았다. 하지만 그는 어렴풋하게나마 알고 있었다. 자신의 직감은 틀림이 없었다. 민기(民氣)는 자신의 편이지만, 그다지 달가워하지 않는다는 사실을! 그는 멍하니 생각에 잠겨 있었다. 어느덧 자신의 손 안에 펜이 쥐어져 있었다. 아내가 그의 팔을 부축하고 있었다. 석 장의 유서에 그는 힘겹게 한 글자 한 글자 서명했다. 방금 선생에게 들려주었던 것, 즉 "불치의 병을 앓고 있는 이 순간, 나의 마음은 여러분을 향해 있습니다. …… 이제 여러분과 결별을 해야 하매, …… 삼가 형제의 우의로 여러분의 평안을 기원하오"라는 내용도 유서에 포함되어 있었다. 마지막으로 올린 것은 천여우런과 보로딘이 초안을 잡은 〈소비에트에 보내는 유서〉였다. 원문은 영문이었으나, 일단 중국어로 번역을 하자니 약간의 출입이 생겨, 결국 세 부의 유서 가운데 감정이 가장 많이 들어간 유서가 되었다!

이별의 순간, 모든 것이 황망한 가운데 진행되었다! 위인의 삶의 의미란 죽음으로 완성된다는 걸 아무도 예견할 수 없듯이, 선생의 미래의 역사적 지위를 그 누구도 확언할 수 없었기 때문이다. 선생을 대신해 두 부의 유서를 작성했던 왕징웨이조차도 수개월 뒤를 예견할 수 없었다. 그는 회고하듯 선생의 임종 당시의 상황을 상세하게 기록했는데, 역사적 사실인 양 대충 때운 감상적인 글을 써냈다. "신음인지, 아니면 외침인지 '평화! 분부! 중국을 구하라!'라는 소리가 울리고 또 울렸다. 대충 적어도 40여 차례는 되었을 것이다." 후세 사람들이 여기까지 읽다보면, 아마도 선생이 임종을 앞둔 허약한 음성으로 이렇게 말했을까 의구심이 들지도 모르겠다. 이 말은 말로 내뱉기도 쉽지 않고 발음하기도 까다롭지 않은가…….

마찬가지로 선생의 눈가에 마지막 눈물방울이 주루룩 흘러내릴 때, 선생 자신도 이렇게 외칠 짬이 없었으리라. 선의에서 우러나온 동지의 말이겠지만, 얼마 전에 세상을 뜬 레닌을 본떠 선생의 유언이랍시고 유체를 보존하는 말은 하지 말아달라고. 후에 주사약이 선생의 오른발에 주입되었고, 모세혈관을 포함한 모든 장기를 끄집어냈다. 수술 중에 셰허병원의 류루이헝(劉瑞恒) 원장의 책임하에 현장검시가 이루어졌다. 선생의 몸에서 노란색의 액이 흘러나왔다. 깨끗하게 정리를 한 뒤, 작업원이 동물표본 제작기술에 따라 그의 몸을 다시 채우기 시작했다. 총리는 죽지 않았고, 그의 정신도 죽지 않았다. 동지들은 앞으로 우러러 볼 가능성에 대비해 중화민국의 가장 위대한 분을 방부제 약물에 담갔다!

59

● ●

그녀는 미소를 머금은 채 세상을 떠났다. 마지막 순간 이미 중심을 잃은 그녀의 목이 한쪽으로 기울어졌고, 눈앞에는 오래된 영화처럼 따스하고도 촉촉한 유수 같은 세월이 펼쳐졌다. 젊었던 시절의 수려한 얼굴이 보이는데, 허공 속으로 부드럽게 떠오르더니 지나간 과거와 한데 어우러졌다. 화면 속의 어린 남동생은 옛 모습 그대로 허약해보였다. 그는 묵직한 홍목 의자에 앉아 짧은 두 발을 건들건들 흔들면서, 전망 좋은 응접실에서 사진사가 오길 기다리고 있었다. 그 다음은 처음으로 쑨원을 만나는 장면이었다. 그녀는 목련꽃처럼 순결하고도 눈부셨으며, 온몸 가득 옥처럼 희고도 고왔다……

망막 위에는 그녀의 현세의 사랑이 흘러갔다. 거기에는 그녀의 굳은 의지가 있었으며, 그녀가 사랑했던 남자에 대한 한결같은 마음이 있었다. 다시 한 번 만나기만 한다면, 아마 다시 새롭게 시작할 수 있으리라. 인력거를 타고서 쑨원을 찾아갔던 일이 떠올랐다. 바람이 그녀의 치마 사이로 비집고 들어왔다. 그녀는 오로지 어서 빨리 그에게 이르기만을 바랐다!

그녀는 바람에 흔들리기 시작했다. 목에는 이 순간 그녀의 유일한 무게가 걸려 있었다. 반짝반짝 빛나는 금빛 하트, 이건 아버지가 그녀에게 선물한 목걸이였다. 그녀는 손을 뻗어 아버지의 손을 잡고 싶었다. 그해 그녀는 아차 하는 순간에 아버지의 손을 놓아버리고 말았다.

한 줄기 통로일까? 다시 이어지기만 한다면……그녀는 미소를 머금은 채 이런 기분이 들었다. 자신이 추구하는 진심은 다른 장소, 다른 시간에 계속 존재할 수 있으리라!

60

● ●

외국으로 가서야 나는 차츰 이 일의 내력을 알게 되었다. 어머니께서 당시 별로 말씀하지 않으셨기에, 이 일은 난해한 전설로 굳어져 있었다. 퍼즐놀이에서 오목조목한 조각 몇 개가 빠져 있는지라, 어머니와 관련된 그림은 잠시나마 온전하지 않았다. 진상은 이리저리 얽혀 있는 수수께끼 더미 안에 파묻혀 있었다……

●●

일례로 쑹칭링 기금회에서 출판한 간행물을 본 기억이 난다. 그 속에는 어머니가 돌아가시기 며칠 전의 상황이 실려 있었는데, 정말이지 소설보다 더 드라마틱한 내용이었다.

"……어느 날 밤, 검은색 승용차 한 대가 허우하이(後海)가의 그녀의 거처로 쏜살같이 달려왔다. 차에서 내린 이는 랴오중카이(廖仲愷)의 아들 랴오청즈(廖承志)였다. 그는 빠른 걸음으로 이층으로 올라가 쑹칭링의 병상 앞에 서더니, 흥분된 목소리로 그녀에게 기쁜 소식을 전했다. 당중앙이 쑹칭링을 중국공산당의 정식 당원으로 엄숙하게 받아들였다는 소식을."

병상에 누워 있던 어머니가 랴오청즈의 이 말을 듣는 장면이 책에는 이렇게 기록되어 있다.

"눈을 크게 뜨니 광채가 번쩍였다. 오랜 세월의 숙원이 드디어 이루어졌던 것이다. 그녀는 몹시 흥분되어 연신 고개를 끄덕이고 미소를 지었다. 그녀의 입술이 달싹거렸으나 말을 잇지는 못했다. 당시 고열의 병마와 싸우고 있었기 때문이다.

이튿날, 제5차 전국인민대표대회 상임위원회 제18차 회의는 이 안건을 통과시켰으며, 쑹칭링에게 중화인민공화국 명예주석이라는 영예로운 칭호를 수여하기로 결정했다."

　혹시 내가 뭘 놓쳐버린 건 아니겠지? 이것도 퍼즐놀이의 실마리
인가?

●●

　어머니께서 비공식 통로로 해외에 흘려보낸 유서 한 장이 있다고
한다. 어머니는 '유서'에 분명하고도 엄숙하게 이렇게 쓰셨다.

　"건국한 지 어느덧 31년이 되었는데, 전혀 엉뚱한 국면을 초래한
건 무슨 까닭일까……?

　내가 말할 수 있는 건 그리 많지 않으며, 할 수 있는 일은 훨씬 적
다……."

　어느 쪽 견해가 어머니 생전에 가슴속에 담아둔 말들일까?

　이 종잡을 수 없는 농담뿐, 유서에는 우리 자매에 대한 어떤 분명
한 말씀도 없고, 어떤 구체적인 부탁도 없다. 도대체 어머니가 무슨
생각을 하셨는지 아무도 알지 못한다!

61

　후에 영문으로 쓴 책에서 말씀하셨듯이, "현장에 있던 모든 사람

들―그리고 현장에 있지 않았던 사람들―모두 쑨원 선생이 돌아가시기 전에 대단히 중요한 역할을 했노라고 공언했다."

이를테면 부인의 언니인 쑹아이링(宋靄齡)은 남들에게 거듭 이렇게 말했다고 한다. 선생과 마주할 기회가 있자, "형부 쿵샹시(孔祥熙)가 쑹칭링을 영원히 책임지고 돌보겠어요"라고.

랴오중카이의 아내인 허샹닝(何香凝) 역시 선생께 이렇게 대답했노라고 훗날 기술하였다. "쑨 부인은 제가 온 힘을 다해 잘 모시겠습니다"라고 말하면서, 선생께도 "영원토록 잊지 않겠습니다"라고 정중하게 맹세했다고.

부관 마샹은 선생을 기념하는 글을 썼는데, 마지막 순간에 이르러 선생이 부인에게 잊지 않고 이렇게 부탁했다고 적었다. "마샹은 평생을 나와 함께 하였으니, 꼭 죽을 때까지 그를 돌봐주고 그의 자식들을 대학까지 교육시켜야 하오." 이후 3월 11일 한밤중에 선생은 혼수상태에 빠졌다. 왕징웨이의 기억에 따르면, 바로 이때 선생은 "평화, 분투, 중국을 구하라!"고 띄엄띄엄 외쳤다. 바로 이 시각에 마샹은 선생이 신음하듯 "동지들, 나의 주의를 지속하여 소련을 본보기로 삼으시오"라는 말을 들었다.

후세 사람들의 상상력이 발휘될 수 있었던 것은 가장 중요한 기록이 보이지 않기 때문이다. 역사는 무언가의 즉흥적인 방식으로 진행되고 있었다. 이를테면 상하이의 《신보(申報)》 속의 〈베이징통신〉이란 칼럼에서는 수필식으로 쓰인 〈쑨 선생을 추도하는 글〉을 실었다.

이 글에서 그 목격자는 애석하게도 자신의 사진기가 병란에 망가지는 바람에 중요한 순간에 현장에서 사진을 찍는 이가 없었다고 했다. "내가 애석하게 여기는 것은 이런 상황에 촬영하는 사람이 없었으며, 중산이 죽은 뒤에도 기념사진을 찍지 않았다는 점이다. 아마 다들 경황이 없어 생각이 미치지 못한 듯하다. 내 촬영기기를 치셰웬(齊燮元)의 군대에게 빼앗기지만 않았더라도 오늘 최소한 십여 장의 사진을 찍어 여러분께 보여드렸을 것이다."

당시 북방의 신문에는 국민당의 부고 외에 선생의 서거와 관련된 소식은 그다지 많이 실리지 않았다. 사실 선생은 북방 여론의 주목을 받지 못했다. 사람들은 그를 그저 지기 싫어하는 노인쯤으로 여겼으며, 기껏해야 실패한 영웅의 회한 정도로 호기심을 보였을 뿐이었다. 모두의 시선은 일촉즉발의 중원대전과 쌍방의 장수인 후징이(胡景翼)와 한위쿤(憨玉琨)에 쏠려 있었다. 선생이 사망한 그날의 신문에는 병소처럼 미아찾기, 좀도둑 사건, 마부가 첩을 들인 이야기, 젊은 부인의 불효, 기생집의 세일 영업, 그리고 개의 돼지 출산 소식 등……각종 자질구레한 소식들이 신문에 실렸다. 이밖에도 판첸라마가 베이징에 도착한 첫날의 요리, 그리고 아침식사에 나온 각종 요리 등이 상세히 실려 있었다. 이 당시 판첸라마는 돤치루이 정부에게 외몽고의 반환을 둘러싼 교섭을 요청할 예정이었다. 아울러 장줘린(張作霖)의 생신을 모신 후 아들인 장쉐량(張學良)이 각 호텔에 감사한다는 소식도 실려 있었다.

선생이 서거한 지 사흘째 되는 날, 돤치루이 정부가 쑨원이 처음으로 공화정을 수립하여 민국 설립에 공로가 있음을 인정하여 그의 장례 비용으로 6만 원을 지원하기로 결정했다는 소식이 신문지상에 실렸다. 소련에서는 스탈린이 틀에 박힌 조전을 보내왔다. 당시 스탈린은 백군(白軍)의 영수였던 쉐미노프 원수가 투항했다는 승전보를 막 들은 뒤라 기쁨에 들떠 있었다. 그날 신문에 선생에 관련된 다른 기사로 가장 큰 광고는 '진탄(仁丹)' 본점에서 실은 애도사였다. '진탄'기업의 책임자인 모리시타 히로(森下博)는 선생과의 각별한 인연을 이렇게 강조하였다. "각하께서 민국 2년에 우리 오사카의 진탄(仁丹) 본점에 친히 오셨기에, 기쁜 마음에 선생을 사택으로 모셔 술잔을 기울이며 환담했다. 이제 옛날을 추억하매, 고인은 어디 계시는가?" 그런데 대단히 경이로운 사실은 그 자그마한 은색의 알약이 당시에는 성병을 포함한 만병통치약이었다는 점이다. 상자의 상표 위에는 선생이 친히 쓴 '박애'라는 두 글자가 쓰여 있고, 작은 글자로 은단이 임질과 매독에 특효약이라고 새겨져 있다. 베이징과 톈진의 신문이 이런 지경이었으니, 멀고 외진 지역에서야 선생의 병사 소식을 알 턱이 없었으리라.

외국 신문의 경우, 영국의 《타임즈(The Times)》가 가장 호의적이었다. '광명의 실패'라는 표제 아래, 선생이 끝내 큰 뜻을 이루지 못한 채 실패하였노라 개탄하는 기사를 실었다. 파리의 석간신문은 선생의 사상이 현실에 맞지 않아 공론에 그쳤을 뿐이라고 비판했다. 일본

신문의 사설들은 하나같이 선생의 혁명정신을 추켜세웠으며, 도쿄의 몇몇 대형 신문사에서는 정세 파악에 있어서 가장 정확한 보도를 했는 바, 앞으로 국민당의 분열이 심화되리라 예측했다.

타이완은 일본의 통치하에 있었는데, 타이베이의 유지사(有志社)에서는 동지들을 불러모아 항구도시의 문화강좌에서 추도회를 개최했다. 문헌의 기록에 따르면, "추도회 하루 전에 간사가 경찰서로 불려갔는데, 이미 만들어 놓은 조가(弔歌)를 폐기하고 회장 내에서 부르지 못하게 했으며, 또 이미 작성한 조사(弔辭)도 100여 자나 삭제해버렸으며, 게다가 당일 추도회에서 연설도 하지 못하게 했다." 이 때문에 1925년 4월 11일《대만민보(臺灣民報)》는 불편한 심기를 담아 이렇게 게재하였다. "조가도 부르지 못하게 하고, 조사도 검열을 받아야 하다니 이게 무슨 일인가? ……아, 위인의 죽음에 우리 타이완 사람들은 목 놓아 울어서도 안 된단 말인가? 어찌하여 소리죽여 흐느끼며 슬픔의 눈물 몇 방울조차 흘릴 수 없단 말인가?"

얼마 지나지 않아, 북방 신문의 인사동정란에는 시국을 좌우하던 여러 인사들의 축수활동이 시작되었다. 수많은 인사들이 웨저우(岳州)로 몰려들었다. 3월 말이 우페이푸(吳佩孚)의 탄신일이기 때문이었다!

인명색인

- 가렌(Galen)장군[블류헤르](Vasily Konstantinovich Blyukher, 1890~1938)
  1924년 쑨원의 요청에 따라 파견되어 국민당의 군사고문을 역임하였다.

- 가쓰라 타로(桂太郎, 1848~1913)
  일본의 무사, 육군 대장이자 정치가이다. 대만총독, 육군대신, 내각 총리대신, 내무
  대신, 문부대신, 외무대신 등을 역임하였다. 총리대신으로 재임하는 중에 영일동맹
  을 체결하고 러일전쟁을 치렀으며, 한일합방을 강행했다.

- 다이지타오(戴季陶, 1891~1949)
  중화민국 및 중국국민당의 초기 간부이자 이론가이며, 중국국민당의 창시자 가운데
  의 한 사람이다. 1924년 1월 중국국민당 제1차 대회에서 중앙집행위원으로 선출되
  고 중앙선전부 부장에 임명되었으며, 1924년 11월에는 쑨원을 따라 북상하였다.

- 덩옌다(鄧演達, 1895~1931)
  중국동맹회 회원으로서 국민당 좌파의 영수이다. 1926년 1월에 개최된 중국국민당
  제2차 전국대표대회에서 쑨원의 국공합작성책을 지지하여 국민당 우파와 맞섰다.
  이후 국민당 중앙집행위원, 중앙정치위원, 중앙군사위원회 주석단, 중앙농민부 부
  장 등을 역임하였다. 1927년 4·12정변 이후 장제스 토벌을 주창하였으며, 이해 11
  월 1일에는 쑹칭링 등과 모스크바에서 중국국민당 임시행동위원회의 명의로 〈중
  국 및 세계 혁명민중에 대한 선언〉을 발표하여 쑨원의 유지를 계승할 것을 밝혔다.
  1931년 8월 국민당 정부에 체포되어 11월에 남경에서 비밀리에 살해되었다.

- 덩저루(鄧澤如, 1869~1934)
  반청혁명가로서 쑨원의 혁명사업을 위한 재정을 적극 지원하였다. 젊었을 적에 말
  레이반도에서 광산업과 고무사업으로 재부를 축적하였으며, 1906년 이래 쑨원의 혁
  명을 지지하여 혁명 자금을 지원하였다.

- 덩컹(鄧鏗, 1886~1922)
  동맹회 회원으로, 육군 상장을 지낸 혁명가이자 군인이다. 1913년의 제2차 혁명,
  1917년의 호법운동 등에 참여하였다. 1922년 3월 홍콩에서 광저우로 돌아오는 길에

다사터우(大沙頭)역에서 암살당했다.

● 도야마 미쓰루(頭山滿, 1855-1944)
일본의 우익 정치지도자이며, 국가주의 비밀단체인 흑룡회(黑龍會)의 창시자이다.
쑨원, 김옥균(金玉均) 등의 동아시아 개혁가들과 우의를 맺었으며, 특히 쑨원의 혁
명활동을 지원하였다.

● 딩링(丁玲, 1904-1986), 원명은 쟝웨이(蔣偉)
저명한 여류작가이다. 1920년대 후반에 〈멍커〉, 〈소피아여사의 일기〉 등을 발표하여
작가로서의 지위를 굳혔으며, 1930년대에는 공산당원 작가로서 활약하였다. 1933년
에 국민당 특무기관에 납치되어 남경에서 3년여간 연금생활을 한 끝에 옌안(延安)
으로 탈출하여 활동하였다. 그녀가 납치되었을 당시 쑹칭링은 그녀의 구명을 위해
활동하였다. 중화인민공화국 수립 이후 《문예보(文藝報)》 주편, 문련(文聯) 부주석
등을 역임하였으나, 반우파투쟁 이후 당적을 박탈당하고 수감되었다.

● 딩웨이펀(丁維汾, 1874-1954)
동맹회 회원으로서 쑨원을 좇아 신해혁명에 참가하였다. 국민당 중앙당부 비서장을
맡아 국민당 당무를 관장하였으며, 장제스의 충직한 지지자였다. 1949년에 대만으
로 건너가 국민당 평의위원회 위원을 지냈다.

● 돤치루이(段祺瑞, 1865-1936)
민국 시기의 정치가이자 군벌로서, 환계(皖系) 군벌의 우두머리이다. 신해혁명 이후
웬스카이 정부에서 육군총장을 지냈으며 웬스카이 사후에는 총리로서 정권을 장악
하였다.

● 랴오중카이(廖仲愷, 1877-1925)
근대 민주혁명가이자 국민당 좌파의 영수이다. 미국 샌프란시스코에서 태어나 1893
년에 귀국한 후 1897년에 허샹닝(何香凝)과 결혼하였다. 1903년에 쑨원과 알게 되
어 동맹회에 가입하였으며, 신해혁명 후 광동도독 총참의 및 총통부 재정부장을 맡
았으며, 1921년 쑨원이 광저우에서 비상대총통에 선임되었을 때 재정부 차장을 지
냈다.

● 레위 앨리(Rewi Alley, 1897-1987, 중국명 路易 艾黎)
뉴질랜드에서 출생하여 1927년 4월에 중국에 온 이래 중국의 해방과 건설을 힘썼다.
중일전쟁기에 국외에 중국인민의 항일투쟁을 알렸으며, 1940년대에는 간쑤성(甘肅

省)에 공예학교를 설립하여 기술인력을 양성하였다. 1982년 북경시는 그의 85세 생신을 맞아 명예시민의 칭호를 부여하였으며, 1985년 간수성 정부는 명예공민의 칭호를 부여했다.

● 루쉰(魯迅, 1881-1936), 본명은 저우수런(周樹人)

중국 현대문학의 아버지로 일컬어진다. 1902년 일본에 유학하여 의학을 전공하다가 '국민성 개조'를 위하여 문학으로 전향하였다. 1909년 귀국한 이래 현실사회의 비판적 지식인으로 활동하였으며, 특히 그의 소설과 잡문은 자신의 현실에 대한 문제의식과 변혁의지를 잘 보여주고 있다.

● 루중린(鹿鍾麟, 1884-1966)

펑위샹의 주요 참모로서, 청말 마지막 황제 푸의(溥儀)를 자금성에서 몰아낸 장본인이다.

● 루하오둥(陸皓東, 1868-1895)

청말의 혁명가로서, 쑨원과 어려서부터 함께 자란 벗이다. 1895년 쑨원과 함께 홍콩의 흥중회를 결성하였으며, 10월에 광주에서 기의를 일으키고자 하였으나, 비밀이 누설되어 10월 26일 체포되어 11월 7일 처형당하였다.

● 룽지광(龍濟光, 1868-1925)

운남 이족(彝族) 출신의 민국 초기 군벌로서 광서제독, 광동안무사, 도독 등을 역임하였다.

● 리건웬(李根源, 1879-1965)

중국국민당 원로로서, 정치가이자 군부 장성이다. 1904년 일본에 유학한 뒤 동맹회의 핵심조직자로 활동하였으며, 신해혁명 당시 차이어(蔡鍔)와 함께 운남에서 기의하였다. 웬스카이 사후 남방정부가 돤치루이와 연합하고 쑨원에 저항하도록 부추기는 한편, 쑨원의 하야를 요구하였다.

● 리례쥔(李烈鈞, 1882-1946)

중국국민당 초기 당원으로 1907년에 동맹회에 가입하였다. 신해혁명이 일어난 뒤 강서도독부 참모장, 해륙군 총사령을 담당하였으며, 중화민국 수립 이후 쑨원에 의해 강서도독으로 임명되었다. 1925년에는 펑위샹(馮玉祥)의 요청에 따라 국민군 총참의를 맡았고, 1927년 초에는 장제스에 의해 강서성정부 주석에 임명되었다.

• 리웬훙(黎元洪, 1864-1928)
청말에 해군에 들어가 신군협통(新軍協統)을 맡았으며, 신해혁명 당시에는 호북도
독을 지냈다. 웬스카이 사후 북양정부 대총통에 올랐다가 1917년 7월 장쉰(張勳)의
복벽(復辟)사건이 일어나자 일본대사관으로 피신하여 부총통인 펑궈장(馮國璋)에게
대총통직을 대행하도록 하여 물러났다. 1922년 직봉(直奉)전쟁 으로 인해 쉬스창(徐
世昌)이 물러난 후 다시 대총통에 올랐으나, 이듬해 6월 차오쿤(曹錕)에 의해 축출되
었다.

• 린후(林虎, 1887-1960)
1903년 강서무비학당(江西武備學堂)을 졸업한 뒤, 1906년에 동맹회에 가입하였다.
신해혁명 후 남경임시정부 육군부 경위혼성단 단장을 맡았으며, 이후 여러 차례 웬
스카이토벌 전쟁에 참여하였다. 웬스카이 사후 1918년 5월 광동호법군정부 육군부
차장에 임명되었으며, 1922년 겨울에는 천쥥밍(陳炯明)과의 약속에 따라 호남의 자
오헝티(趙恒惕)와 연락하여 연성자치(聯省自治)를 추진하였다.

• 마링(Maring, Henricus Sneevliet, 1883-1942, 중국명 馬林)
코민테른의 주(駐)중국 공산당대표이다. 마링은 중국에서 활동할 때 사용한 가명
이다.

• 마샹(馬湘, 1889-1973)
광동(廣東) 신녕(新寧) 사람으로, 어린 시절 캐나다에 살다가 1909년 동맹회에 가입하
여 쑨원의 혁명활동을 도왔다. 웬스카이의 세력이 쑨원 선생을 암살하려 했을 때,
그리고 천쥥밍(陳炯明)이 쑨원을 배신했을 때 쑨원이 위험에서 피하도록 도운 측근인
물이다.

• 마오쩌둥(毛澤東, 1893-1976)
중국공산당, 중국인민해방군 및 중화인민공화국의 최고 지도자로서, 마르크스레닌
주의를 중국의 현실에 알맞게 적용한 마오쩌둥사상(毛澤東思想)의 창립자이다. 항
일전쟁의 승리 및 중화인민공화국의 수립에 혁혁한 업적을 남겼으나, 반우파투쟁과
대약진운동, 문화대혁명 등의 좌경적 착오를 저지르기도 하였다.

• 모룽신(莫榮新, 1853-1930)
1917년 광동도독에 임명되고 이듬해 육군부 부장에 임명되었다. 1920년 10월 월계
(粤桂)전쟁에서 천쥥밍에게 패해 쫓겨났다.

- 모리시타 히로(森下博, 1869-1943)
1905년에 은단을 개발하여 판매하였으며, 10여년간 일본 제약계에서 판매 수위를 이루었다. 이로 말미암아 '진탄(仁丹)'기업은 세계적인 기업으로 성장하여, 조선과 대만, 중국은 물론 인도와 영국, 미국에까지 지점을 설치하였다.

- 미야자키 도라조(宮崎寅藏)[미야자키 도덴](宮崎滔天, 1871-1922)
일본의 대륙 낭인 가운데 보기 드문 걸물로서, 1897년 9월에 요코하마에서 쑨원을 처음 만난 후 평생 중국의 혁명사업을 도왔다. 1900년에 지원했던 혜주(惠州)기의가 실패로 돌아간 뒤, 1902년부터 속세의 모든 욕망으로부터 벗어나 일종의 연예계인 낭화절(浪花節)에 들어가 8년간 예인으로 지냈다. 1911년 무창(武昌)기의가 일어나 자 낭인회(浪人會)에 참가하여 일본의 엄정중립을 주장하는 한편, 쑨원을 좇아 각지를 전전하면서 쑨원이 임시대총통의 지위에 오르는 것을 지켜보았다.

- 버나드 쇼(George Bernard Shaw, 1856-1950)
아일랜드의 극작가이자 소설가, 비평가이다. 그는 1933년에 세계일주중에 중국을 방문하였다. 그의 대표적인 희극으로는 〈워렌부인의 직업〉(1893), 〈시저와 클레오파트라〉(1898), 〈성녀 존〉(1923) 등이 있다.

- 보로딘(Mikhail Markovich Borodin, 1884-1951)
제정러시아에서 볼세비키 당원으로 활동한 혁명가로서, 1923년부터 1927년에 걸쳐 코민테른의 주중국대표와 국민정부 수석고문을 지냈다.

- 사오웬충(邵元沖, 1890-1936)
황포군관학교 정치교관을 지낸 국민당 장령이다. 1906년에 동맹회에 가입하였으며, 중화민국 수립 후 상해의 《민국신문(民國新聞)》편집장을 맡았다.

- 사와무라 유키오(澤村幸夫, 1883-1942)
오사카 마이니치신문사의 본사 사원으로서, 외국통신부를 거쳐 중국 과장 및 상하이 지국장을 지냈다.

- 샤만(Lyon Sharman, 1872-1957)
미국인 작가로서, 원명은 Abbie Mary Lyon이고 라이언 샤만은 필명이다. 선교사 부모 아래 항주에서 태어나 어린 시절을 중국에서 보냈으며, 1880년에 미국으로 돌아간 후 여러 차례 중국을 방문하였다. 그녀의 주요한 저작으로는 1934년에 출판한 《Sun Yat-Sen : His Life and its Meaning》을 들 수 있다.

● 선쥔루(沈鈞儒, 1875~1963)
법학자이자 민주인사로서, 인민정치협상회의 전국위원회 부주석, 전국인민대표대
회 상무위원회 부위원장, 최고인민법원 원장 등을 역임하였다. 1935년 말 상해문화
계구국회(上海文化界救國會)의 창립을 이끌었으며, 1936년 5월에는 쑹칭링 등과 함
께 전국각계구국연합회(全國各界救國聯合會)를 창립하였다가 11월에 저우타오펀(鄒
韜奮), 리궁푸(李公樸) 등 7명이 국민당에 의해 투옥되었다.

● 셔먼(Jacob Gould Schurman, 1854~1942)
미국의 교육가이자 외교가로서, 1921년부터 1925년까지 주중공사를 지냈다.

● 셰츠(謝持, 1876~1939)
국민당 당원으로서, 서산회의파의 주요 성원이다. 1907년에 동맹회에 가입하였
으며, 신해혁명 후에는 군정촉군(軍政蜀軍) 도독부 총무처 처장을 맡았으며, 1921
년 쑨원이 비상대총통이 되었을 때에는 참의를 거쳐 군정부 비서장을 역임하였다.
1925년에는 광주국민정부 중앙감찰원 감찰위원을 맡았으며, 이 당시 쑨원의 연소용
공(聯蘇容共)에 불만을 드러냈다.

● 수카르노(Haji Mohammad Sukarno, 1901~1970)
인도네시아의 정치가로서, 네덜란드의 식민지배로부터 인도네시아를 독립시키고
신생 공화국의 초대 대통령을 지냈다.

● 쉬충즈(許崇智, 1886~1965)
동맹회 회원으로, 국민당 초기 주요 군사지도자이며 국민당 우파의 우두머리이다.
신해혁명기에는 푸저우(福州)에서 활약하였으며, 1913년의 2차 혁명과 1917년의 호
법운동에 참여하였다. 1925년에는 쑨원의 지도 아래 제1차 동정(東征)에 참여하여
천즁밍의 주력을 패퇴시켰다.

● 쉬페린(Harold Zvi-Schifferin, 1922~)
이스라엘 출신의 미국 역사학자로서 시종 쑨원과 신해혁명을 전문적으로 연구하
였다. 쑨원에 대한 연구를 통하여 중국의 정치, 민주제도발전사, 국가경영의 경
험 등을 연구하였다. 대표적인 업적으로는《Sun Yat-Sen and the Origins of the
Chinese Revolution》을 들 수 있다.

● 쑨메이(孫眉, 1854~1915)
쑨원의 친형으로 쑨원의 혁명활동에 정신적, 물질적 지원을 아끼지 않았다. 신해혁

명 이후 쑨원이 임시대총통이 되었으나, 어떤 관직도 맡지 않았다.

● 쑨원(孫文, 1866~1925)

중국근대민주혁명의 선구자로서 흔히 국부(國父)로 일컬어진다. 자는 명덕(明德), 호는 일선(逸仙)이며, 일본 망명 중에 사용한 가명인 중산초(中山樵)로부터 중산(中山)이라고 불리우기도 한다. 1892년에 홍콩의 서의서원(西醫書院)을 졸업한 후, 호놀룰루로 건너가 청조 타도를 기치로 흥중회(興中會)를 설립하였으며, 1905년 일본에서 여러 혁명단체를 규합하여 중국동맹회를 창설하여 총리를 담당하였다. 1911년 신해혁명 이후 중화민국 초대 임시대총통, 국민당 총리, 광주혁명정부 대원수 등을 역임하였으며, 삼민주의(三民主義)를 제창하고 국민당과 공산당의 합작을 추진하였다.

● 쑨커(孫科, 1891~1973)

쑨원의 외아들로서, 쑨원의 첫 아내인 루무전(盧慕貞) 사이에 태어났다. 1907년 호놀룰루에서 동맹회에 가입하였으며, 1917년에 귀국하여 광저우에서 대원수부 비서를 지냈다. 중화민국 사상 유일하게 고시원장, 행정원장, 입법원장을 두루 역임했다.

● 쑹메이링(宋美齡, 1897~2003)

중화민국 총통을 지낸 장제스의 아내이자 쑹칭링의 동생이다. 1908년에 미국으로 유학을 떠나 1917년 귀국하였으며, 1927년 12월에 당시 북벌군 총사령관이던 장제스와 결혼하였다.

● 쑹아이링(宋靄齡, 1889~1973)

쑹칭링과 쑹메이링의 언니이며, 재계의 거물인 쿵샹시(孔祥熙)의 아내이다. 1904년에 미국으로 유학을 떠나 1910년에 귀국하여 쑨원의 비서를 지냈다. 1914년 요코하마에서 쿵샹시와 결혼하였으며, 항일전쟁기에는 쑹칭링, 쑹메이링과 함께 항일활동에 참가했다.

● 쑹자오런(宋敎仁, 1882~1913)

동맹회 회원으로서 민초의 민주혁명가이다. 1905년에 동맹회에 가입하였으며, 신해혁명 이후 웬스카이 총통 아래 내각의 직책을 맡았으나 그의 독재에 맞서 곧바로 사임하였다. 이후 이전의 동맹회를 중심으로 여러 정당을 통합하여 국민당을 만든 그는 1913년의 선거에서 과반수 이상의 의석을 획득하여 새로운 내각의 총리로 물망에 올랐으나 피살되었다.

● 쑹자주(宋嘉澍, 1863-1918)

하이난도(海南島) 원창(文昌) 사람으로, 감리교 선교사이자 부호이며, 쑨원의 혁명 지지자이다. 중국현대사에 커다란 족적을 남긴 쑹아이링(宋靄齡), 쑹칭링(宋慶齡), 쑹즈원(宋子文), 쑹메이링(宋美齡)의 아버지이다. 찰리 쑹(Charlie宋)은 그의 영문 이름이다.

● 쑹즈안(宋子安, 1906-1969)

쑹(宋)씨 집안의 6남매 중 막내아들이다. 1928년 미국 하바드대학을 졸업한 후 중국 국화공사(國貨公司) 이사, 광저우은행 이사회주석 등을 역임하였다. 1948년 가족을 따라 홍콩을 거쳐 미국 샌프란시스코로 이주하였으며, 1969년 2월 25일 홍콩에서 병사하였다.

● 쑹칭링(宋慶齡, 1893-1981)

혁명가인 쑨원의 두 번째 아내로서, 흔히 쑨원을 국부(國父), 쑹칭링을 국모(國母)라 일컫는다. 1907년 미국 조지아주의 웨슬리언학원(Wesleyan College)에 유학하였으며, 1914년 일본에 망명 중이던 쑨원의 영어 비서로 일하나가 아버지의 반대를 무릅쓰고서 1915년 10월에 도쿄에서 그와 결혼하였다. 쑨원 사후 쑨원의 연소용공(聯蘇容共) 정책을 계승하여 장제스의 반공정책을 비판하는 한편, 각종 인권운동을 주도하였다. 신중국 수립 이후 중앙인민공화국 부주석, 중화전국민주부녀연합회 명예주석 등을 역임하였다.

● 쉬스창(徐世昌, 1855-1939)

청말민초의 북양정부의 관료로서, 한때 웬스카이의 막료로서 그를 지지하였으며 1916년에는 국무경을 맡기도 하였다. 1918년 돤치루이가 장악한 안복(安福)국회의 지지를 얻어 중화민국 제2대 총통에 올랐다. 북양군벌의 원로로서 계파간의 알력과 투쟁을 조정하는 역할을 담당하였으나, 1922년 제1차 직봉(直奉)전쟁에서 직계가 승리하자 그해 6월 총통에서 물러났다.

● 스젠루(史堅如, 1879-1900)

청말의 혁명가로서, 1899년에 홍중회에 가입하였다. 1900년 정스량(鄭士良)이 혜주(惠州)에서 기의하자, 이에 호응하여 광주에서 기의하였으나 실패한 후 홍콩으로 피신하던 중에 체포되어 처형당하였다.

● 아그네스 스메들리(Agnes Smedley, 1892-1950)

미국의 유명한 저널리스트로서, 중국혁명을 보도하여 이름을 떨쳤으며 대표적인 저서로 자전적 소설인 《대지의 딸》이 있다.

● 아키야마 데이스케(秋山定輔, 1868~1950)
일본의 정치가이자 실업가로서, 중의원 의원을 지냈다. 쑨원의 혁명에 공감하여 일찍부터 그와 교유하였으며 그를 적극 지원하였다.

● 양싱포(楊杏佛, 1893~1933)
경제관리학자이자 사회활동가로서, 중국인권운동의 선구자로 일컬어진다. 1911년에 동맹회에 가입하였으며, 1912년에 남경임시총통부의 비서를 지내고, 1924년 광저우에서 쑨원의 비서로서 활동하였다. 1926년에 중국제난회(中國濟難會)를 창립하였으며, 1932년 말에는 중국민권보장동맹(中國民權保障同盟)을 조직하여 집행위원 겸 총간사를 맡았다. 국민당 특무기관의 불법활동을 폭로하고 정치범의 석방을 위해 힘쓰다가, 1933년 6월 상해에서 국민당 특무에 의해 피살되었다.

● 양중즈(楊仲子, 1885~1962)
남경(南京) 사람으로, 프랑스와 스위스에 유학하여 음악이론과 피아노를 연구하였으며, 귀국 후 북경대학, 북경여자고등사범 등지에서 음악을 가르쳤다.

● 양취윈(楊衢雲, 1861~1901)
청말의 혁명가로서, 1890년 홍콩에 최초의 혁명조직인 보인문사(輔仁文社)를 조직하였다. 홍콩 홍중회의 초대 회장을 지냈으며, 광주기의의 주동자였다. 1901년 홍콩에서 청정부에 의해 피살되었다.

● 에드가 스노우(Edgar Parks Snow, 1905~1975)
미국의 저널리스트로서, 1936년 서방기자로는 최초로 산시성의 공산당 본부를 방문 취재하여 《중국의 붉은 별(Red Star over China)》을 출판하여 서방에 마오쩌둥(毛澤東)을 알렸다.

● 엡스타인(Israel Epstein, 1915~2005)
유태계 중국인으로, 기자와 작가로 활동하였다. 1915년 폴란드에서 출생하여 어린 시절 부모를 따라 중국에 정착한 그는 기자로 활동하는 한편, 1939년에는 홍콩에서 쑹칭링이 발기·조직한 '보위중국동맹(保衛中國同盟)'의 선전활동을 담당하였으며, 항일전쟁기간에는 세계에 중국 공산당 지도자 및 중국인민의 영웅적인 투쟁을 널리 알렸다. 일본이 투항한 후 미국으로 건너갔다가, 1951년 쑹칭링의 초청에 응하여 중국으로 돌아와 《중국건설》이란 잡지의 창간작업에 참여하였으며, 1957년 중국 국적을 취득하였다.

● 여우례(尤列, 1866~1939)
쑨원의 혁명동지로서, 쑨원, 천사오바이(陳少白), 양허링(楊鶴齡)과 더불어 청정부
에 의해 '사대구(四大寇)'라고 일컬어졌다.

● 오쓰키 가오루(大月薫, 1888~1970)
쑨원의 일본인 아내이다. 1902년 당시 37세의 쑨원은 15살의 오쓰키와의 혼담을 꺼
냈다가 이듬해에 결혼하였다. 1906년에 후미코(富美子)라는 딸을 낳았으나, 딸의 출
생 이전에 일본을 떠난 쑨원은 모녀를 다시 만나지 않았다.

● 왕징웨이(汪精衛, 1883~1944)
원명은 왕자오밍(汪兆銘). 웬스카이 통치기에 프랑스에 유학한 후, 귀국하여 1919년
쑨원의 지도 아래 상해에서 《건설(建設)》을 창간하였다. 1921년 쑨원이 광저우에서
비상대총통에 취임하였을 때, 그는 광동성 교육회장, 광동정부 고문을 맡았다. 중국
국민당내의 좌파로서 장세스와 대립하였으며, 중일전쟁기에는 친일파로 변절하여
남경의 친일괴뢰정부의 수반이 되었다.

● 요페(Adolf Abramovich Joffe, 1883~1927)
러시아의 프롤레타리아혁명가이자 소련의 정치가, 외교가이다. 1922년 주중전권대
사로 임명된 이후 그해 8월에 북경정부와 담판하고, 얼마 후 상해로 와서 쑨원과 만
나 '쑨원요페연합선언'을 발표하여 국공합작을 개시하였다.

● 우메야 쇼요시(梅屋庄吉, 1868~1934)
나가사키(長崎) 출신으로 싱가포르와 홍콩 등지에서 사진관을 운영하였다. 1895년
쑨원과 처음 만난 뒤로 쑨원의 혁명활동에 든든한 재정후원자로 활동하였다.

● 우징헝(吳敬恒, 1865~1953)
민국 시기의 정치가이자 교육가, 서예가로서, 반청혁명을 고취한 무정부주의자이
다. 일찍이 쑨원을 좇아 혁명활동에 종사하였으나, 평생 관직에 들어서지 않았다.

● 우차오수(伍朝樞, 1887~1934)
민국 시기의 외교가이자 서법가이다. 1923년 광주의 대원수부의 외교총장을 지내
고, 1925년에는 광주시 시장을 지냈다. 1927년 남경 국민정부의 외교부장을 지내고,
국민정부 초대 주미대사로 활약하였다.

● 우팅팡(伍廷芳, 1842~1922)
청말민초의 외교가이자 법학가, 서예가이다. 싱가포르에서 출생한 그는 양무운동 당시 이홍장(李鴻章) 막부의 법률고문으로서 1895년에 마관조약 협상에 참여하였다. 1912년 중화민국 수립 후 남경임시정부의 사법총장을 지냈으며, 1921년 쑨원이 광주에서 비상대총통에 취임했을 때에에는 외교부 부장 겸 재정부 부장, 광동성 성장을 역임하였다.

● 우페이푸(吳佩孚, 1874~1939)
군인이자 정치가로서, 북양(北洋)군벌의 직계(直系) 우두머리이다. 1919년 12월 펑궈장(馮國璋)이 병사한 후 차오쿤(曹錕)과 더불어 지계군벌의 수장에 올랐다. 1920년 5월에는 봉계(奉系) 군벌과 연합하여 환계(皖系) 군벌을 쳤으며, 1922년 제1차 직봉(直奉)전쟁에서 승리하여 북양군벌의 우두머리가 되었다. 그러나 1924년 제2차 직봉전쟁에서는 봉계 군벌 및 펑위샹(馮玉祥)의 국민군에게 패배하였다.

● 위여우런(于右任, 1879~1964)
동맹회 회원으로서, 중화민국의 개국 원로 가운데의 한 명이며, 서예가로서도 명성이 높다. 민국 수립 이후 임시정부 교통부 차장, 감찰원 원장 등을 역임하였다.

● 윌부르(Clarence Martin Wilbur, 1907~1997)
미국의 역사학자로서 오랫동안 중국사연구에 종사하였으며, 중국근대사 연구의 권위자이다. 쑨원과 관련된 저서로는《Sun Yat-Sen, Frustrated Patriot》가 있다.

● 웬스카이(袁世凱, 1859~1916)
군인이자 정치가로서, 북양(北洋)군벌의 우두머리이다. 1882년 조선에서 임오군란이 일어나자 한성 방위책임자로 파견되었으며, 신해혁명이후에는 쑨원과의 막후협상을 통해 선통제(宣統帝)를 퇴위시키고 중화민국 대총통에 취임하였다. 이후 국회를 해산하고 임시약법을 폐기하는 등 독재를 행하고, 나아가 군주제를 부활하였으나 각지의 반대에 부딪쳐 뜻을 이루지 못했다.

● 이누카이 쓰요시(犬養毅, 1855~1932)
제29대 수상(1931.12~1932.5)을 지낸 일본의 정치가이다. 메이지로부터 다이쇼, 쇼와 3대에 걸쳐 원로중신으로서, 그리고 호헌(護憲)운동의 영수로 활동하였으며, 쑨원의 혁명운동을 지지했던 벗이기도 하다.

- 이삭스(Harold R. Isaacs, 1910-1986)

1925년부터 1927년 사이의 중국대혁명기를 연구한 역사가이다. 1930년에 중국에 건너와 상해에서 좌익 정치인들과 교류하였다. 주요 저서로는 《The Tragedy of the Chinese Revolution》(1938)이 있다.

- 장쉐량(張學良, 1901-2001)

봉계(奉系) 군벌 정치가로서, 장쭤린(張作霖)의 장남이다. 1928년 6월 장쭤린이 일본 관동군에 의해 폭사한 후, 군벌 권력을 계승한 장쉐량은 항일성향을 강하게 지니고 있었다. 1936년 12월 12일 내전중지(內戰中止)와 일치항일(一致抗日)을 내세워 장제스를 감금한 '시안사변(西安事變)'을 일으켰으며, 이로 인해 10년간의 투옥생활을 하였으며, 1949년 대만으로 끌려간 이후에도 1991년까지 국민당정권에 의해 자택연금을 당하였다.

- 장스자오(章士釗, 1881-1973)

저명한 민주인사, 학자, 작가, 정치활동가이다. 청말에 《소보(蘇報)》 주필을 맡아 반청혁명을 고취하였으며, 신해혁명 후에는 《민립보(民立報)》의 주필, 북경대학의 교수 등을 지냈다. 돤치루이 정부에서 사법총장과 교육총장을 역임하였으며, 중국 초기의 정치이론과 사법제도의 건설에 이바지하였다.

- 장쭤린(張作霖, 1875-1928)

랴오닝(遼寧)성 하이청(海城) 사람으로, 북양(北洋)군벌계열의 봉천군벌의 우두머리이다. 1928년 6월 일본 관동군에 의해 폭사하였으며, 그의 아들 장쉐량(張學良)이 그의 지위와 권력을 계승하였다.

- 장지(張繼, 1882-1947)

국민당 원로로서, 1899년 일본 와세다대학에 유학하여 반청활동에 뛰어들었으며, 1905년에 동맹회에 가입하였다. 1916년에 호법정부 주일대표, 1920년에 광동군정부 고문을 지낸 후, 국민당 선전부장, 중앙감찰위원 등을 역임하였다. 1924년에 '공산당 탄핵안'을 제출하는 등, 국민당 우파인 서산회의파(西山會議派) 활동에 적극 참여하였다.

- 장징장(張靜江, 1877-1950)

흔히 '민국의 기인'으로 일컬어지며, 국민당 제2대 당주석을 지냈다. 1902년 상무참찬(商務參贊)의 자격으로 프랑스에 갔다가 파리에 통운공사(通運公司)를 세워 재부를 축적하였다. 1906년 싱가포르로 가는 배에서 쑨원을 처음 만난 이래 줄곧 그의

든든한 재정후원자가 되었으며, 신해혁명 이후 국민당 중앙집행위원회 주석, 중앙감찰위원 등을 역임하였다. 쑨원 사후 장례주비위원으로 참여하였던 그는 장제스의 권력 장악에 주요한 버팀목이 되어 주었다.

● **장타이옌**(章太炎, 1869-1936)
원명은 장빙린(章炳麟)이며, 청말민초의 민주혁명가이자 사상가이다. 고증학적 연구방법론을 제창하였으며, 음운학과 불교에 정통하였으며, 화이(華夷)사상에 기반한 국수주의적 혁명을 주창하였다.

● **장제스**(蔣介石, 1887-1975)
중화민국의 정치가이자 군사가이다. 도쿄의 진무학교(振武學校)에 유학중에 천치메이(陳其美)의 소개로 동맹회에 가입하였으며, 1909년부터 1911년에 설쳐 일본육군 제13사단 제19연대에서 실습하였다. 쑨원의 지원 아래 황포군관학교 교장을 지냈으며, 쑨원 사후 국민혁명군 총사령, 국민정부 주석, 국민당 총재 등을 역임하였다. 1949년에 타이완으로 패주한 뒤, 1975년 사망에 이르기까지 총통을 지냈다.

● **장쥐빈**(蔣作賓, 1884-1941)
국민혁명군 육군 상장으로, 1905년 일본에 유학하여 동맹회 성립에 참여하였다. 1907년 일본육군사관학교를 졸업한 후, 청정부 내에 잠입한 그는 육군부 군형사(軍衡司) 과장을 거쳐 사장(司長)에 올라 군부내에 거점을 마련하였다. 신해혁명 후 남경임시정부의 육군부 차장을 지내고, 웬스카이 사후에 참모본부 차장을 지냈다. 쑨원 사후에도 그의 유지를 받들어 북벌에 적극 참여하였다.

● **장징궈**(蔣經國, 1910-1988)
장제스의 큰아들이다. 1925년 소련으로 유학을 떠나 1937년에야 귀국하였다. 1949년 타이완으로 간 후, 국민당 국방부 부장, 행정원장 등의 주요 직책을 거쳐, 장제스 사후 1978년에 제6대 총통에 올랐다.

● **저우루**(鄒魯, 1885-1954)
동맹회 회원으로 청말민초의 혁명활동에 종사하였다. 1911년 광저우에서 기의하였으며, 1914년 쑨원이 중화혁명당을 조직하고 《민국잡지(民國雜誌)》를 창간하였을 때 이 잡지의 편집을 담당하였다. 1925년 서산회의파에 참여하였다가 국민당 제2차대표대회에서 제명당하였으며, 1927년에는 장제스의 청당(淸黨)에 의해 정계를 떠나기도 하였다.

● 저우타오펀(鄒韜奮, 1895-1944)

저명한 언론출판인으로서, 1926년《생활주간(生活周刊)》주편을 맡은 이래 예리한 필치로 당시의 정치적 억압을 비판하였다. 1936년 11월에 적극항일을 고취하여 선쥔루(沈鈞儒) 등과 함께 국민당에 의해 투옥되었다.

● 쟝칭(江青, 1914-1991)

원명은 리수멍(李淑蒙), 예명은 장수전(張淑貞), 란핑(藍萍)이며, 마오쩌둥의 부인이다. 1930년대 전반기에 상해의 영화계에서 활동하다가, 1937년 8월 옌안(延安)에 도착한 후 쟝칭(江青)이란 이름을 사용하였다. 옌안시기에 마오쩌둥의 생활비서를 거쳐 그와 결혼한 후 문화계에서 적극 활동하였으며, 문화대혁명 당시 사인방(四人幫)의 일원으로 정치권력을 농단하였으나 1976년 마오쩌둥 사후에 체포되었다.

● 정스량(鄭士良, 1863-1901)

쑨원의 혁명동지로서, 1895년 홍콩에 흥중회(興中會) 분회를 중건하려다 실패한 후 일본으로 망명하였다. 1899년에 흥한회(興漢會) 창립에 참여하여 쑨원을 회장으로 추대하였다. 1900년 쑨원의 지시에 따라 혜주(惠州)에서 기의하여 연전연승하였으나, 일본 정부의 방해로 말미암아 끝내 실패하고 말았다.

● 조지 하템(George Hatem, 1910-1988, 중국명 馬海德)

아랍계 미국인으로서 1933년 중국에 온 후 쑹칭링의 소개로 에드가 스노우와 함께 섬감녕변구(陝甘寧邊區)로 갔으며, 공산당에 가입하여 의료활동에 종사하였다.

● 주즈신(朱執信, 1885-1920)

동맹회 회원으로서 근대혁명가이자 이론가이다. 1904년 일본에 유학하여 쑨원을 알게 되었으며, 1905년에 동맹회에 가입하여 쑨원의 서기를 담당하였다.

● 차오쿤(曹錕, 1862-1938)

군인이자 정치가로서 직계(直系) 군벌의 우두머리이다. 1894년 청일전쟁 당시 조선에 파견되었으며, 이후 웬스카이 휘하에서 활약하였다. 1923년 10월 총통에 올랐으나, 1924년의 직봉(直奉)전쟁에서 패하여 연금을 당하였다. 1926년 4월 당시 펑위샹(馮玉祥)은 돤치루이(段祺瑞) 정부의 봉계(奉系)와의 결탁에 불만을 품고서 차오쿤을 석방하였다.

● 천사오바이(陳少白, 1869-1934)

쑨원의 혁명동지로서, 홍콩서의서원(西醫書院) 재학 당시 쑨원, 여우례(尤列), 양허링(楊鶴齡)과 더불어 '사대구(四大寇)'라 일컬어졌다. 1895년에 흥중회(興中會)에 가입하였으며, 1900년에는 쑨원의 명을 받아 홍콩에서 《중국일보(中國日報)》를 운영하여 혁명을 선전하였다.

● 천여우런(陳友仁, 1875-1944)
1913년 교통부 법률고문을 지냈으며, 1922년에는 쑨원의 외사고문 및 영어 비서를 역임하였다. 1926년 국민당 제2차대표대회에서 중앙집행위원으로 선출되는 한편 국민정부 외교부장에 임명되어 '민국외교 전문가'라고 일컬어졌다.

● 천중밍(陳炯明, 1878-1933)
월군(粤軍) 총사령, 광동성장, 민국정부 육군부 총장 겸 내무부 총장을 역임하였다. 정치적으로 '연성자치(聯省自治)'를 주장하였으며, 한때 쑨원을 지지하였지만 그의 '북벌(北伐)'에 반대하여 1922년 6월 그를 광동성에서 몰아냈다.

● 천추이펀(陳粹芬, 1873-1960)
원명은 향링(香菱), 혹은 루이펀(瑞芬)이며, 사람들은 흔히 '쓰꾸'라 일컬었다. 홍콩에서 태어났으며, 1892년경에 쑨원을 수행한 이래 일본 망명길에도 동행하였으며, 여러 차례 기의의 조직준비에 참여하였다. 중화민국 성립 이후 쑨원의 집안으로부터 첩으로 인정받았으며, 중화인민공화국 수립 이후에는 홍콩에 거주하였다.

● 천춘쉔(岑春煊, 1861-1933)
청말민초의 정치가로서, 1903년에 양광(兩廣)총독에 올랐다. 1904년에 입헌을 요구하는 상소문을 올렸으며, 1906년에는 예비입헌공회를 지지하여 입헌운동의 영수로 부상하였다. 1913년의 2차혁명과 1915년의 호국전쟁 때에 웬스카이와 맞섰으며, 1917년에 광동의 호법군정부의 주석 총재를 맡았다.

● 천치메이(陳其美, 1878-1916년)
근대민주혁명가로, 신해혁명 초기에 황싱(黃興)과 함께 쑨원을 적극 지원하였다.

● 치셰웬(齊燮元, 1879-1946)
직계(直系) 군벌로서 북양군 제6진 참모장, 제6사 사단장, 쟝쑤(江蘇) 독군을 역임하였다.

● 캔틀린(James Cantline, 1851-1926)
영국인 외과의사로서, 쑨원의 홍콩의학교 재학 시절의 스승이다.

● 쿵샹시(孔祥熙, 1880-1967)
공자(孔子)의 75대손으로, 중화민국 남경국민정부 행정원장 겸 재정부장을 역임했다. 부호의 은행가인 그는 쑹아이링과 결혼하여 쑹즈원(宋子文), 장제스 등과 인척 관계를 맺었다. 오랫동안 국민정부의 재정을 관장하였으며, 중국화폐제도의 개혁과 중국은행 시스템의 건설에 힘썼다.

● 탄런펑(譚人鳳, 1860-1920)
동맹회 회원으로서, 청말민초의 민주혁명가이다. 신해혁명과 제2차 혁명, 호국전쟁에 적극 가담하였으며, 후에 쑨원을 따라 호법(護法)전쟁에 참여했다.

● 탄옌카이(譚延闓, 1880-1930)
민국 초기의 정치가이다. 1912년 국민당에 가입하였으며, 1916년 웬스카이 사후 호남성장 겸 호남도독을 맡았다. 1922년에 쑨원을 좇아 광저우로 가서 대원수부 내정부 부장, 국민정부 주석 및 행정원 초대 원장을 역임하였다.

● 탕사오이(唐紹儀, 1862-1938)
청말민초의 정치가이자 외교가이다. 1912년에 중화민국 초대 국무총리를 지냈으며, 훗날 국민당 특무기관에 의해 살해되었다.

● 판즈녠(潘梓年, 1893-1972)
저명한 철학가이자 언론투사이다. 1927년에 중국공산당에 가입하였으며, 1929년에 중앙선전부 문화공작위원회 초대 서기를 담당하였으며, 1933년 딩링(丁玲)과 함께 국민당 특무기관에 납치되었다. 이때 쑹칭링은 그의 구명활동을 펼쳤다.

● 팡번런(方本仁, 1880-1951)
북경육군군관학당을 졸업하였으며, 1913년에 강서도독부 참의정 청장을 지낸 후 강서독군 및 국민혁명군 제11군 군장을 역임했다. 1925년 강서총사령을 맡아 차츰 혁명적 성향을 보여주었으며, 국민혁명군과 더불어 두 차례 동정(東征)에 참여하여 천중밍을 공격하였다.

● 펑위샹(馮玉祥, 1882-1948)
중화민국 초기의 군인이자 정치가이다. 처음에는 돤치루이의 안복파(安福派)에 속하였으나 후에 직예파(直隷派)에 가담하여 1922년 제1차 봉직(奉直)전쟁을 이끌었다. 1924년의 제2차 봉직전쟁 때에는 봉천파(奉天派)와 연합하여 직예파의 차오쿤(曹錕)을 축출하였다. 1926년 중국국민당에 입당하여 서북국민연합군 총사령으로서 북벌에 참가하였으며, 이후 장제스(蔣介石)의 정책에 반대하는 입장을 취하였다.

● 펑즈여우(馮自由)

민주혁명가로서, 국민정부 입법위원, 총통부 국책고문 등을 역임하였다. 1895년에 요코하마에서 흥중회에 가입하였으며, 쑨원을 도와 동맹회를 조직하였다. 쑨원의 연소용공(聯蘇容共) 정책을 시종 반대하였으며, 쑨원 사후 국민당 중앙집행위원회에서 당적을 박탈당하기도 하였다.

● 푸빙창(傅秉常, 1896~1965)

민국 초기의 저명한 외교관이다. 1919년 우팅팡(伍廷芳)을 보좌하여 파리회의에 참석하였으며, 국민정부의 외교부 정무차장, 국민당 중앙집행위원 등을 역임하였다.

● 프롬(Rayna Prohme, ?~1927)

미국 여기자로서, 남편인 빌 프롬(Bill Prohme)과 함께 무한정부 시기에 유일한 영자신문 《인민논단보(人民論壇報)》를 발행하여 중국혁명의 상황을 전 세계에 알렸다. 1927년 8월 쑹칭링이 비밀리에 소련을 방문하였을 때 그녀를 수행하였다가, 1927년 11월 21일 모스크바에서 병사하였다.

● 한위쿤(憨玉琨, 1888~1925)

녹림 출신으로 신해혁명 후에 진숭군(鎭嵩軍)에 가입하였다. 1921년 직계군벌에 가담하여 전방 총사령 및 중앙육군 제35사 사단장을 역임하였다. 1925년에 돤치루이(段祺瑞)정부의 예섬감(豫陝甘)토비토벌 부사령에 임명되어 하남(河南)독군 후징이(胡景翼)와 맞섰으나 패배하여 4월 2일 음독자살하였다.

● 허샹닝(何香凝, 1878~1972)

국민당 영수인 랴오중카이(廖仲愷)의 아내이자 프롤레타리아 혁명가인 랴오청즈(廖承志)의 어머니이다. 국민당 좌파이자 여성운동의 선구자, 동맹회 최초의 여성회원으로서 쑨원의 3대 정책을 시종 지지하였다.

● 헬렌 스노우(Helen Poster Snow, 1907~1997)

미국의 저널리스트이자 작가로서 필명은 님 웨일즈(Nym Walse)이다. 남편인 에드가 스노우와 함께 중국의 혁명가를 취재하여 《Inside Red China》를 남겼으며, 특히 조선인 독립운동가 김산(金山, 본명은 장지락)을 취재하여 《아리랑(The Song of Ariran)》을 저술하였다.

• 황싱(黃興, 1874-1916)

민주혁명가이자 중화민국의 창건자의 한 사람으로서, 쑨원의 가장 믿음직한 동지이다. 1905년 쑨원을 도와 중국동맹회를 창설하였으며, 이후 곳곳에서 무장기의를 지휘하였다. 신해혁명 이후 남경임시정부에서 육군총장 겸 참모총장을 지냈다. 제2차 혁명의 책임 소재를 둘러싸고 쑨원과 마찰하였으며, 1914년 국민당을 중화혁명당으로 개조할 때 입당 절차, 특히 쑨원의 명령에 대한 복종 선서를 둘러싸고 쑨원과 갈등을 겪었다.

• 황창구(黃昌穀, 1889-1959)

중화민국 초기에 북양(北洋)대학 공과를 졸업하고 미국 컬럼비아대학에서 유학하여 석사학위를 취득하였다. 1921년 쑨원의 요청에 따라 광저우로 가서 그의 개인비서를 지냈다. 1924년 11월 쑨원을 수행하여 북상길에 올랐다.

• 황푸(黃郛, 1880-1936)

펑위샹의 북경쿠데타 때 그를 도와 차오쿤(曹錕)을 타도한 공로로 국무총리대리를 맡았다.

• 황후이룽(黃惠龍, 1878-1940)

1915년 쑨원의 요청에 따라 웬스카이 토벌전쟁에 참여하였으며, 후에 마샹(馬湘)과 함께 쑨원의 측근 부관으로 활동하였다. 후에 호위부대 대장, 총통부 총무국장을 역임하였으며, 여러 차례의 위험에서 쑨원과 쑹칭링을 구해냈다. 쑨원 사후 중산릉 건설에 참여하고 중산릉 경위처 처장을 지냈으며, 국민정부 참군장, 육군중장을 역임하였다.

• 후스(胡適, 1891-1962)

신문화운동의 제창자이자 문학혁명의 선구자이다. 국립북경대학 총장, 중앙연구원 원장 등을 역임하였다. 그는 문학, 철학, 사학, 고고학, 교육학, 윤리학 등 각종 분야에서 혁혁한 학문적 업적을 남겼으며, 1939년에는 노벨문학상 후보로 거론되기도 하였다.

• 후징이(胡景翼, 1892-1925)

1910년에 중국동맹회에 가입하였으며, 1911년 무창기의 당시에는 섬서(陝西)에서 병사를 일으켰다가 실패하여 일본으로 망명하였다. 1915년 호국(護國)전쟁때에 귀국한 그는 1917년 호법(護法)전쟁 당시 위여우런(于右任)이 섬서에 조직한 정국군(靖國軍)에 들어가 제4로 사령을 담당하였다. 1924년 10월 제2차 봉직(奉直)전쟁에

서는 몰래 펑위샹(馮玉祥)과 연합하여 직계에 반기를 들어 북경정변(北京政變)을 일
으켰다.

● 후한민(胡漢民, 1879~1936)

중국국민당의 원로이자 국민당 초기의 우파 지도자이다. 신해혁명 직후 광동도독
및 남경임시정부 비서장을 지냈으며, 1924년 국민당 제1차 대표대회에서 중앙집행
위원으로 선임되었다. 쑨원 사후 왕징웨이, 랴오중카이와 함께 당내 실력자로 부상
하였다. 1927년 이후 장제스의 반공정책을 지지하여 입법원 원장을 지냈으나, 1931
년 이후 그에게 연금당하고 모든 직책에서 물러나기도 하였다.

쑨원과 쑹칭링의 혁명과 사랑

걸어서 하늘 끝까지

초판 1쇄 발행일 2013년 2월 25일

지은이 펑루
옮긴이 김은희·이주노
펴낸이 박영희
편집 이은혜·유태선·정지선·김미령
인쇄·제본 태광인쇄
펴낸곳 도서출판 어문학사
　　　　서울특별시 도봉구 쌍문동 523-21 나너울 카운티 1층
　　　　대표전화: 02-998-0094/편집부1: 02-998-2267, 편집부2: 02-998-2269
　　　　홈페이지: www.amhbook.com
　　　　트위터: @with_amhbook
　　　　블로그: 네이버 http://blog.naver.com/amhbook
　　　　　　　다음 http://blog.daum.net/amhbook
　　　　e-mail: am@amhbook.com
　　　　등록: 2004년 4월 6일 제7-276호

ISBN 978-89-6184-286-0 93820
정가 15,000원

이 도서의 국립중앙도서관 출판시도서목록(CIP)은 e-CIP홈페이지(http://www.nl.go.kr/ecip)와
국가자료공동목록시스템(http://www.nl.go.kr/kolisnet)에서 이용하실 수 있습니다.
(CIP제어번호: CIP2013000512)

※잘못 만들어진 책은 교환해 드립니다.